Das Buch
Mitte des 15. Jahrhunderts blühen die Geschäfte mit Wallfahrern, ganz besonders, wenn ein Kloster eine bedeutende und wundertätige Reliquie in seinem Besitz hat. Zu diesen glücklichen Klöstern gehört Cismar an der Ostsee. Doch hartnäckig halten sich Gerüchte, daß die dortige Reliquie gefälscht sei und daß die Mönche unlautere Geschäfte mit den Wallfahrern betrieben.
Um die Wahrheit hinter diesen Gerüchten herauszufinden, entsendet der Bischof von Lübeck seinen als Novizen getarnten Neffen Martinus in das Ostsee-Kloster. Martinus gerät bei seinen Recherchen in höchste Gefahr. Schon vor ihm war der Mönch Raphaelus dem Geheimnis um die falsche Reliquie nahegekommen und mußte mit seinem Leben dafür bezahlen.
Viele Motive des Romans sind authentisch: die Entstehungsgeschichte des Klosters Cismar ebenso wie die Aufdeckung der Reliquienfälschung im 15. Jahrhundert.

Die Autorin
Renata Petry ist im Hauptberuf Juristin; ihre große nebenberufliche Leidenschaft gilt historischen Themen.
Die falsche Reliquie ist ihr erster Roman.

RENATA PETRY

DIE FALSCHE RELIQUIE

Historischer Kriminalroman

WILHELM HEYNE VERLAG
MÜNCHEN

HEYNE ALLGEMEINE REIHE
Nr. 01/9907

Umwelthinweis:
Dieses Buch wurde auf
chlor- und säurefreiem Papier gedruckt.

Wilhelm Heyne Verlag GmbH & Co. KG, München
Printed in Danmark 1996
Umschlagillustration: Achim Theil, München
Umschlaggestaltung: Atelier Ingrid Schütz, München
Satz: Compumedia, Gesellschaft für
Informationsgestaltung mbH, München
Druck und Bindung: Nørhaven, Viborg

ISBN 3-453-09998-2

Inhalt

Prolog

Es ist das Jahr 1501, und wir haben jetzt moderne Zeiten. Wenn dem nicht so wäre, wüßt' ich nicht, ob ich je den Mut gefunden hätte, über jenes ungeheuerliche Verbrechen zu schreiben, das mir auch jetzt, rund vierzig Jahre, nachdem ich es aufgedeckt habe, wie ein böser Traum vorkommt – schlimmer noch: die Erinnerung daran streift mich wie der faulige Atem eines Untiers aus finsterer Vorzeit und macht mich schaudern.

Damals allerdings, in jenem Frühling, der an linden Lüften und Blütenpracht alles Bisherige zu übertreffen schien, stand ich dem Untier Auge in Auge gegenüber, und obwohl ich es für die Dauer eines Augenblickes besiegte, ließ seine schreckliche Erscheinung mein Herz erstarren, und sein Atem vergiftete meine Seele.

Stets läßt mich die Erinnerung an die vergangenen Ereignisse da zurück, wo ich mich auch in meinen schlimmsten Alpträumen immer wiederfinde: zusammengekauert auf dem Strand jenes kleinen Warders in der Klosterbucht, das Gesicht dem Himmel zugewandt und auf ein Zeichen hoffend. Aber nur der Regen fällt; gleichmäßig, gleichgültig, hoffnungslos.

In jenen Stunden starb mein Glaube, und ich wurde nie wieder der, der ich vorher gewesen. Das Grauen in mir erstickte auf Jahre hinaus jede andere Regung, und erst nach langer Zeit genas ich – und auch das nur oberflächlich.

Noch immer sucht mich in regnerischen Nächten jener Alptraum heim, noch immer belebt die Erinnerung das Grauen in mir aufs neue.

Damals schwieg ich, nicht nur, weil ich's meinem Oheim gelobt hatte, sondern vor allem, weil ich mich selbst vor der Heimsuchung der Erinnerung retten wollte.

Jetzt bin ich alt, will in Frieden von der Welt scheiden, und wenn es mich auch die letzte mir verbliebene Kraft kosten mag, ich will jetzt sprechen. Warnen will ich euch, meine Kinder, daß ihr wachsam seid, denn das Böse weilt unter euch und verhüllt sich mit Lug und Trug. So trat es auch mir einst entgegen und verbarg seine grause Gestalt unter einem so vielen Menschen unsäglich lieben und teuren Gewand: dem Gewand der heiligen christlichen Kirche.

Ihr haltet mich jetzt für einen Gotteslästerer, einen Frevler, einen dem Teufel Anheimgefallenen – ich weiß es –, aber urteilt erst, wenn ihr meine Geschichte gehört habt.

Sogleich will ich beginnen – wüßte ich nur, wo … Nicht an jenem Herbstabend, an dem ich die Mauern des Klosters das erste Mal durch die Bäume des Waldes aufragen sah – viel früher beginnt meine Geschichte … Auch nicht an dem Tag, an dem ein gieriger Abt und ein gottloser Cellerar einen unheilvollen Pakt schmiedeten, der einen Menschen das Leben kostete und viele andere um Gut und Geld brachte … Sie begann viel eher – nicht in dem prunkvollen Gemach der gewissenlosen und ränkevollen Kaiserin, nicht mit dem Papst, der mit der Unschuld armer Menschen Geschäfte machte … Nein, meine Geschichte beginnt mit dem Sohn des Zimmermanns (und für mich ist er jetzt nie mehr als das), als sie ihn schon ergriffen hatten und vor den Statthalter brachten … an jenem Passahfreitag, der eineinhalb Jahrtausende zurückliegt …

Sie hatten den Sohn

Sie hatten den Sohn des Zimmermanns schon ergriffen und vor den Statthalter gebracht. Dieser, ein zaudernder und ängstlicher Mensch, hatte ihn freigeben wollen, allein das Volk schrie nach Blut, und der Statthalter war nicht der Mann, sich dem Volk zu widersetzen.

Als der Statthalter seinen Spruch getan hatte, überließ er den Sohn des Zimmermanns seinen Soldaten, die mit dem Todgeweihten ihre wüsten und grausamen Späße trieben, erbarmungslos und ohne Ehrfurcht vor dem Leben. Sie schlugen, peitschten und geißelten ihn, und sein Blut floß auf die staubige Erde des Gefängnishofes.

Seine Botschaft war damals kaum mehr als ein Gerücht, und seine Anhänger waren nicht viele. Keiner von ihnen war in der Nähe, ihm beizustehen. Niemand kümmerte sich um sein Blut oder bewahrte es gar auf, um es später wie eine Trophäe der christlichen Welt zu vermachen. Es versickerte vielmehr im Boden, so wie das Blut vieler armer Menschen, die im Laufe der Zeit unschuldig gequält und gemordet worden sind.

Zurück blieb nur ein bräunlicher Fleck im Staub, und als die Sonne sich am Mittag jenes Tages verdunkelte, war an der Stelle des Gefängnishofes, wo sein Stöhnen verhallt war, ohne Mitleid in den Seelen seiner Peiniger zu wecken, überhaupt nichts mehr zu sehen. Lediglich eine Eidechse ruhte sich dort auf der von der Sonne erwärmten Erde aus, bevor sie – die nahenden Erdstöße verspürend – in einer Ritze des Mauerwerks verschwand.

Albert, lieber Oheim

»Albert, lieber Oheim«, sagte ich, »wie freue ich mich, daß Ihr mich nach Lübeck eingeladen habt!« Mein Onkel schwieg und lächelte. Von allen Brüdern meiner Mutter, und davon hatte sie viele, war mir Onkel Albert der liebste. Großzügig und edel in der Wesensart, eine hervorragende Erscheinung, mit Witz und scharfem Verstand gesegnet und doch mildtätig und gnädig, verkörperte er für mich alle Eigenschaften, mit denen ich, ein unfertiger Bursche von knapp sechzehn Jahren, mich gerne selbst geschmückt hätte.

»Ich denke, es ist an der Zeit, daß du einmal einige Meilen Entfernung zwischen dich und deine heimischen Schweinepferche legst, damit wir den holsteinischen Stallgeruch vertreiben, der dir selbst hier in der Stadt so beharrlich anhaftet ...« – »Aber Onkel, ich bin gleich zu Euch geeilt, um Euch zu begrüßen und habe meine Reisekleider noch nicht abgelegt!« – »Sie riechen ja auch gar nicht nach dem Staub der Straße, sondern nach den wohlgefüllten Ställen eines holsteinischen Junkers, nach geräucherten Schinkenseiten und Würsten, nach Misthaufen, grünen Wiesen und braunen Äckern, Klee, Heu und drallen Mägden ...« Mir blieb der Mund offen. War mein Onkel ein Hellseher, ein Zauberer? Manchem Gespräch bei uns zu Hause hatte ich ja schon entnommen, daß er besondere Kräfte haben mußte, aber daß er dem Geruch meiner Kleider entnehmen konnte, daß ich vor zwei Tagen auf Tweebargen, unserem Besitz, in der Tat einen sehr stürmischen Abschied von unserer Kleinmagd genommen hatte, war mir unbegreiflich.

Unwillkürlich blickte ich an mir herunter, ob ich etwa vergessen hätte, meinen Hosenstall zu schließen, und als ich verunsichert meinen Blick wieder hob, sah ich direkt in die spöttischen Augen meines Onkels, dessen schmaler Mund sich zur Andeutung eines Lächelns verzog.

Er wußte ... Vor diesem Mann konnte man wohl keine

Geheimnisse haben, kannte er doch offensichtlich jeden Winkel der menschlichen Seele! Mit diesen wenigen Worten, mit seinem überlegenen Lächeln, dem spöttischen Blick unter den leicht angehobenen Augenbrauen hatte er mir gezeigt, daß mein Innerstes vor ihm lag wie ein offenes Buch: die Verbundenheit zu meiner Heimat Tweebargen und der ländlichen Umgebung, von der ich das erste Mal für einen längeren Zeitraum Abschied genommen hatte, die Ermahnungen der Eltern, die noch in meinen Ohren nachhallten, meine Hand, die sich, getreu diesen Ermahnungen, fest um meinen Beutel geschlossen hatte, als ich mich den Mauern der sündigen Weltstadt Lübeck näherte, – dieselbe Hand, die feuchte Spuren auf dem Türklopfer hinterlassen hatte, als ich Einlaß in das höchst vornehm und distinguiert wirkende Stadthaus meines Onkels begehrte ...

Ich war noch nie in einer Großstadt gewesen, hatte nur gelegentlich den Markt in Itzehoe besucht, und das war beileibe keine Großstadt, sondern eher ein Dorf, das ein bißchen größer geraten war.

Nun, sei's drum, ich war entschlossen, mich den Gefahren einer großen Stadt mannhaft zu stellen und nicht zu unterliegen – nur eines wollte ich nicht: daß man mich als den Landjunker erkannte, der ich war! Und da legte mein Onkel ohne weiteres mit ein paar beiläufigen Worten, einigen lässigen, fast müden Regungen seines Gesichts all diese Gedanken bloß – als könne er wirklich in meinen Augen lesen wie in der Heiligen Schrift, aus der an den hohen kirchlichen Feiertagen (sonst war das die Aufgabe seiner Prälaten) den Gläubigen im Dom die Worte des Herrn vorlas.

Eifrig und um meinem Onkel zu gefallen, sagte ich: »Ich will gleich aus meinem Bündel ein passenderes Gewand heraussuchen, lieber Onkel. Ihr sollt Euch meiner nicht schämen!« – »Ach, Junge, es ist ja nicht, was du trägst, sondern es ist die Art, wie du es trägst – man erkennt an dir den Landmann aus zweitausend Schritt Entfernung!

Aber nimm das nicht als Vorwurf, Neffe, wie sollte es anders sein – und gerade deshalb hat deine Mutter dich ja zu mir geschickt, um dir ein bißchen Bildung und Manieren zu vermitteln. Du sollst deinen Gütern später als würdiger Herr vorstehen, der sich nicht zu scheuen braucht, an den Hof seines Landesherrn oder an die Tafel seines Bischofs gerufen zu werden.«

So hatte mir meine Mutter den Besuch in Lübeck allerdings nicht begründet – Manieren zu lernen!

»Mach nicht ein so grimmiges Gesicht, Martinus, du brauchst doch deswegen nicht gleich gekränkt zu sein! Die Herkunft ist keine Schande; war nicht selbst unser heiliger Herr Jesus der Sohn eines Zimmermanns und Petrus, die Säule des Christentums, gar ein kleiner Fischer! Denn siehe: der Mensch ist durch seinen Verstand dazu berufen, das Wissen und die Fähigkeiten zu erwerben, durch die allein er sich vom Vieh unterscheidet. Es wäre eine Sünde, Gottes Gaben nicht auch zu gebrauchen – deshalb soll der Mensch seinen Verstand benutzen, fleißig streben, sich über sich selbst zu erheben, besser, klüger, gebildeter zu werden. Denn allein das ist Schande: aus Trägheit in den Kleidern zu bleiben, die das Schicksal dir in die Wiege gelegt hat! Wachse also, Martinus, auf daß dir die Gewänder, die deinen Geist umfangen, zu eng werden und du sie abschüttelst wie eine schlecht sitzende Kappe!«

Und so hatte ich die erste Lektion meines weisen, hochangesehenen Onkels hinter mir – die erste von vielen, vielen – und nicht eine davon habe ich vergessen …

Mein Onkel sollte meinen Geist zu einer scharfen Waffe formen, die Wahr von Unwahr trennen kann – eine schärfere Waffe als diese gibt es nicht. Meinem Gemüt sollte er die Tiefe geben, die den Menschen auf beschwerlichem Weg weiter ausschreiten läßt, wenn widrige Winde ihn zur Umkehr verleiten. Meinen Augen sollte er die Gabe verleihen, klar auf allem zu ruhen und das Wesen der Dinge zu erkennen. Dabei aber wußte ich nicht, daß mein

Oheim mich mit jeder Lektion auf eine Aufgabe vorbereitete, die er mir längst zugedacht hatte, als ich noch tumb und ahnungslos wie ein einfacher Bauernbursche auf Tweebargen die Schweine aus dem Pferch in den Stall trieb.

Wir begannen schon am nächsten Morgen. Ich hatte unruhig geschlafen; die Geräusche der Stadt und auch die des Hauses waren mir nicht vertraut. Besonders die mächtige Glocke des Doms, deren Schall wie zitternde Wellen meine Kammer durchlief, ließ mich immer wieder aus dem leichten Schlummer auffahren. Dennoch erhob ich mich gegen Morgen wohlgemut, begierig auf all die neuen Dinge, die meiner harrten. Obwohl ich mich, wie ich es gewohnt war, früh erhoben hatte, war der Oheim doch schon an die drei Stunden vor mir aufgestanden. Er hatte sein Morgenmahl längst zu sich genommen, noch bevor der Tag den östlichen Horizont erhellte.

»Ich stehe jeden Morgen um die dritte Stunde auf, weil mir sonst die Zeit fehlt, alle anfallenden Arbeiten zu bewältigen«, erklärte der Onkel. »Und nun ist mit dir, lieber Neffe, eine weitere Aufgabe an mich herangetragen worden, obwohl ich schon so kaum die Zeit finde, mich um alles zu kümmern, was ich zu tun habe – und was ich mag!«

Mein Onkel war Albert Krummediek, Bischof von Lübeck. Seine Verpflichtungen waren ohne Ende, und ich wußte, daß er in dem Ruf stand, er fördere die schönen Künste und mache sie der Kirche dienlich – und jetzt meinte ich auch zu verstehen, warum.

»Albert, lieber Oheim«, sprach ich, »es erscheint mir klug, das, was Ihr tun müßt, mit dem zu verbinden, was Ihr tun mögt – so können Eure Handlungen in der gleichen Zeit zwei Zielen dienlich sein! Ist das der Grund, warum Ihr Euren Dienst an Gott und an der Kirche mit der Liebe zur Kunst verbindet?«

Mein Onkel sah mich mit scharfem Blick an. Er legte die

Holzschnitzarbeit, das Modell einer Mater dolorosa, die er eingehend studiert hatte, behutsam auf die polierte Fläche des gewaltigen Eichentisches, an dem wir saßen; er bildete den Mittelpunkt des für meine Begriffe ungeheuer geräumigen Zimmers. In dem durch die bleigefaßten Scheiben einfallenden Licht bewegten sich träge winzige Staubpartikel.

»Es scheint mir, Martinus, daß eine Nacht unter diesem Dach deinen Geist bereits geschärft hat! Du hast recht, mein Herz ist den Künsten sehr gewogen. Es fasziniert mich, wie die begnadete Hand des Schnitzers toter Materie die Züge dessen verleiht, was uns am heiligsten ist –«, und er nahm das kleine Modell der Schmerzensmutter bedächtig auf und strich unsagbar liebevoll mit dem Zeigefinger darüber hin, »– das Antlitz des Göttlichen. Wie der Maler mit wenigen Pinselstrichen Leben auf die Leinwand zaubert, ist das nicht wie eine Wiederholung von Gottes heiliger Schöpfung? Und so, wie Gott einst den Menschen geschaffen hat, darf diesmal der Mensch, der dazu berufen ist, in den Momenten der künstlerischen Schöpfung Gottes Antlitz gestalten – ist er damit nicht Gott ähnlich?«

Mir stockte der Atem. Mein Onkel hob nur kurz den Blick von der Holzfigur in seiner Hand. Wieder erriet er meine Gedanken.

»Und damit der Künstler nicht so vermessen ist, sich tatsächlich mit dem großen Schöpfer zu vergleichen, ist es da nicht das Beste, er stellt seine Fähigkeiten in den Dienst der Kirche? Wenn er seine Werke allein Gott zu Ehre, Lob und Preis schafft? Denn er kann doch nur auf diese Weise seine Seele retten, der vermessene Mensch!

Außerdem, lieber Neffe, wird durch diese Kunstwerke den Gläubigen unser Heiligstes greifbar vor Augen geführt, so daß sie ein Bild dessen haben, woran ihre Herzen mit aller Inbrunst glauben sollen. Und wird ein Gebet, gesprochen angesichts einer engelsschönen heiligen Jungfrau, nicht gleich viel inniger, als wenn der Arme, der es spricht, die Lieblichkeit Mariens nicht vor Augen hat? Und deswegen, Martinus, fördere ich die Tätigkeit der Künstler im Dienste des Allmächtigen, denn sie helfen uns, die Seele des Volkes zu fesseln und der heiligen Kirche zuzuführen!«

»Aber dennoch, Onkel, scheint mir, daß man Euch bisweilen deswegen kritisiert, ist doch dieser Dienst an der heiligen Kirche und den Gläubigen mit hohen Ausgaben verbunden!« So hatte ich in meiner Familie oft sprechen hören, wenn die Rede auf Onkel Albert kam, und deswegen hielt ich dieses Argument für einen klugen Einwand. Mein Oheim stellte indes die Holzfigur so abrupt auf den Tisch, daß sie das Gleichgewicht verlor und in meine Morgengrütze gestürzt wäre, wenn ich sie nicht eiligst aufgefangen hätte.

»Merke dir, Martinus, die Kunst, die bestimmt ist, der Verherrlichung des Allmächtigen zu dienen, fragt nicht nach ihrem Preis. Keine Summe kann zu hoch sein, um unseren Dom mit ihr«, und dabei wies er mit seinem langen Zeigefinger auf die Mater dolorosa, »zu schmücken und der Nachwelt ein Zeugnis dafür zu geben, wie reich, mächtig und gottesfürchtig wir sind!«

Das leuchtete mir ein. Ich legte meinen Löffel beiseite und nahm die kleine, nur eine Spanne große Madonna in die Hand. Ihr winziges Gesicht zeigte einen unsagbar schmerzvollen Ausdruck, das ganze Leid einer Mutter lag darin, die ihren geliebten Sohn begraben muß. Der Schnitzer mußte ein wahrer Meister sein!

Ich dachte daran, daß auch meine Gebete zu einer so lieblichen schmerzerfüllten Muttergottes leichter emporsteigen würden als zu der schwerfälligen hölzernen Gestalt, die den Altarraum unserer Kirche zierte, und doch … Etwas in der Stimme meines Onkels hatte mich aufhorchen lassen. War es die Leidenschaft gewesen, mit der er gesprochen hatte? Ich überlegte. Und dann kamen mir wieder seine Worte in den Sinn: reich, mächtig, gottesfürchtig – sie schürten mein Unbehagen. Jesus war doch arm gewesen, keinesfalls mächtig, – und sollten die Menschen nicht ihm nacheifern?

Ich stellte meinem Onkel diese Frage. Wieder warf er mir einen wachsamen Blick zu.

»Ich sehe wohl, Neffe, daß du einen Geist besitzest, der geeignet ist, selbständig zu denken und logische Folgerungen zu ziehen. Das ist gut und wird mir meine Aufgabe mit dir erleichtern. Ich will dir heute zu diesem Thema nur noch sagen, daß allein der Reiche und Mächtige wahrhaft große Werke der Gottesfurcht veranlassen kann, vor denen die nachfolgenden Generationen noch staunend verharren. Aber genug davon – wir wollen jetzt deine Ausbildung besprechen und was erforderlich ist, um aus dir, kleiner Junker, einen klugen und gottesfürchtigen Herrn zu machen.«

Und also ging es los. Onkel Albert legte mir für meine Ausbildung einen Plan vor, der mich mit tiefer Ehrfurcht erfüllte. Körper und Geist sollten gleichermaßen gestählt werden; ersterer mit Schwert- und Dolchkampfübungen, letzterer mit einer Vielzahl von Lektionen, Studienstunden und Gesprächen. Mir schien das alles ein wenig zuviel des Guten, nur um aus einem schlichten Burschen einen tüchtigen Landjunker zu machen, allein der Oheim sah das anders.

»Du mußt dich gegen deine Feinde wehren können, und zwar sowohl mit der Waffe als auch mit dem Wort. Und du mußt das Wort Gottes wie ein Schwert gegen die Ungläubigen führen können, denn wie ich hörte, soll es gerade in eurer Gegend doch noch den einen oder anderen geben, der dem alten Glauben anhängt. Also lerne, lieber Neffe, stähle Körper, Verstand und Seele, und du wirst allen Herausforderungen des Lebens gewachsen sein.«

Mich befiel kein Argwohn bei den gütigen Worten meines Onkels, und tief ergriffen von seiner mir unerklärlichen Fürsorge, war ich fest entschlossen, ihm in allem zu folgen. So begann meine Lehrzeit.

Ich hatte ja beizeiten gelernt, kaum daß ich in der Lage war, an den mächtigen Riegel der hölzernen Stalltür heranzureichen, wie es mit dem Vieh steht und was zu tun ist, wenn eine Kuh die Kolik hat oder wenn eine Sau wirft. Ich konnte reiten wie der Teufel, Dächer mit Stroh decken, Heugarben binden und Getreide dreschen – kurzum alles, was ich als künftiger Herr auf Tweebargen wirklich wissen mußte. Die neuen Künste, in die mich mein Onkel nun einweihte, waren ganz anderer Natur. Einiges kam mir entgegen, wie die Übungen im bewaffneten Kampf. Anderes hingegen ermüdete mich sehr, wie die endlosen lateinischen Liturgien, die doch ohnehin nur im Kloster Gebrauch finden. Aber gerade auf diesem Gebiet war mein Onkel unerbittlich. »Ein Herr muß auch im Glauben Vorbild für seine Leute sein«, pflegte er zu sagen und ließ mich aufs neue von seinen Prälaten mit Sprechgesängen peinigen, bis mich diese in den Schlaf hinein verfolgten und ich mir schon vorkam wie ein Mönchlein in seinem Kloster.

Von der Stadt draußen bekam ich in dieser Zeit nicht viel mit. Das Domkloster lag im äußersten Süden der Stadtinsel und wurde von deren Getriebe nur wenig berührt. Außerdem wußte Onkel Albert mich mit all den Übungen geistiger und körperlicher Art den ganzen Tag über so zu beschäftigen, daß mir nur wenig freie Zeit blieb. Selbst diese spärlichen Stunden waren dann ausgefüllt mit Aufgaben, die ich zu erledigen hatte. Auch schien der Oheim geradezu ängstlich bemüht zu sein, mich von der Stadt fernzuhalten. Nach einem kurzen Rundgang in meiner ersten Zeit zu Lübeck, auf dem er mich selbst begleitete, hatte er meinen Wunsch, die Stadt besser kennenzulernen, stets mit der Bemerkung abgetan, dazu sei noch Zeit.

Inzwischen waren aber Winter und Frühling vergangen. Ich war jetzt schon über ein Dreivierteljahr in der Stadt und hatte – wie ich selbst fand – große Fortschritte in Bildung und Manieren gemacht. Der Oheim konnte gewiß zufrieden mit mir sein. Weswegen sollte er mir also ein kleines Vergnügen nicht gönnen?

Der Sommer war ins Land gekommen, die Abende waren lau und die Nächte hell. Ich kam in meiner Kammer abends schwer zur Ruhe, und der süße Gesang der Nachtigall draußen im Garten ließ mich nicht einschlafen, sondern in unruhige Wachträume verfallen. In jenen Tagen hatte ich das erste Mal wieder Heimweh nach Hause, hätte gerne das unbequeme Schuhwerk abgestreift, um barfuß über eine bedeckte Wiese zu laufen, hätte gerne die niedrigen und stets etwas stickigen Gemächer des Lübecker Stadthauses mit der rundkuppigen grünen Weite meiner Heimat vertauscht. Insgeheim rechnete ich mir aus, daß ich vielleicht in drei, höchstens vier Monaten nach Tweebargen zurückkehren könnte – gerade rechtzeitig zur Jagdzeit, was mir sehr entgegenkäme. Mit den Gedanken an eine baldige Heimkehr fiel es mir gleich leichter, die warmen Tage und Nächte zu ertragen.

Dennoch – es wurmte mich, daß ich bisher so wenig von der hochberühmten Stadt kennengelernt hatte. Sollte sich mein Oheim gar meiner schämen und nicht mit mir, dem einfachen Landjunker, in Verbindung gebracht werden wollen?

Nun, dem konnte gewiß abgeholfen werden. Zum einen wollte ich mich für einen Spaziergang durch die Stadt so prächtig wie möglich herausputzen, zum anderen mich so edel und gediegen benehmen, daß man voll des Lobes über den jungen Neffen des Herrn Bischofs wäre. Er, der liebe Onkel Albert, sollte stolz auf mich sein. Ich hielt mich inzwischen nämlich für durchaus würdig, der Neffe des berühmten Lübecker Bischofs zu sein, und ich fand es nun an der Zeit, diesen Beweis zu liefern, auch um den Oheim durch die Freude, die er darüber empfinden sollte, für die gehabten Mühen ein wenig zu entschädigen. Ach, ich war wie berauscht von meinem Einfall, der Überschwang der Jugend riß mich davon, und nichts in mir mahnte zur Vorsicht.

In der Tat, prächtig ausstaffiert war ich, als ich nach dem Abendmahl – das mein Oheim, wenn er gerade keine

Gäste zu bewirten hatte, immer recht früh, noch vor der sechsten Stunde anrichten ließ – ungesehen und ungehört das Haus am Dom verließ. Mein Wams war nach der allerneuesten Mode: prachtvoll glänzender Brokat mit aufgeschlitzten Ärmeln, verziert mit einem schmalen Pelzbesatz am Halsausschnitt und an den Säumen. Dazu trug ich schöne dunkelgrüne Beinkleider und meine neuen Schuhe mit den blanken Schnallen, die der Schuster erst am Morgen ins Haus geliefert hatte. Mein Onkel erwartete nämlich in den nächsten Tagen Besuch vom Bremer Erzbischof und wollte diesem seinen wohlgeratenen Neffen vorstellen. Da war es nur gut, wenn ich die neuen Kleider schon einmal ausprobierte: dann war mir die Pracht beim Besuch des hohen Gastes nicht ganz so ungewohnt, und ich konnte mich darin um so sicherer und eleganter bewegen.

Nur mit einem passenden Hut hatte ich Schwierigkeiten. Bisher hatte ich immer, je nach Jahreszeit und Zweck, mehr oder minder schlichte Kappen getragen. Einen Hut hatte ich noch nie besessen, wollte mir aber unbedingt einen zulegen, denn das würde auf Tweebargen gewiß jeden Zweifel daran ausräumen, daß ich zum Weltmann herangereift war.

Leider aber war das prachtvolle Gebilde aus Tuch, Pelz und Federn, mit dem ich mich schmücken wollte, vorerst nur in meiner Phantasie vorhanden, und selbst darin äußerst vage. Aber mein findiger Kopf wußte Rat.

»Nur Mut, Marten«, sprach ich zu mir selbst (mit dem vom Oheim stets gebrauchten vornehmeren »Martinus« mochte ich mich trotz meines eleganten Anzugs noch nicht betiteln), »der Onkel merkt es gar nicht, und wenn du den Hut nicht gerade beschädigst, wird er es dir auch nicht nachtragen – also nimm dir einen von den seinen, es braucht ja nicht der beste zu sein!«

Der beste war es vielleicht nicht, aber gewiß der zweitbeste, den ich mir da aus der schweren hölzernen Truhe in der dämmrigen Diele nahm. Dann trat ich geschwind in den warmen Abend hinaus und mußte in dem mich jäh überflutenden Sonnenlicht die Augen zukneifen.

Onkel Alberts Domhut, den er an den hohen Feiertagen, wenn er im Dom die heilige Messe hielt, auf dem Hin- und Rückweg zum Dom trug, krönte jetzt unübersehbar mein weitaus weniger würdiges Haupt. Die zwei langen Federn wippten unternehmungslustig zu meinen erst zögernden, dann immer schneller und sicherer werdenden Schritten.

Ich ließ Dom und Kloster auf den kürzesten Wege hinter mir und schritt munter nordwärts, dem Kern der Stadt entgegen.

Zunächst umgab den Dom mehr oder minder unbebautes Gelände, auf welchem sich auch nur wenige Passanten, meistenteils Kleriker, aufhielten und das für mich uninteressant war. Nach wenigen Minuten ließ ich jedoch das Domviertel hinter mir und erreichte den Pferdemarkt, eine Straße, die wohl in früheren Zeiten tatsächlich als Pferdemarkt gedient haben mochte, jetzt aber von angesehenen Handwerkern bewohnt wurde. Fleischhauer, Gerber oder Schmiede gab es allerdings keine darunter, denn das Domkapitel hatte streng darauf geachtet, daß sich nur solches Handwerk in seiner Nähe niederließ, das weder üble Dünste noch laute Geräusche um sich verbreitete. Die Handwerker, die ihr Geschäft in der Nähe des Domes betrieben, waren solche, die von den Aufträgen der kirchlichen Herren unmittelbar profitierten. Mehrere Goldschmiede und Silberbrenner entdeckte ich, auch einen Bildschnitzer und einen Rosenkranzmacher, den Bernsteindreher. Auf der linken Seite der Straße hatten einige Votivmaler ihre Buden aufgeschlagen und boten den Passanten kleine Marienbildnisse zum Kauf an, die in allen Farben des Regenbogens, eins bunter als das andere, um die Wette leuchteten.

An diesem Tag und zu dieser Zeit befanden sich allerdings wenige Besucher und Reisende hier in der Nähe des

Domviertels; das Pfingstfest und das Fronleichnamfest lagen schon über einen Monat zurück, und bis zu den nächsten kirchlichen Feiertagen war es lang hin. Außerdem war heute ein ganz normaler Dienstag, ein Tag also, an dem auch reise- und schaulustige Bürger ihre Arbeit verrichten mußten.

So hatte ich den Pferdemarkt fast ganz für mich allein, abgesehen von den Handwerkern und Künstlern, die miteinander schwatzten und nach Kunden Ausschau hielten. Bei meinem Anblick hielten sie allerdings in ihren Gesprächen inne, stießen sich mit den Ellbogen an und zogen, in meine Richtung schauend, die Augenbrauen hoch.

Das stand ihnen wohl an, dachte ich: schließlich war ein so hübscher und vornehm gekleideter junger Mann etwas anderes als die Mönche in ihren dunklen Kutten, die hier und da an mir vorüberhuschten oder vorbeischlurften – je nach Temperament und Dringlichkeit ihrer Aufträge.

Als ich kurz beiseite trat, um einem Mönch Platz zu machen, der es offenbar höchst eilig hatte, blieb ich zufällig vor der Werkstatt des Paternostermachers stehen. Der kleine, gedrungene Mann blickte kurz von seiner Arbeit auf, runzelte bei meinem Anblick wohl die Stirn und wandte sich dann achselzuckend wieder seiner Arbeit zu. Fasziniert sah ich, wie sich unter seinen bräunlichen Fingern unförmige Bernsteinklumpen aller Schattierungen in glänzende, ebenmäßige Kugeln verwandelten, die wiederum – eine an die andere gereiht – sich zum Ganzen fanden: dem Rosenkranz. Fast schien mir seine Tätigkeit ein Symbol dafür zu sein, wie unter der feinen, formenden Hand des Christentums das grobe heidnische Wesen sich rundet und glättet, einen nie gekannten Glanz entfaltet und sich, seiner neuen Bestimmung bewußt, in christlicher Demut zu Lob und Preis des Herrn vereinigt.

Ich war selbst höchst angetan von der Tiefgründigkeit meiner Gedanken, die ich zu Hause unbedingt dem Onkel mitteilen wollte, als der Paternostermacher mich ansprach: »So in Gedanken, junger Herr?«

Ich nickte und teilte ihm meine klugen Betrachtungen mit.

»Ei, der junge Herr hat die Zeit, tiefsinnig zu sein! Nun, für uns ist das allerdings nichts, denn die Sorge um das tägliche Brot verscheucht mir durch trübe Gedanken die tiefsinnigen!«

»Aber eigentlich muß dir doch die Gewißheit, daß du einen heiligen Gegenstand, einen Rosenkranz, fertigst, ein tiefes Glücksgefühl und frohes Gottvertrauen geben!«

»Mit dem tiefen Glücksgefühl ist das so eine Sache, wenn die Finger schmerzen vom ständigen Schleifen und die Augen tränen vom Schleifstaub, und das frohe Gottvertrauen stellt sich erst dann ein, wenn ich an einem Tag genug verdient habe, um zu unserer Grütze noch ein paar Heringe auf den Tisch stellen zu können ...«

Hier hielt der Paternostermacher jäh inne in seiner immer leidenschaftlicher vorgetragenen Rede, ja er wandte sich sogar von mir ab und schien ganz in seiner Arbeit aufzugehen. Ein Schatten war plötzlich über seine goldfunkelnde Auslage gefallen. Hinter mich war ein hochgewachsener Mönch getreten, in der schwarzen Kutte der Benediktiner.

»Der junge Herr will einen Paternoster erstehen?«

Mein Paternostermacher stellte sich taub und schliff an seinen Steinen, daß der Staub nur so flog. Ich wunderte mich nicht wenig über seine Grobheit gegenüber einem Diener Gottes und antwortete daher selbst mit betonter Liebenswürdigkeit.

»Die Auslage dieses tüchtigen Handwerkers fesselte zwar meine Aufmerksamkeit, doch wird's heute nur beim Anschauen bleiben, denn ich trage kein Geld bei mir.«

»Ei, junger Herr, das scheint mir aber recht leichtfertig, sich in die Straßen Lübecks ohne Geld zu begeben, wo doch die schönsten und geschmackvollsten Waren zum Kauf verlocken! Am Ende müßt Ihr gar zurück in Eure Herberge eilen, um doch schnell Euren Beutel zu holen, damit Ihr für Euren Schatz ein hübsches Reisemitbringsel erstehen könnt. Wohnt Ihr denn weit von hier?«

»Nein, nur wenige Minuten die Straße hinunter.« Ich zeigte Richtung Domviertel.

»Aber dort in der Gegend liegen doch gar keine Herbergen!«

»Ja, ich weiß, aber ich wohne doch bei meinem ...« Plötzlich war mir, als mahne mich etwas in dem gespannten Gesicht meines Gegenübers zur Vorsicht, und ich beendete meinen Satz mit den Worten: »... bei einem Verwandten.«

»Soso«, sprach der Benediktiner und betrachtete mich nachdenklich, »bei einem Verwandten also. Nun, gut für Euch, im Lübecker Domviertel Verwandtschaft zu haben. Übrigens tragt Ihr da einen besonders prächtigen Hut, junger Herr.«

Ich verbeugte mich als Dank für sein Kompliment, biß mir aber dabei fest auf die Lippen, entschlossen, kein Wort mehr über mich, meinen Hut oder meine Herkunft zu verlieren.

Jetzt, nach so vielen Jahren, weiß ich immer noch nicht recht, was mich in jenen bedeutsamen Minuten plötzlich so zurückhaltend werden ließ. War ich doch in jener Zeit, den unbeschwerten Tagen vor Cismar, ein offener, geradezu vertrauensseliger Bursche, der sein ehrliches Herz auf der Zunge trug. Irgend etwas in Art oder Aussehen des Mönches mußte dieser natürlichen Offenheit Einhalt geboten haben, obwohl ich damals beileibe kein Menschenkenner war. Vielleicht war es die Unbeweglichkeit seines Gesichts zu den leicht und scherzhaft gesprochenen Worten, das Fehlen jeglicher Regung in den grauen, ausdruckslosen Augen, der lächelnde Mund, der irgendwie zu dem ganzen Gesicht nicht zu passen schien, oder es war die eintönige Stimme, die es dennoch verstand, ihren Fragen eine unüberhörbare Dringlichkeit zu verleihen. Ich weiß es nicht – ich kann nicht einmal heute jenes Gesicht beschreiben, obwohl ich es noch öfter sah, als mir lieb war. Es war eben ein Gesicht ohne charakteristische Merkmale, ungeprägt von menschlichen Gefühlen, glatt, alterslos, fahl wie die grauen Augen und in der Erinnerung zerfließend, sobald man den Blick abwandte.

Der Benediktiner war offenbar mit meiner höflichen Verbeugung als Antwort auf sein Kompliment nicht ganz zufrieden.

»Ein schöner Hut, sag' ich … Wüßte ich nur, wo er mir schon einmal aufgefallen ist! Wie heißt denn Eure Verwandtschaft, junger Herr?«

Wieder, und für mich selbst höchst erstaunlich, wollte mir die Wahrheit nicht über die Lippen. So geschwind fiel mir allerdings auch keine Ausrede ein, so daß ich mich damit begnügte, mich abermals zu verbeugen und mich sodann schleunigst aus dem Staube zu machen, Richtung Markt. Eine gelungene Beendigung des Gesprächs war das sicherlich nicht!

Aus einigen Schritt Entfernung hörte ich dann auch, wie der Mönch – für meinen Geschmack erstaunlich unfreundlich – den Bernsteindreher anfuhr: »Sprich schon, Mann, ist dir dieser Bursche bekannt? Und weh dir, du verschweigst mir etwas!«

Das genügte, um meine Schritte noch mehr zu beschleunigen, denn ich wollte keinesfalls zur Schande meines Oheims in irgendwelche Zwistigkeiten verwickelt werden. Am Klingberg, dem alten Salzmarkt, blickte ich noch einmal über die Schulter zurück. Der eigenartige Benediktiner war mir nicht gefolgt. Ich konnte indes erkennen, daß er immer noch bei dem Bernsteindreher stand und mit energischen Gesten auf ihn einredete. Um mich konnte es dabei wohl nicht mehr gehen, dachte ich, und als die pulsierende Stadt jetzt meine Aufmerksamkeit beanspruchte, hatte ich die wunderliche Begegnung und das unerklärliche Interesse, das man meiner bescheidenen Person entgegenbrachte, bald vergessen.

Inzwischen hatte ich den Markt, das eigentliche Herz der Stadt, erreicht. An dem warmen Sommerabend herrschte noch reges Treiben, nur die Bäcker und Fleischhauer hatten ihre Buden schon geschlossen, weil sie nach der Vesperzeit nicht mehr mit Kundschaft rechnen konnten. Doch auch ohne ihre üppigen und appetitanregenden Läden blieb noch genügend übrig, was mich erfreute: die wunderbaren, kunstvoll gewebten Tuche und Stoffe, schöne gegerbte Lederhäute, aus denen sich Schuhwerk und allerlei Nützliches fertigen ließ, Pelze und Felle, edle gläserne Kelche und Karaffen, allerhand Töpferwaren und Hausrat, auch vielerlei Schnickschnack wie blitzende Schnallen, geschwungene Federn, Spangen für Gewänder oder Haare, zarte Schleier und Bänder und selbstverständlich eine reiche Auswahl an Kappen, Mützen und Hüten …

Vor den Auslagen des Hutmachers verweilte ich daher am längsten, mir in Gedanken ein prächtiges Stück aus grünem Filz, schwarzem Samt, buschigem Marderpelz und drei dunkelrot gefärbten Schwanenfedern zusammenzustellen, als mich die Stimme des Hutmachers in die Wirklichkeit zurückholte.

»Wahrhaftig, dacht' ich mir's doch, es ist der Domhut des Herrn Bischof, den ich ihm zum Martinstag im vergangenen Jahr angefertigt habe. Wer bist du, Bursche? Du siehst mir zwar nicht wie ein gemeiner Dieb aus, aber zum Domhut unseres hohen Bischofs kannst du auch nicht auf ehrliche Weise gekommen sein! Oder willst du etwa behaupten, daß der Herr Bischof dir seinen Kirchgangshut für einen Abendspaziergang ausgeliehen hat?«

Der Hutmacher mit seiner schrillen Stimme hatte es geschafft, daß die Leute, die reichlich den Markt bevölkerten, auf uns aufmerksam wurden und sich voll Interesse um uns scharten, um zu sehen, wie die Sache ausging.

»Ja, ich erkenn' ihn auch«, flüsterten einige. »Bei meiner Seele, er trägt tatsächlich den Domhut unseres edlen Herrn Bischof!« – »Der Bursche muß den Hut gestohlen haben!« – »So nehmt ihm den Hut schon ab! Wir wollen ihn dem Bischof zurückbringen!« – »Es ist doch wohl ausgeschlossen, daß ein zweites solches Stück existiert«, meinte ein besonnener Greis und blickte den Hutmacher scharf an.

»Du hast unserem Herrn Bischof doch sicher nicht die Kopie von einem Hut deines Vetters in Köln verkauft, Hutmacher? Dann wärest du jetzt allerdings schlecht dran!«

Für einen Moment wandte sich die allgemeine Aufmerksamkeit von mir ab und dem Hutmacher zu, der empört und mit kippender Stimme seine Handwerkerehre verteidigte. In diesem Augenblick spürte ich, wie mir jemand, der offensichtlich dicht hinter mir stand, ein großes Stück Sackleinen unter den Arm schob.

Bevor ich noch begriff, was geschah, flüsterte eine Stimme in mein Ohr: »Nimm den Hut gleich ab, du junger Tor, schlag ihn in das Tuch ein und verschwinde! Ab mit dir, auf dem schnellsten Weg nach Hause, aber achte gut darauf, daß dir bloß nicht noch jemand folgt und gar sieht, wo du logierst!«

Ich wandte mich nach dem Sprecher um. Es war ein mir fremder Bettelmönch in brauner Franziskanerkutte, mit offenen Sandalen, der, freundlich lächelnd, mit einer blitzschnellen Bewegung den Hut von meinem Kopf zog und mir in die Hand drückte. Mit ein paar knappen Handbewegungen bedeutete er mir, ohne ein weiteres Wort zu sprechen, den Hut in das Stück Tuch einzuwickeln. Ein kurzes Nicken des Kopfes wies in die Richtung, die ich wohl einschlagen sollte, und ehe ich selbst irgendein Wort erwidern, irgendeine Frage stellen konnte, war seine kastanienbraune Kutte schon in der Menge verschwunden.

Der Mann meint's offenbar gut mit dir, dachte ich bei mir, tat wie geheißen und bahnte mir rückwärts gehend einen Weg aus der Menschenmenge, die jetzt lachend und johlend den Hutmacher beschimpfte. Ich ging mit eiligen Schritten zur Petrikirche hinüber; laufen wollte ich trotz meiner Eile jedoch nicht, um auf gar keinen Fall wieder die Aufmerksamkeit der vielen Menschen zu erregen.

Ich folgte einer kleinen Gasse hinter der Petrikirche, die direkt zur Obertrave hinunterführte, und ging dann den Fluß entlang, langsameren Schrittes; ab und zu, durchaus unauffällig, wie ich dachte, warf ich einen Blick hinter mich.

Hier herrschte ein anderes Bild als in dem von Menschen wimmelnden Marktviertel. Ein paar Kinder spielten in der Abendsonne und winkten zwei vollbeladenen Kähnen zu, die langsam mit der Strömung die Trave abwärts, Richtung Hafen glitten.

Gerade wollte ich ein wenig verweilen und die friedliche Stimmung genießen, da fiel mir die Mahnung des Franziskanermönchs wieder ein, auf dem schnellsten Weg nach Hause zurückzukehren. Die Türme des Domes wiesen mir den Weg.

Soweit es ging, folgte ich dem Flußlauf, froh, daß mir niemand mehr begegnete. Außer ein paar Fischern wohnte in dieser Gasse wohl keiner, und der Dom ragte schon fast zum Greifen nah über den bescheidenen Häuschen auf. Vor allem gab es hier keine Mönche mehr, und das war mir mehr als recht, denn die beiden eigenartigen Begegnungen des heutigen Abends hatten meine Lust auf weitere Bekanntschaften mit Klerikern gewaltig gedämpft. Von dem Franziskaner hatte ich in dem Tumult und in der Eile außer der braunen Kutte nur noch ein paar staubige Füße ausmachen können; sein Gesicht war unter der Kapuze fast völlig verborgen geblieben.

Warum er mich – ohne mich zu kennen – aus der mißlichen Lage befreit hatte, war mir ein Rätsel. Sollte allein christliche Nächstenliebe der Grund gewesen sein? Ich wußte es nicht. Der andere Mönch, der mich beim Paternostermacher angesprochen hatte, war mir indes noch unheimlicher, und ich konnte mir nicht erklären, weshalb er sich so sehr für mich interessiert hatte.

Es war gut, daß ich auf dem Umweg entlang der Trave ins Domviertel zurückgekehrt und damit weiteren Zwischenfällen dieser Art aus dem Weg gegangen war, denn meinem Onkel Albert hätten Volksaufläufe wegen seines Domhuts gewiß sehr mißfallen.

Als ich unbemerkt wieder ins Haus schlich, schlug es

vom Dom gerade die achte Abendstunde. Offensichtlich hatte mich keiner vermißt. Schnell und lautlos zog ich die schwere Haustür hinter mir ins Schloß. Keinen Blick warf ich mehr zur Stadt zurück, aber hätte ich's getan, wer weiß, ob ich nicht am Rande des Domplatzes einen hochgewachsenen, hageren Mönch im Benediktinerhabit gesehen hätte, unruhig hin und her schreitend, stadtwärts spähend …

Das Schönste an ihr

Das Schönste an ihr waren ihre Augen. Ihr Gesicht war ebenmäßig und schmal, ihre Gestalt anmutig und schlank. Sie hatte prachtvolles, gewelltes, rötlichbraunes Haar und eine matt schimmernde, elfenbeinfarbene Haut. Ihre Stimme war dunkel und etwas heiser, ihr Gang der einer Tänzerin: kraftvoll und dennoch leicht und beschwingt.

Sie war eine außergewöhnlich schöne Frau, eine besondere Erscheinung, und sie füllte die Pracht ihrer Gewänder, den erlesenen Reichtum ihres Schmuckes aus wie ein vollendetes Gemälde seinen kostbaren Rahmen, der vor dem Glanz seines Inhalts zur Nebensache wird.

Doch unter ihren vielen Vorzügen waren die Augen an allererster Stelle zu nennen, groß, klar, braun, wie von einer inneren Flamme erleuchtet. Vor langem schon hatte sie gelernt, den harten Ausdruck zu verbergen, der stets die Gier nach Reichtum und Macht verrät.

Das alles lag hinter ihr. Ihr Ehrgeiz hatte sich erfüllt. Aus dem namenlosen Tanzmädchen war Theodora geworden, Theodora die Kaiserin, Herrscherin über das byzantinische Weltreich. Jetzt, wo ihr kein Wunsch mehr versagt blieb, konnte sie sich ganz der Erfüllung ihrer geheimsten Lüste widmen. Das bedarf sowohl ihre eigenen körperlichen Bedürfnisse, denen Justinian, ihr ergebener Ehemann, schon lange nicht mehr genügte, als auch der Befriedigung ihrer anderen – zugegebenermaßen etwas grausamen – Triebe.

Ihr kaiserlicher Gemahl ließ sie gewähren. Er verwöhnte sie, beschenkte sie, vergötterte sie, denn längst war sie eine unentbehrliche Stütze und Ratgeberin für ihn. Es war Theodora gewesen, die ihn an jenem schicksalhaften Tag zehn Jahre zuvor zum erfolgreichen Widerstand gegen das aufständische Volk ermutigt hatte, wodurch seine Regentschaft sich endgültig gefestigt hatte.

Obwohl sie sich nichts davon anmerken ließ, war Theodora immer noch unersättlich in ihrer Gier nach Macht und Reichtum und suchte ständig nach neuen Wegen, beides zu stärken und zu mehren. Tief saß in ihr die Angst vor der existenzbedrohenden Armut, seit jenen Tagen, als ihr Vater den kümmerlichen Lebensunterhalt der Familie als Bärenwärter im Hippodrom von Konstantinopel verdient hatte. Vor kurzem aber war die Kaiserin – eigentlich durch Zufall – auf eine besonders reizvolle und wirksame Methode verfallen, die ihr einerseits unermeßlichen Reichtum brachte, andererseits ihre Macht dort festigte, wo sie die meisten Widersacher hatte: im moralisierenden Klerus.

Es war nämlich eines Tages ein Nuntius des römischen Papstes am Hof von Konstantinopel erschienen, um mit ihrem Gatten Glaubensfragen zu erörtern und über die Idee eines Konzils zu diskutieren, das irgendwann einmal in Konstantinopel abgehalten werden sollte. Theodora wäre das alles herzlich gleichgültig gewesen, denn nichts interessierte sie weniger als Glaubensfragen, hätte der Gesandte dem kaiserlichen Paar nicht ein wundersames Geschenk mitgebracht: ein prachtvoll mit Edelsteinen verziertes Elfenbeinkästchen, ausgelegt mit Purpursamt, ein wahres Kleinod schon für sich allein. Auf einem purpurnen Samtkissen ruhte darin eine kostbare, ganz aus Gold gefertigte Phiole, noch aufwendiger verziert als das Kästchen selbst.

Unter vielen Bekreuzigungen und Ehrbeteuerungen überreichte es der Kirchenmann den »christlichen Majestäten«, und seine Augen ruhten gebannt auf ihnen, als sie es entgegennahmen. Sie äußerten sich lobend über die wunderbare Handarbeit, waren aber zugleich höchst gespannt auf den Inhalt, denn der Inhalt eines derartigen Kleinods mußte ja noch um vieles wertvoller sein als das Behältnis selbst: Theodora dachte an ein unermeßlich kostbares Parfum, vielleicht ein paar Tropfen des sagenhaften Moschusöls oder gar einige Krümel des noch selteneren Ambras – was sonst konnte in einem so kleinen und doch so wertvollen Behälter sein? Behutsam nahm sie ihn in die Hand, und die Augen des Gesandten füllten sich, in offenbar tiefer religiöser Ergriffenheit, mit Tränen. »Kaiserin Theodora«, sprach er feierlich. »Unser Papst in Rom hat sich Euch und Eurem Gatten zu Ehren von einer seiner liebsten Reliquien getrennt.« Theodora hörte das Wort zum erstenmal und wußte nicht so recht, was sie sich darunter vorstellen sollte. Erwartungsvoll lauschte sie den Ausführungen des Nuntius, ohne durch irgendeine Regung ihres Gesichts zu verraten, daß sie seinen Worten nicht ganz folgen konnte. Ermutigend nickte sie ihm zu und schenkte dem von ihrer Schönheit betäubten Gesandten ihr liebreizendstes Lächeln.

»Holdselige Kaiserin, hochedler Kaiser«, fuhr er fort, »unser Heiliger Vater, Vertreter Christi auf Erden, schickt Euch zum Zeichen seines übergroßen Wohlwollens in diesem bescheidenen Behältnis ...«, er hielt inne, offenbar von großer Rührung übermannt, und Theodoras Lächeln wurde vor Ungeduld starr, »... ein Fingerknöchelchen unseres guten Kirchenvaters, des heiligen Apostels Petrus, des Felsens, auf dem wir unsere Kirche gebaut haben.«

Theodora verschlug es den Atem. Ein geradezu unbändiger Lachreiz überkam sie, und sie verbarg sich hinter ihrem Schleier in der Hoffnung, der Nuntius würde das durch unterdrücktes Lachen hervorgerufene Beben ihres Körpers als tiefe Ergriffenheit deuten. Ihr Gemahl, sonst nicht gerade schlagfertig, kam ihr unerwartet und völlig arglos zu Hilfe.

»Die Kaiserin ist vom christlichen Glauben zutiefst erfüllt. Angesichts dieser heiligen Reliquie hat sie die Trauer um des heiligen Apostels Los überwältigt.«

Nun wußte Theodora also, was sie unter einer Reliquie zu verstehen hatte. Dem sich nun anschließenden Gespräch religiösen Inhalts folgte sie kaum, denn sie konnte es nicht erwarten, in ihren Gemächern die Phiole zu öffnen und sich Gewißheit über deren Inhalt zu verschaffen. Ein fünfhundert Jahre altes Stück Knochen! Auf derlei konnte nur der Vatikan verfallen. Im Grunde aber war es doch recht klug, wenn man bedachte, daß ein nach den herrschenden Anschauungen so wertvoller Gegenstand mit so geringen Kosten, ja eigentlich fast umsonst geschaffen worden war.

Dieser Gedanke ließ der Kaiserin keine Ruhe. Sie bestand darauf, das kostbare Geschenk wenigstens eine Nacht in ihre Gemächer mitnehmen zu dürfen, um in Gebet und Meditation bei der Reliquie zu wachen.

Ihr Gatte, offenbar überrascht von ihrem religiösen Eifer, gestattete ihr dies gerne. Der päpstliche Nuntius war höchst geschmeichelt ob der Ehre, die die berühmte Kaiserin dem Geschenk des Heiligen Stuhls erwies. Dies würde er dem Papst berichten, denn es schien ihm, als sei die schöne Kaiserin besser als ihr Ruf.

Kaum war Theodora in ihrem prunkvollen Schlafgemach und endlich allein, öffnete sie im Schein der Öllampen erst das Elfenbeinkästchen, dann nahm sie sich die Phiole vor. Ein Knöchelchen des heiligen Petrus! Ein wenig Kraft mußte sie wohl aufbieten, um den goldenen Verschluß von der Phiole zu entfernen, aber sie wußte ihre kleine, bronzene Nagelfeile geschickt als Hebel einzusetzen. Unter dem goldenen Verschluß entdeckte sie zu ihrem Ärger einen weiteren. Offenbar war der schmale Hals des Gefäßes mit Wachs abgedichtet worden und zusätzlich mit

Siegellack geschützt. Theodora konnte selbst im trüben Schein der Öllampen das päpstliche Siegel erkennen. Sie zögerte keine Sekunde, setzte ihre Feile an und schüttete schon nach ein, zwei Minuten den Inhalt der Phiole in ihre rosige Handfläche. Zuerst war sie enttäuscht, denn es war ein winziges Päckchen aus safrangelber Seide, kaum größer als ihre eigene zarte Fingerkuppe. Aber auch dies war nur eine Verpackung, und unter Zuhilfenahme ihrer langen Fingernägel löste sie das Päckchen flink.

Und dann hielt sie es endlich in der Hand: ein winziges Stück gelblich-weißen Knochens. Das war sie also, die große Kostbarkeit! Theodora hielt das Knochenstückchen zwischen Daumen und Zeigefinger vorsichtig näher an die Flamme ihrer Tischlampe. Ja, es war Knochen, unverkennbar ... Nachdenklich ließ sie es in ihrer Handfläche hin- und herrollen, roch einmal daran und kratzte mit dem Fingernagel an der Oberfläche.

Schließlich entschloß sie sich, das Knochenstück wieder einzupacken, statt es als Kuriosität in einer ihrer Schmuckschatullen zu deponieren, wie sie es ursprünglich vorgehabt hatte.

Sie schob das kleine Seidenpäckchen durch den engen Hals wieder in die Phiole, verschloß diese mit Wachs und brachte auch Siegellack über der Öffnung an. Allerdings begnügte sie sich damit, ein einfaches Kreuz in den weichen Lack zu drücken, bevor sie den goldenen Verschluß auf die Phiole setzte. Sorgfältig drehte sie die Phiole dann im Lampenschein hin und her, aber so genau sie auch hinsah – Spuren ihrer Tätigkeit waren beim besten Willen nicht zu erkennen. So legte sie die Reliquie beruhigt in das Kästchen zurück und ließ sich in die Fülle ihrer damastenen Kissen sinken.

Es dauerte in dieser Nacht ein wenig länger, bis der Schlaf die Lider über den schönen Augen schloß. Kurz bevor sie im Schlummer versank, wußte sie, was es war, das sie noch nicht hatte zur Ruhe kommen lassen: sie konnte schwören, daß das, was zur Verherrlichung des christlichen Glaubens seine ewige Heimstatt in der kostbaren Phiole gefunden hatte, nichts war als – ein kleines Stück von einem Hühnerknochen.

Zu Theodoras Stärken gehörte die Gabe, von anderen zu lernen und deren Erfahrungen ihren Zielen dienlich zu machen. Nachdem sie in den folgenden Monaten beobachtet hatte, wie das Kästchen mit der Phiole in einer feierlichen Prozession und unter großer Prachtentfaltung am Tage der Apostel Petrus und Paulus in die schönste Basilika der Stadt, die neu geweihte Hagia Sophia, überführt worden war und wie dort in den folgenden Wochen ein nicht endender Strom von gläubigen Pilgern vorbeidefilierte, kam ihr ein Gedanke. Eine solche Reliquie schadete niemandem, nein, sie war im Gegenteil nur allen von Nutzen. Dem Volke diente sie zur Glaubhaftmachung des Unaussprechlichen, des Göttlichen. Die Kirche füllte mit den vielen Spenden ihre Geldsäcke aufs beste, und der Kaiser wurde gelobt, weil er seinem Volk den kostbaren Schatz gespendet hatte, anstatt ihn für sich zu behalten.

Und dann begann der Knochen, die ersten Wunder zu vollbringen. Ein blinder Mann aus Edirne wurde wieder sehend, nachdem er das Kästchen mit der Reliquie geküßt hatte – und das, obwohl man das Kästchen inzwischen mit einem Seidentuch verhüllt hatte, damit die schmückenden Edelsteine unter den Tausenden von Lippen nicht allzubald ihren Glanz einbüßten.

Kurzum, ob Hühner- oder Apostelknochen, ob mit Abdecktuch oder ohne, die Wundertätigkeit der Reliquie war unbestreitbar. Es konnten doch noch mehr Gläubige, noch mehr Kirchen und noch mehr Regierungen davon profitieren, wenn es nun mehr von diesen Reliquien gäbe – am besten für jede Kirche eine. Dann könnte jede dieser armen Seelen aus dem Volke quasi ein Stück Himmel berühren, auf Geschwülste oder unfruchtbare Leiber pressen, gegen faulende Zahnstummel oder geschwollene Augen drücken, immer wieder in grenzenlose religiöse Verzückung geraten – und zahlen. Denn selbstverständlich mußte sichergestellt werden, daß man für diese unerhörte Gnade einen gewissen Obolus zu entrichten hatte – oder besser noch eine freiwillige Spende erbringen konnte. Freiwillig gaben nämlich selbst die mehr, die sonst bei jeder noch so kleinen Steuererhöhung murrten, und am meisten gaben die Armen.

Man würde Gott preisen, die Kirche preisen, den Kaiser preisen – und die beiden letzteren würden bei alldem noch auf angenehmste Weise verdienen. Falls sich jetzt noch ein, zwei Wunder ereignen sollten, würde das ganze Reich, vielleicht sogar die ganze christliche Welt, nach Reliquien verlangen.

Und Theodora war bereit, dieses Verlangen zu erfüllen. So schuf sie Reliquien: Fläschchen, Medaillons, Phiolen und Kästchen in allen Ausstattungen, von denen keines dem anderen ähnelte. Zunächst hielt sie sich noch daran, in die Behältnisse winzige Teile des menschlichen Körpers zu geben, denn an Knochen, Haaren und Zähnen herrschte in ihren Verliesen und Folterkammern kein Mangel. Später, als bereits von allen Aposteln und Jüngern diverse Zähne, Knöchelchen und Haupt- oder Barthaare vergeben waren, dehnte sie ihr Sortiment aus auf Fasern vom Leichentuch Jesu, Splitter vom Tisch des letzten Abendmahls oder gar des Kreuzes, Dornen der Dornenkrone, Teile der Geißel, mit der man ihn geschlagen hatte, denn alles, was direkt von Jesus stammte oder mit ihm in Berührung gekommen war, stand besonders hoch im Kurs.

Theodora ließ verbreiten, daß ihr diese Schätze von Gesandten aus dem Morgenland als Geschenke für ihre Verdienste um das Christentum dargebracht worden seien. Und die Nachfrage wuchs und wuchs. Fast jeder Missionar, der im Osten des Reiches Seelen errettete, erstand eine kleine (nicht zu teure) Reliquie. Die großen Kirchen und weströmischen Dome leisten sich gerne etwas Besseres, sie bevorzugten Körperteile von Mitgliedern der heiligen Familie oder Gegenstände, die von ihnen zumindest berührt worden waren.

Manchmal verschenkte Theodora eine Reliquie zum Zeichen ihrer Gnade. Besondere Freude hatte es ihr gemacht, sich beim Papst zu revanchieren. Sie schickte ihm ein winziges Knochenteilchen aus der Schädeldecke eines unglücklichen Gefolterten in einem wahrhaft prachtvollen Flakon aus kostbarem, blau getöntem Kristall und ziseliertem Silber – als ein Stück vom Schädel des heiligen Johannes des Täufers, sozusagen noch mit einem Fingerabdruck der unseligen Salome ...

Theodoras Reliquienhandel weitete sich mit der Zeit immer mehr aus. Inzwischen kamen besonders viele Nachfragen aus dem westlichen Europa, vor allem aus Italien. Dort hatte ein gewisser Benedikt von Nursia etwa fünfzehn Jahre zuvor auf dem Monte Cassino ein Kloster gegründet, und seither waren diese Klöster regelrecht in Mode gekommen. Sie alle mußten sich ernähren. Je mehr Spenden ihnen zugute kamen, desto weniger brauchten sie selbst für ihren Lebensunterhalt zu sorgen, und desto intensiver konnten sie sich ihren eigentlichen Aufgaben, dem Gebet, der Meditation und der Abfassung religiöser Schriften widmen. Auch strebten die Klöster danach, sich in christlichem Wetteifer zu überbieten an Gottesfurcht und religiösem Ansehen, und die Reliquien trugen das Ihre dazu bei. Jedes Kloster wollte gern seine eigene Reliquie haben, bald nicht nur eine, sondern mehrere, und je höher in der himmlischen Hierarchie, desto besser. Die Reliquien brachten Pilger, die Pilger brachten Geld und Ruhm.

Theodora fragte sich manchmal, ob es ihr unter den herrschenden günstigen Bedingungen nicht sogar gelingen würde, ein Stück vom Wolkenthron unseres Herrgotts – altargerecht verpackt – an den Mann zu bringen. Aber sie war eine vorsichtige Frau und gedachte nicht, ihr glänzendes Geschäft durch Übermut zu verderben.

Heute hatte nun wieder ein Mönch um Audienz bei ihr gebeten. Er kam von weit her, und sein Verlangen nach einer Reliquie für sein auf einem einsamen Bergrücken der Halbinsel Chalkidiki gelegenes Kloster hatte ihn zu Fuß bis nach Konstantinopel gebracht. Er war ein junger Mensch, kaum über zwanzig Jahre, und das Feuer religiösen Eifers brannte in seinen Augen.

Theodora überkam sofort das Verlangen, in seinen Augen ein anderes Feuer zu entzünden, nämlich das Feuer der Begierde. Wie immer fühlte sie sich herausgefordert, wenn ein Mann für ihre Reize unempfänglich schien, und diesen Eindruck hatte ihr der junge Mönch trotz seiner Unbeholfenheit und unterwürfigen Bescheidenheit durchaus vermittelt.

»Du sollst deine Reliquie haben, und zwar, denke ich, ist dein uns für seine Frömmigkeit wohlbekanntes Kloster einer besonderen Anerkennung würdig.« Theodora hielt einen Moment nachdenklich inne. »Blutstropfen von unserem Herrn Jesus Christus«, fuhr sie fort, »vergossen bei seiner Geißelung, aufgenommen von Maria, des Johannes Mutter, mit einem Tüchlein!«

Ihre Worte zeigten die erwünschte Wirkung: angesichts einer derart bedeutungsvollen Reliquie wich dem Mönch vor Erschütterung alle Farbe aus dem Gesicht, er sank vor der Kaiserin auf die Knie, umarmte ihre Beine in leidenschaftlicher Dankesbetreuung und küßte ihre Füße. Theodora spürte die Wärme seines Gesichts an ihren Knien auch durch die Falten ihres schweren Gewandes, und ihr Verlangen nach ihm wuchs. Schnell legte sie sich einen Plan zurecht.

»Du darfst heute abend die kaiserliche Palastkapelle aufsuchen, wo ich selbst dir die Reliquie unter den Augen unseres Herrn nach einem gemeinsamen Gebet übergeben werde. Danach magst du wieder in dein heimatliches Kloster zurückkehren, Nikodemos!« Der Mönch, überwältigt von soviel kaiserlicher Gunst und christlicher Gesinnung, verbrachte die restlichen Stunden des Tages wie im

Traum, fastend und betend in Erwartung der heiligen Blutreliquie.

Am Abend, in der Kapelle des kaiserlichen Palastes, bot Theodora im Schein der zahllosen Leuchter und Lampen einen unwirklich schönen Augenblick. Sie kniete, in ein fließendes Seidengewand gehüllt, das lange Haar gelöst und bar jeglichen Schmuckes, scheinbar tief ins Gebet versunken vor dem Altar. Langsam, als müsse sie sich in irdischen Gefilden erst wieder zurechtfinden, wandte sie den Kopf zu dem Mönch um, der in tiefer Scheu und Ehrfurcht beim Eingang der Kapelle stehengeblieben war.

»Tritt näher, Nikodemos«, gebot sie, und ihm war, als versinke er in ihrem tiefen, so unendlich sanften und milden Blick.

Das Schönste an ihr sind ihre Augen, war das letzte, was Nikodemos bewußt dachte, bevor er, gefangen von ihrem Zauber, in einer tiefen Ehrbezeugung auf den weichen Teppichen des Altarraumes neben ihr niederkniete. Der Duft von Weihrauch und Myrrhe, vermischt mit Theodoras eigenem berauschenden Parfum, betäubte ihn fast.

Mit einem triumphierenden Lächeln nahm Theodora einen gefüllten Weidenkelch, der im Schatten des Altars gestanden hatte. Langsam ließ sie sich neben den Mönch niedergleiten und führte den Kelch an seine Lippen. Und dann schob sie seine Kutte hoch und berührte ihn.

Nikodemos war, als erwache er aus einem unvorstellbar schönen und doch abgrundtief sündigen Traum. Sein Kopf schmerzte, und als er sich aufzurichten versuchte, schwankten die Wände der Basilika, so daß er noch einmal zurück auf den Boden sank und mit geschlossenen Augen die Erinnerung suchte.

Theodora war dagewesen, unendlich sanft und gut. Als er, überwältigt von seinen Eindrücken und geschwächt vom Fasten des Tages, vor ihr niedergesunken war, hatte sie ihm in ihrer Barmherzigkeit einen Weinkelch an die Lippen gesetzt, um ihn zu stärken. Danach hatte die Welt nur noch aus Wärme, Lichtreflexen und Theodoras schönen Augen bestanden, in denen sich die Flammen der Kerzen hundertfach zu spiegeln schienen. Ein noch nie dagewesenes Wonnegefühl hatte ihn durchströmt, als habe der Heilige Geist ihr gemeinsames Gebet und die Übergabe der Reliquie gesegnet. Die Reliquie! Wo war sie? Erregt tastete Nikodemos um sich.

Erst jetzt bemerkte er, daß die Basilika bis auf das Ewige Licht neben dem Altar und zwei Ampeln, die den Ausgang schwach beleuchteten, dunkel war. Wie lange hatte er hier gelegen? Wieso konnte er sich an nichts Genaues mehr erinnern? War die Kaiserin gar im Zorn über seinen Schwächeanfall und ohne seinen Dank davongegangen? Hatte sie ihm die Reliquie denn überhaupt gegeben? Als er sich langsam und unsicher erhob, rutschte ein Lederbeutelchen zu Boden, das offenbar in seinem Lendentuch verborgen gewesen war.

Die Kaiserin Theodora war bei der Ausführung des Plans auf ihre Kosten gekommen; der junge Mönch hatte sie mit der ganzen Leidenschaftlichkeit seiner Seele und einer Manneskraft entzückt, wie sie nur jahrelange klösterliche Askese hervorbringen kann. Befriedigt wollte sie ihn schon verlassen, als ihr plötzlich einfiel, daß sie ihm ja eine Reliquie hatte übergeben wollen – das hatte sie über ihrem eigenen ungeduldigen Verlangen schon vergessen. Sie hatte nicht einmal ein Stück aus ihrem Reliquienvorrat mitgebracht. In Kürze würde er zu sich kommen, und bis dahin mußte sie fort und die Reliquie bei ihm sein – also was tun? Theodora handelte, wie immer, schnell und überlegt.

Sie nahm ein kostbares, reich mit Gold verziertes Fläschchen aus rötlichem Kristall, in welchem heiliges Öl für Segnungen aufbewahrt wurde, und entleerte die Phiole, ohne zu zögern, in eine der Öllampen, die diese überraschende Heiligung mit einem kurzen Aufqualmen zur Kenntnis nahm. Dann riß Theodora einen schmalen Streifen vom purpurfarbenen Saum ihres Seidengewandes, rollte ihn zu einem winzigen Päckchen zusammen und stopfte es hastig in das kleine Fläschchen, das sie ebenso hastig verschloß und mit Kerzenwachs versiegelte. Das mußte genügen; sicher würde kein Mensch so unverfroren sein, den Inhalt einer Reliquienphiole zu kontrollieren.

Im Beutel des Mönchs, den sie auf den Teppichen des Altarraumes der Eile wegen einfach umstülpte, fand sie ein kleines Ledersäckchen, in dem dieser seinen Rosenkranz verwahrte. Schnell steckte sie den Flakon in das Beutelchen und schob dieses, einer übermütigen Eingebung folgend, unter sein Lendentuch. Mochte er selbst eine Erklärung dafür finden, wie die Phiole dorthin gelangt war, und sich zeitlebens mit der Lösung dieses Rätsels herumquälen. Theodora die Kaiserin lächelte zufrieden, löschte die Lichter in der Kapelle und verschwand im Dunkel der Nacht.

Nikodemos entdeckte die Phiole in seinem kleinen Lederbeutel, und sein Kopfschmerz steigerte sich ins Unermeßliche bei dem Versuch, sich zu erinnern, wie die Phiole in den Beutel und der Beutel unter sein Lendentuch gekommen waren. Er fand die Antwort nicht. Benommen und verwirrt verließ er die kaiserliche Kapelle.

Die frische Nachtluft tat ihm gut, und mit jedem Schritt, der ihn aus dem Palast hinaus und weiter fort führte, wuchs seine Freude. Er hatte seine Aufgabe erfüllt, ja sogar glänzend! Er brachte eine Reliquie von unschätzbarem Wert von seiner Reise zurück, die dem Kloster zu allen Segnungen des Herrn, zu Ansehen und vielleicht auch etwas weniger Armut verhelfen würde. Wie würden die Brüder ihn preisen!

Er mußte der gütigen und gottesfürchtigen Kaiserin unbedingt eine Danksagung übermitteln. Ob sie gar die Phiole … Aber nein, allein der Gedanke war ungeheuerlich, eine Todsünde! Streng rief Nikodemos seine vorwitzigen Gedanken zur Ordnung, konnte es aber nicht verhindern, daß ihn dabei ein Nachhall jenes Wonnegefühls durchströmte, unter dessen Eindruck er in der Kapelle erwacht war.

Er war verrückt, er war gottlos, er würde sich kasteien, fasten und barfuß durch die Wildnis von Thrakien laufen, bis er keine Haut mehr an den Füßen hatte und der Teufel ihn nicht mehr mit solchen gotteslästerlichen Vorstellungen in Versuchung führte! Vielleicht würde ihn ja die Phiole von seinen sündigen Gedanken heilen.

Nikodemos blieb stehen und sah sich um. Er war allein. Vor ihm spiegelte sich ein fast voller Mond in den dunklen Wassern des Bosporus und schien ihm eine silbrige Straße in weite Fernen, bis in die Tiefen des geheimnisvollen Asien, zu bauen. Nikodemos fühlte sich, als sei er dem Schöpfer noch nie so nah gewesen. Im Schein des Mondes holte er andächtig die Phiole aus dem Beutel. Das Mondlicht spiegelte sich darin im rötlichem Funkeln, und Nikodemos war, als würde die Phiole von innen her erleuchtet, als strahlte Christi Blut aus dem Flakon. Das war fürwahr ein Wunder!

Gläubig sank er auf die Knie und begann ein inbrünstiges Dankesgebet, die Phiole in den gefalteten Händen wie einen Schatz bergend. Die Wellen des Bosporus plätscherten sacht ans Ufer. Der Mond schien auf den betenden Menschen und die Phiole und sah den Anfang einer langen Reise, die in diesen Augenblicken begann. Über tausend Jahre sollte er sich erstrecken, der Weg der Blutrelique.

Schon am nächsten Tag

Schon am nächsten Tag ließ Onkel Albert mich zu sich kommen. Es war in den stillen Stunden nach dem Mittagsmahl, eine eher ungewöhnliche Zeit für eine Unterredung. Sonst pflegte der Oheim sich dann in seine Gemächer zurückzuziehen, um sich, wie er es ausdrückte, »in christliche Lehren zu vertiefen«. Mir schien jedoch, daß er in aller Ruhe ein Mittagsschläfchen zu halten pflegte, denn aus dem geöffneten Fenster seines Schlafgemachs, das direkt unter meinem lag, war einige Male leises, aber unüberhörbares Schnarchen gedrungen. Nun, heute war er jedenfalls hellwach.

Als ich in sein warmes, nach Süden gelegenes Arbeitszimmer trat, merkte ich beim ersten Blick in sein Gesicht, daß etwas nicht stimmte. Ich hatte ihn an diesem Tag noch nicht gesehen, was mir angesichts meiner Eskapaden des vorherigen Abends, deren Schrecken mir noch in den Gliedern steckte, nicht unlieb gewesen war.

Der Domhut war längst wieder, von mir sorgfältig abgebürstet, in der Truhe in der Diele verstaut, und ich war mir ganz sicher, nicht die geringste verräterische Spur hinterlassen zu haben. Doch was soll ich sagen, da lag der Hut jetzt, vom mittäglichen Sonnenlicht hell beleuchtet, mitten auf Onkel Alberts Arbeitstisch, und ich erschrak zutiefst bei seinem Anblick. Scheu blickte ich zu meinem Oheim hin. Dieser hatte noch kein Wort der Begrüßung gesprochen, sondern sich damit begnügt, mich aus seinen schmalen, scharfen Augen genau zu beobachten. Hoffentlich hatte mich meine erschrockene Miene beim überraschenden Anblick des Domhuts nicht verraten!

Aber dann erkannte ich sofort den Ausdruck unterdrückten Zorns im Gesicht des Onkels. Er musterte mich nicht nur kalt, ja fast abweisend, sondern schien trotz seiner steinernen Haltung nur mit Mühe eine gewaltige Erregung zu unterdrücken. Ein wütendes Funkeln seiner Augen traf mich mit ungeahnter Intensität, und ich machte mich auf einiges gefaßt.

»Martinus, ich bin empört und ärgerlich über dein kindisches, hirnloses und selbstherrliches Verhalten! Wie kann es angehen, daß ein junger Mann in deinem Alter mit zumindest einem Fünkchen Verstand auf die abwegige, ja geradezu gefährliche Idee kommt, mit dem Domhut des Bischofs auf dem Kopf am hellichten Tag auf dem

Markt von Lübeck herumzuspazieren! Ich kann es nicht fassen! Da versuche ich seit Monaten ...« Seine Stimme war im Laufe seiner Rede immer lauter geworden, aber jetzt hielt er inne, um sich zu kontrollieren, und fuhr in gedämpfterem Ton fort: »Da versuche ich seit Monaten einem Flegel vom Lande ein Mindestmaß an Benehmen und Bildung beizubringen, ihm ein paar Grundbegriffe des christlichen Lebens zu vermitteln, ihn zu lehren, wie er sich als künftiger Landjunker klug, würdig und gottesfürchtig zu verhalten hat, um ein Vorbild für seine Leute zu sein, und nach fast einem Jahr der größten Mühen sehe ich heute das Ergebnis: du entblödest dich nicht, deiner kindischen Neugier und Abenteuerlust nachzugeben und machst dich hinter meinem Rücken heimlich auf in die Stadt! Dazu noch mit meinem eigenen Hut, der den meisten Bürgern wohlbekannt ist. Diese Einfalt! Es ist nicht zu fassen! Warum hat mein einziger Neffe ein Gehirn von der Größe eines Apfelkerns? Ach, ich bin wahrlich geschlagen mit dir!«

Wieder hielt er inne, trat an das Fenster, mir den Rücken zuwendend, schaute in den bischöflichen Garten hinaus und trommelte mit den Fingern unruhig auf die hölzerne Fensterverkleidung.

Mir standen die Tränen in den Augen. Der Onkel mochte zwar recht haben mit den Vorwürfen wegen seines Hutes und meiner unüberlegten Eigenmächtigkeit, aber ein so großes Vergehen, dachte ich, sei es schließlich nicht, einmal innerhalb vier Monate einen Gang in die Stadt zu unternehmen.

Ein Gehirn von der Größe eines Apfelkerns! Das war nicht freundlich. Ich wollte mich wegen meines Vergehens in ehrlicher Reue entschuldigen, aber gleichzeitig auch bemerken, daß der Vorfall doch zu nichtig sei, um einen so großen Zorn auf mich zu entfachen. Also hub ich an. Aber das brachte den Onkel erst recht in Rage. Wütend fuhr er auf seinem Platz am Fenster herum und starrte mich bitterböse an.

»Schweig! Du bist ein Narr! Ein Kind noch! Ach, mein Gott, warum hast du diesem Burschen nicht ein Quentchen mehr Verstand mit auf den Weg gegeben? Martinus, du ahnst doch noch nicht einmal, auf was du dich da eingelassen hast. Du bist viel zu einfältig, um das Ausmaß deines albernen und eigenmächtigen Verhaltens überhaupt zu erkennen! Also hör mir ohne Widerrede zu, damit du jedenfalls jetzt ein paar nützliche Lehren in deinen Holzkopf aufnimmst!«

Ich nickte ergeben. Vielleicht war ein demütiges Verhalten eher dazu geeignet, den tobenden Oheim zu besänftigen, dachte ich bei mir.

»Martinus –«, mein Onkel schien für den Bruchteil einer Sekunde zu zögern, als wisse er nicht so recht, wie er jetzt seine Standpauke fortsetzen sollte. Sein Blick streifte mich und blieb dann nachdenklich an dem Domhut hängen, dessen weicher Pelzbesatz im Sonnenlicht schimmerte. Als er weitersprach, war seine Stimme zu meiner großen Erleichterung etwas ruhiger. »Martinus – wie, denkst du, habe ich von deinem Abendausflug mit meinem Hut erfahren?«

Diese Frage hatte ich mir selbst noch nicht gestellt, so sehr hatten mich die wütenden Beschuldigungen meines Onkels überrumpelt.

»Vermutlich saht Ihr mich bei meiner Heimkehr«, antwortete ich.

»Nein, als du wohl so um die achte Abendstunde nach Hause gekommen bist – und selbst das weiß ich, ohne dich gesehen oder gehört zu haben –, befand ich mich hier im Studierzimmer.«

Mein Onkel blickte mich lauernd an. Offenbar war ihm an der Beantwortung dieser Frage sehr gelegen. Mir kam der rettende Einfall.

»Dann hat mich jemand anders gesehen und Euch darüber berichtet!«

»Und wer sollte das gewesen sein?«

»Einer der Leute aus Eurem Haus!«

Onkel Albert schüttelte bloß den Kopf, betrachtete mich schweigend und mit, wie mir schien, sorgenvoller Miene.

»Einer Eurer Meßdiener oder Chorknaben? Jemand aus dem Domkapitularium?« riet ich weiter.

Der Oheim seufzte nur und wandte sich sogleich wieder dem Gartenfenster zu.

»Junge, ich sehe schon, dein Verstand ist gänzlich unberührt von dem, was das Leben eines – nun, nicht gänzlich einflußlosen Mannes mit sich bringt. Du wärest als Landjunker deinen Feinden und Widersachern ausgeliefert wie ein Lamm einem Rudel Wölfe! Schade, ich dachte, die vergangenen Monate hätten dir schon ein wenig den Blick geschärft – den Blick für die Gefahren, zum Beispiel, denen auch ich als Bischof von Lübeck ausgesetzt bin.«

Ich hatte, ehrlich gesagt, überhaupt nicht den Eindruck gewonnen, daß mein in Luxus und Pracht lebender, die schönen Künste fördernder Onkel, geschätzter und geachteter Bischof, irgendwelchen Gefahren ausgesetzt sei. Eher fürchtete ich für diejenigen, die – gleich mir ahnungslosem Toren – seinen Plänen und Anweisungen in irgendeiner, auch unbeabsichtigten Weise zuwiderhandelten. Dennoch nickte ich verständnisvoll.

Der Onkel hatte inzwischen trotz der großen Wärme das Fenster geschlossen. Jetzt lehnte er dagegen, die Arme über der Brust verschränkt. Ich hatte den Eindruck, daß seinen scharfen Augen nicht die leiseste Regung meines Gesichts entging, und fühlte mich wie ein Karnickel unter dem starren Blick des gleich zustoßenden Habichts.

»Nein, Martinus, du verstehst nichts. Du bist nach wie vor ein simpler Bursche vom Lande, der die Sorgen, die hochgestellte Persönlichkeiten quälen, nicht einmal ahnen kann. Also höre, Junge, und paß gut auf: ich habe Feinde. Über die Gründe dafür will ich schweigen, das würdest du auch gar nicht verstehen! Vor diesen Feinden muß ich mich aber wirksam schützen, und deshalb ist es erforderlich, daß ich über ihre Aufenthaltsorte, ihre Vorhaben und auch ihre Freunde informiert bin. Nun wirst selbst du verstehen, daß ich nicht überall zugleich sein kann, zumal ich ohnehin schon über Gebühr von meinem verantwortungsvollen Amt in Anspruch genommen werde. Also beschäftige ich ein paar mir treu ergebene Menschen damit, mich … nun, über diese Feinde unterrichtet zu halten, damit ich ihre Pläne möglichst im voraus kenne, diesen vorbeugen und mich schützen kann. Verstehst du das, Neffe?«

Mir stockte für einen Moment der Atem. Das war ja ungeheuerlich! Hatte mir mein Oheim, der Bischof von Lübeck, gerade zu erläutern versucht, daß er Spione für sich arbeiten ließ? Hatte ihm etwa einer dieser Spione die Nachricht von meinem Abendspaziergang hinterbracht? Die ganze Betroffenheit meiner ehrlichen jungen Seele muß sich wohl in meinem Gesicht gespiegelt haben, denn als der Onkel weitersprach, war sein Ton wieder bedeutend schärfer.

»Was bist du nur für ein schwerfälliger Bursche! Ich bin nicht der einzige, der solche Vorkehrungen treffen muß! Auch andere höhergestellte Persönlichkeiten halten dies für unentbehrlich, zum Beispiel auch meine Widersacher, so daß ich nicht durch unangebrachte Sorglosigkeit ins Hintertreffen geraten darf. Aber nun kommen wir zum Kern: du in deiner Einfalt, bar jeglichen Gespürs für Mißgunst und Intrigen, spazierst tatsächlich mit meinem Domhut durch die Stadt, was inzwischen wirklich jeder meiner Neider, und wenn er auch selbst in Rom wohnte, erfahren haben muß. Und das ist wirklich zuviel des Guten!«

Ich begriff nicht, weshalb das so schlimm war. Sollte er sich wirklich nur deswegen so aufgeregt haben, weil irgendein anderer Bischof oder wer auch immer über ihn und seinen einfältigen Neffen schmunzeln würde? Das sah Onkel Albert kaum ähnlich, denn oft genug scherte er sich um die Meinung anderer wenig oder gar nicht. Also mußte noch mehr an dieser ganzen Angelegenheit sein. Ich versuchte wieder, möglichst einsichtig und zerknirscht auszusehen, da meine Unterwürfigkeit die Wogen seiner Wut offensichtlich am ehesten zu glätten vermochte. Und richtig, als er den Faden wiederaufnahm, sprach er fast mit seiner normalen Stimme.

Allerdings hatte er seinen Fensterplatz verlassen und ging nun rastlos im Zimmer auf und ab. Das beunruhigte mich wiederum sehr, denn mir hatte er immer eingeschärft, während eines Gesprächs seinem Gegenüber in die Augen zu sehen und in ruhiger Haltung Rede und Antwort zu stehen.

Ach, ich Ahnungsloser, hätte ich nur die leiseste Idee gehabt, in welch tiefe Verzweiflung mich seine nächsten Worte einst stürzen sollten!

»Martinus, bist du ein gläubiger Christ?«

Hierauf konnte ich gewiß gefahrlos Antwort geben: »Ja, Onkel, mit Leib und Seele!«

»Und willst du hier auf Erden einen frommen und gottesfürchtigen Lebenswandel führen, damit du einst eingehest ins Himmelreich?«

Natürlich wollte ich das, und ich nickte.

»Bist du auch dazu bereit, für deinen Glauben ein Opfer zu bringen? Liebst du Gott und unseren Herrn Jesus Christus so sehr, daß du – sagen wir – dich eine gewisse Zeit selbst verleugnen und einer höheren Aufgabe widmen würdest?«

»Oh, das wäre ja wunderbar«, entfuhr es mir, »wenn ich unserem Herrgott einen Dienst erweisen dürfte!«

Ich dachte bei mir, daß mein Onkel mich auffordern würde, bei den nächsten Gottesdiensten vielleicht als Meßdiener auszuhelfen, und betrachtete dies als eine große Ehre.

»Also denn«, hob der Oheim an, »wenn dies dein freier Wille ist –«, ich nickte entschlossen, »– wenn du aus gläubigem Herzen bereit bist, unserem Herrn ein Opfer zu bringen –«, wieder nickte ich zustimmend, »dann will ich dir sagen, worum es geht. Aber zuvor mußt du mir auf die Bibel und bei allem, was dir lieb und teuer ist, schwören, daß dir kein Wort jemals über die Lippen kommt über das, was ich dir gleich berichte und was deine Aufgabe betrifft. Außerdem mußt du mir versprechen, daß du mir in dieser Angelegenheit unbedingten Gehorsam leistest!«

Ich stutzte. Weshalb sollte ein so feierlicher Schwur erforderlich sein, wenn es nur darum ging, vielleicht einen Meßdiener oder Chorknaben zu ersetzen?

Ich merkte, daß Onkel Albert auf meine Antwort wartete, denn er war jetzt mitten im Raum stehengeblieben und blickte mich streng an.

»Willst du oder willst du nicht – entscheide dich, Junge!«

Gewiß wollte ich! Der Gedanke, vor all den Gläubigen, den Bürgern, den Domherren, bei der heiligen Messe zu helfen, ließ mich alle Vorsicht vergessen. Ja, natürlich wollte ich gehorsam sein, natürlich wollte ich stillschweigen – über was auch immer. Und so sagte ich es auch meinem Oheim. Aber dieser ließ es dabei nicht bewenden; er forderte mich auf, an sein Lesepult heranzutreten, auf dem eine in der neuen Drucktechnik aufwendig gefertigte Bibel lag – denn Onkel Albert war stets für alles Neue. Ich mußte meine Hand auf die Heilige Schrift legen und Stillschweigen und Gehorsam geloben.

Angesichts des Ernstes, mit dem der Oheim dies alles betrieb, wurde mir unbehaglich zumute. Was, wenn ich mich nun über die Art des zu erbringenden Dienstes getäuscht hatte? Jetzt war es zu spät. Sichtlich erleichtert nahm Onkel Albert in dem hohen Lehnstuhl hinter seinem Arbeitstisch Platz und bedeutete mir, mich auf einen anderen Stuhl ganz in seiner Nähe zu setzen. Wieder senkte er die Stimme.

»Martinus, deine große und sicherlich nicht leichte Aufgabe wird es erforderlich machen, daß du einen gewissen Zeitraum in einem Kloster verbringst …«

Ungläubig starrte ich ihn an. Er machte zwar höchst selten Scherze, aber das war viel zu abwegig, um ernst gemeint zu sein. In ein Kloster! Unwillkürlich mußte ich grinsen. Das Grinsen erstarb mir aber auf den Lippen, als ich einen Blick auffing, der mich das Schlimmste befürchten ließ.

»Ich freue mich, mein Neffe, daß du die Aussicht, vorübergehend in ein Kloster zu gehen, so heiter zur Kenntnis nimmst! In Anbetracht deines etwas unbedachten Wesens hatte ich schon mit einer ablehnenden Reaktion gerechnet. Nun, um so besser! Du gehst also ins Kloster Cismar, und zwar, denke ich, solltest du am Allerheiligentag dort eintreffen.«

Mich durchfuhr es eiskalt. Ich suchte die Worte zu einer passenden Erwiderung und begann: »Ja, aber ...«

Schon schnitt der Oheim mir das Wort ab: »Streich dieses Wort aus deinem Kopf, Martinus. Es gibt für dich kein Aber mehr. Du hast mir in dieser Sache unbedingten Gehorsam gelobt! Ist dein Gedächtnis so kurz, daß ich dich schon an dein Gelübde erinnern muß, bevor noch die Heilige Schrift an der Stelle erkaltet ist, an der du deine Hand zum Schwur auf sie gelegt hast? Schweig jetzt, und hör mich an!«

Ich fühlte mich betrogen. Mein Oheim hatte die Vorstellung in mir erweckt, daß es sich bei meinem »Opfer« nur um eine vorübergehende und nicht allzu schwere Aufgabe handeln würde – und nun dieses!

»Martinus, ich will es noch einmal deutlich sagen, um dich zu beruhigen: du sollst natürlich nicht für immer ins Kloster!«

Ich war geradezu erschrocken über die Präzision, mit der er meine Gedanken las.

»Deine Aufgabe, die ich dir auch gleich erläutern werde, erfordert es nur, daß du einen gewissen Zeitraum in Cismar verbringst – und dann bist du wieder frei wie die Lerche in den Lüften oder die Fische im Wasser – nur mit dem Unterschied, daß du ein großes Werk der Gottesfurcht und Nächstenliebe vollbracht und dir deinen Platz im Himmelreich gesichert haben wirst!«

Wahrlich, mein Onkel verstand sein Handwerk. Er war ein geschickter Fischer, und ich zappelte schon längst hilflos in seinen Netzen. Nach diesen kurzen, mich besänftigenden Ausführungen kam der Oheim sofort wieder zur Sache. Er hielt es also schon für geklärt, daß ich seinen Worten Folge leisten und »für einen gewissen Zeitraum« nach Cismar gehen würde. Zum Allerheiligentag – wie endgültig sich das anhörte! »Also höre, Martinus, ich habe Grund zu der Annahme, daß im Kloster Cismar ein großes Verbrechen an der gläubigen Christenheit begangen wird, dem vielleicht eine noch viel größere Untat vorausgegangen ist.« Mir blieb der Mund offen. Spione für Bischöfe, Verbrechen im Kloster; innerhalb der letzten halben Stunde war die Welt unserer heiligen Kirche, wie ich sie mit meinen gläubigen Augen sah, in ihren Grundfesten erschüttert worden. Mein Onkel erkannte meine Verwirrung und gestattete sich (und mir) ein kleines, knappes Lächeln.

»Um dir das alles näher zu erläutern, muß ich etwas ausholen und um gut hundertzwanzig Jahre zurückgehen.« Er zögerte, ergriff den vor ihm auf dem Arbeitstisch liegenden Domhut und klopfte damit ungeduldig auf die Tischplatte. »Fangen wir an. Als erstes: Ist dir das Kloster Cismar überhaupt ein Begriff?«

»Gewiß, Oheim, es ist das bedeutendste Kloster in Wagrien, hochberühmt wegen der Kraft seiner Reliquien und seines vom Herrn gesegneten Wohlstandes.«

»Richtig! Aber weißt du auch, daß sich dort, geborgen in dem holzgeschnitzten Altar, der allerdings ganz dem etwas gröberen Geschmack von vor hundertfünfzig Jahren entspricht …« Der Onkel verlor sich in Detailschilderungen des Cismarer Altars, dessen Ausführung in einigen Punkten nicht ganz dem geschulten Kunstverstand eines Mannes von Welt entsprach. »Aber geborgen in jenem Altar befindet sich das Heiligste, was sich ein gläubiger

Christ nur vorstellen kann: nämlich Blutstropfen unseres Herrn Jesus Christus, vergossen bei seiner Geißelung.«

Davon hatte ich schon gehört, insbesondere von den großen Wunderheilungen, die sich dort unter den Pilgerscharen ereigneten, wenn an hohen kirchlichen Feiertagen die Blutreliquie der Öffentlichkeit gezeigt wurde.

»Nun, vor gut hundertzwanzig Jahren war mein Vorgänger hier im Amt Bischof Hinrich Bockholt, ein wackerer und glaubensfester Mann. Leider war er in weltlichen Dingen weniger geschickt, und er lud schon bald den Zorn der Bürger auf sich, die in den folgenden Jahren dem Domkapitularium auch prompt nichts als Schwierigkeiten machten, wodurch Bischof und Dom in jenen Jahren ... nun ... ein im Vergleich zu heute eher kärgliches Dasein fristeten.« Wohlgefällig betrachtete er bei diesen Worten seine schlanken und gepflegten, mit schönen Fingerringen geschmückten Hände. »Aber das ist eine andere Geschichte. Wie dem auch sei, Bischof Hinrich erhielt eines Tages eine sonderbare Botschaft, die offenbar nur auf großen Umwegen zu ihm gelangt war. Darin teilte ihm ein Pater Raphaelus aus dem Kloster Cismar mit, daß dortselbst ein schändlicher Schwindel mit der heiligen Blutreliquie betrieben werde, daß fromme Pilger zum Narren gehalten und um ihr Hab und Gut betrogen würden. Dies alles wurde ihm streng vertraulich und mit der dringlichen Bitte mitgeteilt, sich baldmöglichst selbst um die Zustände in Cismar zu kümmern. Der Bischof Hinrich, der gerade wieder ein Scharmützel mit dem Rat der Stadt auszutragen hatte, hielt diese ungeheuerliche Botschaft für das Hirngespinst eines in den wagrischen Sumpfwäldern mehr oder minder verwirrten Mönches, und er schob die Klärung der Angelegenheit auf.

In jenen Jahren war der streitbare Bischof schon im Amte gealtert, und wie das Schicksal spielte, kam er auch nach der Beilegung seiner Streitigkeiten nicht mehr dazu, der rätselhaften Botschaft aus Cismar nachzugehen. Er starb bald darauf eines friedlichen Todes, und der

Brief des Mönches Raphaelus wurde mit anderen unerledigten Anfragen und Gesuchen seinem Nachfolger übergeben.

Diesem, einem Mann von bürgerlicher lübscher Herkunft, war keineswegs an einer Auseinandersetzung mit der vermögenden Benediktinerabtei gelegen, von der er schließlich auch beträchtliche Einkünfte erhielt. Er wollte deshalb keinen Staub aufwirbeln, der Cismars Ruf als heilkräftige Wallfahrtsstätte in Zweifel hätte ziehen können. Dennoch konnte er die Sache natürlich nicht ganz auf sich beruhen lassen und wählte also einen Mittelweg.

Anläßlich seines Antrittsbesuches in Cismar fragte er den Abt unauffällig nach einem Mönch namens Raphaelus – aber wie groß waren sein Erstaunen und dann seine Erleichterung, als der Abt ihm erklärte, daß es einen Mönch dieses Namens im Kloster nie gegeben habe! Damit hatte sich die Angelegenheit für ihn auf die bestmögliche Art und Weise erledigt. Er vermerkte den Inhalt seines Gesprächs mit dem Abt in seinen Aufzeichnungen und fügte hinzu, daß offenbar ein mißgünstiger Mensch unter Vorspiegelung falscher Tatsachen versucht habe, dem Kloster zu schaden, und daß der Schuldige nicht habe ausfindig gemacht werden können.«

Hier unterbrach der Oheim seine Schilderung. Ich hatte wie gebannt zugehört und versuchte, mir einen Reim auf die Geschichte zu machen. Weshalb hatte er mir dies alles erzählt? In unser Schweigen dröhnte ein einziger Glockenschlag der Domuhr, der die erste Stunde des Nachmittages verkündete.

»Nun, Martinus, was hältst du von dem allen?«

Das wußte ich nicht so recht, aber ich fand die Erklärung, die der Bischof vor hundertzwanzig Jahren für die Angelegenheit gefunden hatte, doch ganz plausibel und einleuchtend und äußerte mich dementsprechend. Onkel Albert runzelte die Stirn und seufzte schwer.

»Ach, Junge, du bist so unberührt von den Listen der Welt, daß ich mich ernstlich frage, ob du dieser Aufgabe wirklich gewachsen sein wirst. Paß gut auf, mein Amtsvorgänger hatte nämlich in seinen Bemühungen, die ganze Sache irgendwie niederzuschlagen, eins übersehen: der Bischof von Lübeck erhält doch jedes Jahr eine Liste mit den Namen aller Mönche und Nonnen in den Klöstern seines Bistums, um so über Neueintritte und Todesfälle unterrichtet zu sein. So wird es schon seit der Gründung unseres Lübecker Johannisklosters vor über dreihundert Jahren gehalten. Es wäre also ein leichtes gewesen, anhand der vorhandenen Listen die Auskunft des Cismarer Abtes zu überprüfen. Aber offenbar wollte der Bischof damals die Wahrheit gar nicht wissen, sondern sich dieser unangenehmen Angelegenheit nur auf irgendeine passable Weise entledigen.«

Mir wurde immer unbehaglicher zumute, und ich rutschte auf meinem verschwenderisch gepolsterten Besucherstuhl unruhig hin und her. Onkel Albert warf mir einen mißbilligenden Blick zu.

»Ich will dir den Rest der Geschichte so kurz wie möglich berichten, Neffe, bevor du mir den guten Stuhl ganz abgewetzt hast! Der Brief des Raphaelus und die Aufzeichnungen des Bischofs über das Gespräch mit dem Abt wurden von Bischof zu Bischof weitergegeben – warum, kann ich dir nicht sagen, vielleicht wollte man für einen eventuellen Streitfall mit dem mächtigen Kloster, dem Benediktinerorden oder gar dem Papst irgendeinen dunklen Punkt aus der Geschichte Cismars in der Hinterhand haben – ich weiß es nicht. Jedenfalls sind Botschaft und Bericht nun in meine Hände gekommen. Du weißt, daß ich noch nicht allzu lange Bischof von Lübeck bin, und auch ich habe meine Zeit gebraucht, alle Unterlagen und Urkunden, die mir von meinem Vorgänger hinterlassen worden sind, nicht nur zu sichten, sondern auch durchzuarbeiten.

Aber ich habe auch noch ein übriges getan. Ich bin nämlich als erster in einer langen Reihe von Bischöfen meinen Zweifeln nachgegangen und habe versucht, Licht in die widersprüchliche Geschichte zu bringen. So habe ich mir die alten Klosterlisten, von denen ich vorhin sprach, von unserem Dombibliothekar heraussuchen und vorlegen lassen und diese dann eigenhändig durchgesehen. Und was, glaubst du, habe ich in der Cismarer Liste aus dem Jahre des Herrn 1337 entdeckt? Er war sehr wohl darin verzeichnet, unser phantasierender Mönch Raphaelus, und zwar mit dem Tage seines Eintritts ins Kloster: dem Osterfest 1337!«

Mir schwirrte schon der Kopf von Bischöfen, Äbten, Mönchen, und doch schien mir die Geschichte des Oheims nicht verständlicher als am Anfang.

»Aufgepaßt, Martinus, es geht noch weiter: auch in den folgenden Jahren ist unser Mönch Raphael uns als frommer und gehorsamer Bruder des Klosters Cismar aufgeführt. Erst in der Klosterliste des Jahres 1341 findet sich die Eintragung, daß Pater Raphaelus Burmester im Laufe des Jahres heimgegangen sei.

Du kannst vielleicht noch keine Zusammenhänge erkennen, Martinus, aber selbst dein Verstand sollte zu begreifen beginnen, wenn ich dir nun sage, daß die Aufzeichnungen des Lübecker Bischofs über sein Gespräch mit dem Cismarer Abt im Sommer 1342 erfolgt sind. Und da will es mir einfach nicht in den Kopf, daß ein Abt sich bereits ein Jahr nach dem Tode eines ihm anvertrauten Mönchs nicht mehr an diesen erinnert, ja leugnet, ihn je im Kloster gesehen zu haben. Und das weckt in mir die schreckliche Vermutung, daß an den unerhörten Vorwürfen des Mönches Raphaelus doch etwas dran gewesen sein könnte. Das wiederum heißt – und jetzt merk auf, Martinus! –, daß dort noch immer der Gottesfrevel begangen wird, gegen den Raphaelus in seinem Brief vor über hundertzwanzig Jahren Klage geführt hat!«

Diese kühne Schlußfolgerung meines Onkels, die ich allerdings nicht ganz nachzuvollziehen vermochte, ließ mich auffahren.

»Oheim, Ihr meint doch nicht, daß in Cismar, dieser

gesegneten Wallfahrtsstätte, in diesem Kloster, das überall wegen seiner Frömmigkeit und Barmherzigkeit gerühmt wird, ein schändlicher Schwindel mit der heiligen Blutreliquie betrieben wird? Das ist doch ganz ausgeschlossen! Sicher gibt es für Eure Entdeckungen eine andere Erklärung!«

»Und die wäre?«

»Nun, vielleicht war zur Zeit des Antrittsbesuches und der Anfrage des Lübecker Bischofs gerade ein neuer Abt ins Amt gekommen, der den Raphaelus wirklich nicht kannte?«

Diesen von mir mit zaghafter Stimme vorgebrachten Einwand wischte der Oheim sozusagen mit dem Domhut beiseite, mit welchem er sich während meiner letzten Worte Luft zugefächelt hatte.

»Das habe ich selbstverständlich als erstes geprüft. Aber in den fraglichen Jahren gab es nur einen Abt in Cismar, der erst im gesegneten Alter von achtundsiebzig Jahren, anno 1366, gestorben ist. Nein, Junge, es gibt hier keine andere logische Verknüpfung der Vorgänge als die von mir angestellte. Aber ich bin als Bischof von Lübeck dafür verantwortlich, daß in den Klöstern meines Bistums alles mit rechten Dingen zugeht. Ich sehe es als meine Aufgabe an, diese Geschichte aufzuklären. Und dabei wirst du mir helfen!«

Ich erschrak. Ich verspürte nicht die geringste Lust, mich mit einer über hundertjährigen Klosterintrige zu befassen, mehr noch: ich hielt diese Auslegung der Vorfälle durch meinen Oheim für ein Hirngespinst derselben Art wie die Anklage jenes nebulösen Raphaelus. Cismar, dieser weltberühmte Wallfahrtsort! Dieses Bollwerk christlichen Glaubens in den wagrischen Wäldern, das selbst mir in Tweebargen ein Begriff gewesen war! Cismar mit der heilenden Johannisquelle, mit der wundertätigen Blutreliquie! Dies alles in Verbindung zu bringen mit irgendwelchen, einer krankhaften Phantasie entsprungenen Vorwürfen erschien mir geradezu gotteslästerlich.

Aber Onkel Albert fuhr unerbittlich fort: »Du wirst verstehen, daß ich natürlich nicht selbst dort hinziehen und der Angelegenheit nachgehen kann. So, wie die Sache liegt, kann ich auch niemanden aus meinem Domkapitularium oder aus dem Kreis meiner Vertrauten dorthin schicken, denn die Benediktiner würden dann sofort argwöhnen, daß ihr Bischof etwas gegen sie im Schilde führt, und jegliche Aufklärung sicher verhindern.

Deshalb muß es jemand sein, dem gegenüber sie keinen Verdacht schöpfen können, jemand, der mit mir nicht in Verbindung gebracht werden kann, und dennoch jemand, auf den ich mich ganz verlassen kann. So ist meine Wahl auf dich gefallen, Martinus, denn diese Voraussetzungen erfüllst du alle – oder sollte ich besser sagen: erfülltest du alle, bevor du dich gestern mit meinem Domhut auf dem Kopf zum Mittelpunkt des Lübecker Marktes gemacht hast!«

Ein giftiger Blick in meine Richtung begleitete seine Worte.

Jetzt begriff ich alles. So war das also! Mein Onkel hatte mich von Beginn meines Besuches an, ja vielleicht schon vorher, für diese zweifelhafte Aufgabe ausersehen! Daher die endlosen Litaneien, das Auswendiglernen lateinischer Gebete und Glaubensformeln! Daher die Abschottung gegen die Stadt und ihre Bewohner! Daher sein Wutausbruch wegen meines harmlosen Spaziergangs! Daher das große Gelübde von Stillschweigen und Gehorsam!

Mir lief es kalt über den Rücken. Gerade mit letzterem hatte ich mich ja gegenüber dem Oheim verpflichtet, und dieser Verpflichtung konnte ich nicht entgehen, es sei denn, er entließ mich aus meinem Eid. Ich sank auf meinem Polstersitz unglücklich in mich zusammen, niedergedrückt von der Aussichtslosigkeit der Situation. Jetzt war auch ich einer seiner Spione, von deren Existenz ich noch vor einer halben Stunde nichts geahnt hatte. Alles in mir bäumte sich voller Empörung gegen die Pläne auf, die mein Oheim mit mir hatte. In dem Wunsch, ihn durch sachliche Argumente von seinem Vorhaben abzubringen, fragte ich: »Warum liegt Euch denn soviel an der Aufklärung dieser alten Geschichte, Oheim?«

»Ja, Junge, das ist nicht mit wenigen Worten zu erklären. Mich stört es schon seit langem, daß Tausende und Abertausende von christlichen Pilgern Jahr für Jahr zu den Wallfahrtsorten ziehen, ihr Hab und Gut verkaufen und die fetten Pfründe der Klöster noch reicher machen. Auch, meine ich, entspricht diese Unsitte nicht unserem Ersten Gebot, welches heißt: Ich bin der Herr, dein Gott, du sollst nicht andere Götter haben neben mir. Bedenke doch, daß gläubige Christen, verleitet durch diesen unseligen Reliquienkult, ihre Knie beugen vor Holzsplittern, Tuchfetzen, Haaren und Knochenteilen – die höchst zweifelhafter Herkunft sind! Heutzutage diskutieren die Gelehrten und streiten sich die Bischöfe darüber, wer nun das wirklich echte Stückchen von Jesu Leichentuch besitzt, anstatt sich darüber zu sorgen, welchen Frevel es bedeuten würde, einen ganz ordinären Stoffetzen in frommer Andacht zu verehren! Und dabei soll die Christenheit doch nicht sehen und anfassen, sondern glauben, allein glauben – und zum Glauben genügt es doch wohl, ein Bild des Herrn in der Seele zu tragen, anstatt irgendwelche Reste seiner Gewänder an die Lippen zu pressen!

Wie lobe ich mir da unsere Altarkunst, die nicht nur dem menschlichen Auge in verherrlichender Weise unser Heiligstes darstellt, sondern auch dem Geist ein gleichnishaftes Bild dessen vermittelt, was er verehren und anbeten soll! Wenn ich die schmerzvollen Züge unseres Herrn Jesus sehe, sei es in Holz geschnitzt, sei es in Farben gemalt, was brauche ich noch ein Fetzchen von seinem Gewand, einen Tropfen von seinem Blut, um an ihn zu glauben, ihn anzubeten! Und muß der Geist, der seine Abbildungen beseelt, nicht noch viel größere Wunder vollbringen können als ein Teilchen seines Körpers? Denn eins ist gewiß: der Körper ist doch auf immer dem Geist untertan, und nur der Geist läßt am Jüngsten Tage auch die Toten wiederauferstehen!«

Mein Onkel hatte mit wachsender Begeisterung gesprochen, so wie immer, wenn ein Thema berührt wurde, das im entferntesten mit sakraler Kunst zu tun hatte.

»Und deswegen, Martinus, ist es eine heilige Pflicht, die Christenheit von jenem verhängnisvollen Irrglauben an Reliquien zu befreien und statt dessen ihren Glauben im Geist zu stärken, denn nur dieser Weg führt zum ewigen Leben!«

Das war fast wie eine Predigt! Im Garten draußen war das Licht trüber geworden, denn die Sonne war inzwischen hinter fernen Gewitterwolken verschwunden. Die Schwüle im Zimmer war unerträglich. Schweiß stand auf meiner Oberlippe, während bei meinem Onkel kein Zeichen einer über das normale Maß hinausgehenden Erhitzung zu erkennen war, was mich zum Widerspruch reizte. Hatten seine Altarbilder jemals Wunder vollbracht wie die unzähligen Reliquien, die schon so vielen Menschen Trost und Heilung gespendet hatten? Auch das gewaltige Triumphkreuz, das er so gern irgendwann einmal beim Meister Bernt in Auftrag geben wollte, wenn die Diözese wieder etwas mehr Geld im Säckchen hatte, würde keine Wunder vollbringen! Außerdem kamen trotz der prunkvollen Ausschmückung selbst an den höchsten Feiertagen nicht so viele Gläubige in seinem Dom zusammen wie in Cismar an jedem beliebigen Sonntag. Ich wies meinen Onkel daher auf die Wunderkraft heiliger Reliquien und auf die stets wohlgefüllte Klosterkirche in Cismar hin. Der Oheim indes ließ diesen Einwand nicht gelten.

»Begreifst du denn nicht, Neffe, daß es gerade unsere Aufgabe ist, dies zu verhindern! Ich habe allen Grund zu der Annahme, daß mit der Blutreliquie in Cismar irgend etwas nicht stimmt, und wie kann eine falsche Reliquie Gotteshäuser füllen oder gar Wunder vollbringen? Deswegen möchte ich die Reliquie auf ihre Echtheit hin überprüfen.

Dabei muß ich aber auf jeden Fall vermeiden, daß ich mich bei einer offiziellen Nachprüfung – nun – blamiere.

Und daher ist dies dein erster Auftrag: Finde die Blutreliquie. Öffne sie dann und prüfe ihren Inhalt. Teile mir das Ergebnis mit, so daß ich genau weiß, worauf ich mich einlasse, wenn ich die Reliquie danach kraft meines Amtes selbst kontrolliere. Es wäre mehr als peinlich, wenn der ganze Konvent und dazu noch die halbe Welt über den Bischof von Lübeck lachten! Sollte die Blutreliquie – entgegen jeder vernünftigen Annahme – aber auch nur den Anschein der Echtheit haben, werde ich sie natürlich nicht mehr offiziell öffnen lassen, und in Cismar würde alles beim alten bleiben!«

An die letzte Alternative hatte ich noch gar nicht gedacht.

»Aber Onkel, was ist denn mit mir, wenn die Reliquie nun echt ist? Wird mich nicht das Strafgericht Gottes dafür treffen, daß ich nicht an sie geglaubt, sondern sie entweiht habe?«

»Das wird dich sicher nicht treffen, denn wir haben aufgrund der Nachricht jenes Raphaelus sogar die heilige Verpflichtung, die Echtheit der Blutreliquie zu überprüfen. Glaubst du denn, es ist im Sinne des Herrn, wenn über hundert Jahre hinweg oder wer weiß wie lang im Kloster eine Götzenverehrung erfolgt und Tausende von armen Seelen noch ihren Besitz dafür opfern, um einer Phiole mit fragwürdigem Inhalt gläubige Reverenz zu erweisen? Nein, Martinus, keine Angst, wenn die Reliquie echt ist, wird der Herr zweifelsohne anerkennen, daß wir aus Sorge um unsere christlichen Brüder gehandelt haben, und es wird keinen Vorwurf geben.«

Das überzeugte mich zumindest für den Augenblick. Mir konnte also bei der ganzen Sache nichts passieren. Ich stand unter dem Schutz des Bischofs, handelte in seinem Auftrag und deckte entweder einen großen Frevel auf oder räumte unberechtigte Zweifel an der heiligen Blutreliquie aus. Letzteres, dachte ich, wäre mir allerdings am liebsten …

Die Gewitterwolken draußen waren unmerklich näher gekommen, und das Tageslicht im Raum, vor kurzer Zeit noch so klar und sonnenhell, war düsterer und matter geworden. Mein Onkel war noch nicht am Ende seiner Ausführungen.

»Du hast noch eine zweite Aufgabe in jenem Kloster zu erfüllen, Neffe! Finde heraus, was mit dem Mönch Raphaelus geschehen ist – dort in Cismar muß der Schlüssel dieses Rätsels verborgen sein.«

Diese Aufgabe schien mir um vieles leichter. Schließlich konnte ich den Abt fragen oder um alte Aufzeichnungen bitten.

»Warum fragt Ihr eigentlich den Abt nicht selbst, Oheim?«

»Deine Frage bringt uns zu einem ganz wichtigen Punkt, Martinus. Niemand – und ich wiederhole: niemand, insbesondere in Cismar – darf von deinen Aufträgen erfahren. Du kannst niemanden fragen, und niemand wird dir bei der Aufklärung helfen; im Gegenteil, deine Ermittlungen haben in größtmöglicher Heimlichkeit und Vorsicht zu erfolgen, ohne daß irgendein lebender Mensch auch nur etwas davon ahnt.

Denn eins kann ich dir verraten, sollte der Konvent von deinem Vorhaben erfahren, und die Reliquie erweist sich doch als echt, so bin ich als Bischof von Lübeck kompromittiert und kann sogleich auf den Eutiner Bischofssitz umziehen und dort bis ans Ende meiner Tage Karpfen angeln!

Sollte mit der Blutreliquie aber etwas nicht stimmen, so wird der Konvent es mit aller Macht zu verhindern wissen, daß die Sache sich herumspricht, denn auf der Kraft der Reliquie basiert letztendlich der ganze Reichtum des Klosters. Das spurlose Verschwinden des Mönches Raphaelus möge uns insofern als warnendes Beispiel vor Augen stehen – du selbst wärest dann wahrscheinlich an Leib und Leben in Gefahr!«

Das hörte sich alles nicht besonders ermutigend an; aber ich war von der Echtheit der Reliquie so überzeugt, daß ich im Gegensatz zu meinem Oheim für mich die Möglichkeit ausschloß, durch meine geheimen Nachforschungen irgendwelchen Gefahren seitens des Konvents ausgesetzt zu sein. Ich würde die Sache vielmehr zügig, umsichtig und gründlich aufklären und Onkel Albert seiner Kopfschmerzen wegen der Cismarer Blutreliquie entheben.

Im Zimmer herrschte inzwischen ein gräuliches Halblicht, der Dämmerung an einem wolkenverhangenen Tage nicht unähnlich, und mir war, als könnte ich schon das Rumpeln entfernten Donners hören. Die Luft im Zimmer war zum Schneiden. Ich wischte mir mit dem Handrücken den Schweiß von Oberlippe und Stirn und hatte nur noch den Gedanken, endlich fortzukommen, das Gewitter am offenen Fenster zu erwarten und dem Rauschen des Regens zu lauschen, der sicher nicht mehr lange auf sich warten ließ.

»Ihr könnt Euch auf mich verlassen, Albert, lieber Oheim! Ich werde Eure Aufträge zur vollsten Zufriedenheit ausführen. Ich werde diskret und vorsichtig sein, und Ihr werdet meinetwegen sicher keine Karpfen im Eutiner See fangen müssen!«

Der Onkel schenkte mir ein etwas mühsames Lächeln. »Wenn ich da an gestern abend denke! Mit einer unüberlegten Eigenmächtigkeit hättest du fast meinen ganzen Plan gefährdet! Ich kann nur beten, daß dich keiner gesehen hat, der dich unter den anderen Umständen dann wiedererkennen könnte! Nun, Martinus, ich werde ein Übriges tun: einer meiner besten Männer wird den Kontakt zwischen uns halten, dir – falls erforderlich – mit Rat und Tat zur Seite stehen und auch sonst ein beschützendes Auge auf dich haben.«

Und dir berichten, was ich für Ungeschicklichkeiten begangen habe, dachte ich mir, ließ mir aber nicht anmerken, daß mich die Worte meines Onkels ein wenig gekränkt hatten. So richtig schien er wohl weder mir noch meinen Fähigkeiten zu trauen ... Aber ich würde ihm schon zeigen, was in mir steckte! Er sollte mich noch schätzen lernen und mein Lob singen!

»Wenn der Beginn deiner Aufgabe näherrückt, werde ich dir noch ein paar Einzelheiten mitteilen. Für heute soll dies genug sein; wir wollen die uns verbleibende Zeit bis zu deiner Abreise nun mit sinnvollen Übungen ausfüllen, die dich auf das Klosterleben vorbereiten und einstimmen, und wahrlich – viel Zeit bleibt uns dafür nicht mehr!

Finde dich daher gleich nach der Vesper wieder bei mir ein. Für jetzt magst du gehen und über das Gehörte nachdenken – aber wehe, ich erwische dich dabei, daß du noch einmal das Haus verläßt! Auch in den Garten gehst du von nun an nur noch mit meiner Erlaubnis, und vergiß nicht: meine Leute haben dich bereits jetzt scharf im Auge, so daß mir nichts verborgen bleibt!«

Bei den letzten Worten hatte er sich erhoben und zündete mit ruhigen Händen ein Licht über seinem Arbeitstisch an, als sei die jetzt herrschende Dunkelheit mitten am Tage durchaus normal. Keiner seiner Blicke ging in Richtung Fenster. Er trat vielmehr an sein Lesepult, entzündete auch dort eine Lampe und nahm ohne ein weiteres Wort seine Bibelstudien auf.

Hinter seinem abgewandten Rücken ging ich zur Tür. Als ich mich dort noch einmal umdrehte, blickte ich direkt in seine Augen, die sich in den dunklen Fensterscheiben spiegelten und mir gedankenvoll nachsahen, als wollten sie seinen Worten, ihm entgehe nichts, Nachdruck verleihen.

Schnell zog ich die Tür ins Schloß und eilte die Treppe zu meiner Kammer hinauf. Das Donnern war immer lauter geworden, und man sah auch bereits das Aufleuchten einzelner Blitze, selbst auf der dunklen Treppe. Als ich in mein Zimmer trat, ließ ein gewaltiger Donnerschlag das große Haus in seinen Grundfesten erzittern.

Ich eilte zum Fenster, das in meiner Kammer in der warmen Jahreszeit Tag und Nacht offenstand, begierig auf das nun folgende Naturschauspiel und voller Vorfreude auf Abkühlung und prasselnden Gewitterregen. Aber an diesem Nachmittag fiel kein einziger Regentropfen.

Viel zu schnell

Viel zu schnell verging der schöne Sommer. Es kam mir vor, als seien seine Tage in diesem Jahr besonders warm, als strahle die Sonne besonders hell und als seien die Bäume besonders grün. Nur hatte ich von der ganzen Pracht nicht viel, denn mein Oheim setzte alles daran, mir in den wenigen bis zu meinem Einzug ins Kloster Cismar verbleibenden Monaten all das beizubringen, was seiner Meinung nach unerläßlich für die erfolgreiche Ausführung meines Auftrages war – und das war viel, sehr viel.

So zogen die kostbaren Sommermonate in diesem Jahr an mir vorbei, ohne erfrischende Bäder in der Stör, ohne lange Abende unter den blühenden Linden, ohne das Zureiten junger Pferde und ohne ausgedehnte Angeltouren. Das Fehlen all dieser herrlichen sommerlichen Beschäftigungen machte mir mein Los natürlich doppelt schwer, und dafür erschien mir der Himmel besonders blau, wenn ich dann und wann ein Stückchen davon durch das Fenster betrachten konnte. Der Oheim hielt mir von früh bis spät Vorträge über all die Tugenden, die für mein unentdecktes Vorgehen im Kloster vonnöten sein würden, und es war mir, als mangele es mir an jeder einzelnen dieser erstrebenswerten Eigenschaften.

So war ich eigentlich recht verzagt, als Michaelis näherrückte und es langsam Zeit wurde für allerletzte Anweisungen vor meinem bevorstehenden Aufbruch. Da ich trotz aller Lübecker Übungen meine Herkunft nicht verleugnen konnte, sollte ich mich auch in Cismar als Abkömmling einer adligen Familie vom Lande ausgeben, nur durfte natürlich der Name Tweebargen nicht fallen, weil es sonst zu leicht gewesen wäre, die Verbindung zum Lübecker Bischof herzustellen. Also wurde meine Familie kurzerhand ins Oldenburgische, in die Gegend von Delmenhorst, verpflanzt, und statt meiner fünf jüngeren Schwestern erhielt ich die gleiche Anzahl älterer Brüder und damit zugleich einen glaubhaften Grund, um als Sohn ohne Aussicht auf ein hinlängliches Erbe der Welt zu entsagen und mein Leben Gott zu weihen.

Auch war ich nicht mehr Marten von Tweebargen, sondern Marten von Grootwohld. Der Oheim wollte mir meinen Vornamen lassen, um so das Risiko auszuschließen, daß ich mich bei Nennung desselben verriet oder verhaspelte. So wenig war er von meiner Fähigkeit, mich zu verstellen, überzeugt.

Des weiteren wies er mich in aller Schärfe darauf hin, daß ich mich im Kloster unauffällig und gehorsam zu verhalten hätte, daß ich im Konvent jede Freundschaft oder engere Beziehung vermeiden solle und keiner Menschenseele auch nur die leiseste Andeutung über meinen Auftrag machen dürfe.

»Du wirst die Gelegenheit haben, die Ergebnisse deiner Recherchen von Zeit zu Zeit meinem Vertrauensmann mitzuteilen und dich mit diesem über alle deine Sorgen und Nöte auszusprechen. Ich weiß nicht, in welcher Verkleidung und unter welchen Umständen er an dich herantritt – vielleicht nicht einmal immer als derselbe Mann. Aber sieh her: Ich habe diesen Silberring in zwei Teile zerbrochen; du bekommst die eine Hälfte mit auf deinen Weg. Wenn sich unser Verbündeter dir nähert, wird er dir die andere Hälfte vorweisen – du wirst dich also hinsichtlich seiner Person nicht irren können. Auch kannst du mir mit Hilfe dieses Ringes immer die Nachricht übermitteln, daß du in Gefahr bist und Unterstützung brauchst. Schick deine Hälfte einfach auf irgendeinem Wege zu mir, und ich werde sofort veranlassen, daß man dir zu Hilfe kommt!«

Mir erschienen die Sorgen, die sich mein Onkel offensichtlich um meine bescheidene Person machte, reichlich übertrieben – vor allem angesichts der Tatsache, daß ich in ein angesehenes und wohlbekanntes Kloster zog und keineswegs in eine Seeräuberfestung der Vitalienbrüder! Aber nun gut, der Onkel sollte (wie immer) seinen Willen haben; zu meiner falschen Familie und meinem neuen

Namen würde ich eben auch noch einen halben Silberring mit mir herumtragen.

Die letzten Vorbereitungen wurden getroffen. Ich sollte meine Reise nach Cismar Ende Oktober, etwa eine Woche vor Allerheiligen, antreten. Insgeheim hatte ich gehofft, der Onkel werde mir die bequeme Schiffsreise zum Kloster spendieren, die von Lübeck aus nur zwei, drei Tage dauerte. Als ich ihn danach fragte, wurde er gleich wieder ungeduldig mit mir und tadelte mich wegen meiner Gedankenlosigkeit.

»Es liegt doch wohl auf der Hand, daß ein junger Novize, dessen Familie nicht im Reichtum schwimmt, nach der langen Anreise aus dem Oldenburgischen nicht das nötige Kleingeld für die Fahrt mit dem Pilgerschiff hat, sondern statt dessen die letzten Tagesmärsche bis Cismar in frommer Demut zu Fuß zurücklegt – insbesondere, da er keinen bischöflichen Onkel in Lübeck hat, der ihm großzügig Seereisen spendieren könnte!«

Ich war also dazu verdammt, mich unter die übrigen Pilger zu mischen, die zum Allerheiligentag nach Cismar strömten, und auch Pferd oder Wagen würden mir versagt bleiben – und wenn ein holsteinischer Junker etwas haßte, dann waren es Fußmärsche, noch dazu vier, fünf Tage hintereinander! Aber auch das gehörte zu meiner seltsamen Aufgabe, und da ich dem Oheim ohnehin zu Gehorsam verpflichtet war, war's das beste, ich brachte die Sache ohne Auseinandersetzungen hinter mich – nebst allem, was dazugehörte, und sei dies auch eine mehrtägige Wanderung Ende Oktober.

Allerheiligen sollte in diesem Jahr auf einen Freitag fallen, und am Montag davor, um drei Uhr morgens, nahm ich Abschied von meinem Oheim, der mir noch allerletzte Vorsichtsmaßregeln und Ermahnungen mit auf den Weg gab.

In stockfinsterer Nacht trat ich zum erstenmal seit meinem abendlichen Ausflug wieder vor die Tür. Es war verabredet, daß ich die Stadt durch das Burgtor im Norden verließ, und da das Domviertel im Süden der Stadtinsel lag, mußte ich Lübeck der Länge nach durchqueren.

Bis zum Markt war mir der Weg ja vertraut. Wie unbeschwert, ahnungslos und frohgestimmt war ich bei meinem sommerlichen Abendspaziergang gewesen – jetzt schien sich alles ins Gegenteil verkehrt zu haben. Irgendwie kam mir der Gang durch die Stadt und später der ganze Weg nach Cismar wie ein langer Abschied von meinem bisherigen Leben vor – als ginge ich tatsächlich für immer ins Kloster.

Auf den dunklen Straßen und Plätzen herrschte trotz der frühen Stunde schon geschäftigeres Treiben, als ich angenommen hatte. Aus der Bude meines Bernsteindrehers drang der trübe, flackernde Lichtschein von billigem Lampenöl. Offensichtlich saß er dort schon bei seiner Arbeit. Auf der Breiten Straße, die am Markt entlang verläuft, waren die Händler damit beschäftigt, ihre Stände und Buden für den neuen Tag vorzubereiten und ihre Auslagen anzuordnen. Von Zeit zu Zeit kam ich an einer Straßenecke an einem der großen Backöfen vorbei, denn aus Gründen des Feuerschutzes durfte Brot nicht in den Häusern gebacken werden, wie ich von meinem Onkel wußte. Der Duft von frischem Brot begleitete mich auf meinem ganzen Weg durch die Stadt und machte mir den Aufbruch in die unwirtlichen Gegenden Wagriens doppelt schwer.

Ach, irgendwann würde ich nach Lübeck zurückkehren, angesehen, wohlhabend, als mein eigener Herr, und sorglos all das genießend, was das Schicksal in Gestalt meines strengen Oheims mir diesmal vorenthalten hatte. Von diesem angenehmen Gedanken getröstet, fiel es mir ein wenig leichter, die Stadt zu verlassen.

Der Torwächter ließ mich durch eine kleine Pforte hinaus, denn das Haupttor war noch nicht geöffnet. An den Anblick vieler Reisender gewöhnt, fragte er weder nach meinem Ziel, noch wünschte er mir einen guten Weg. Ich überquerte die Trave, blickte noch einmal sehnsüchtig auf die Stadt und wußte, daß es für mich kein Zurück mehr gab.

Der Morgen war kalt, feucht und diesig. Meine Füße und meine Hände waren von dem langsamen Gang durch die Stadt schon abgekühlt. Um wieder warm zu werden, schritt ich auf dem Weg, den mein Onkel mir genauestens beschrieben hatte, rasch aus. Als nach drei, vier Stunden ein trüber Morgen heraufdämmerte, grüßten die Türme Lübecks nur noch aus weiter Ferne.

Mein erstes Ziel war Hemmelsdorf, am westlichen Ufer einer langgestreckten Förde der Ostsee gelegen, deren Zufluß langsam vermoorte. Am Abend konnte ich dort in einem bescheidenen, aber wohlanständigen Gasthof Quartier nehmen, wie es sich für einen frommen jungen Mann mit nicht allzu dickem Geldbeutel geziemte. Brav erzählte ich den Wirtsleuten und den wenigen dort weilenden anderen Reisenden meine Geschichte, wie sie mir Onkel Albert eingeschärft hatte. Aber niemand zeigte hier Interesse an einem unbekannten jungen Mann aus Delmenhorst, der in den Konvent zu Cismar eintreten wollte. Ich ging früh ins Bett; zum einen, weil ich von dem ungewohnten Marsch todmüde war, zum anderen, weil die Reise ja am frühen Morgen des nächsten Tages fortgesetzt werden sollte.

So gelangte ich am zweiten Abend nach Gronenberg und am dritten nach Neustadt, eine lebendige Hafenstadt, an einem sich weit ins Landesinnere erstreckenden Wiek der Ostsee gelegen. Je länger ich zu Fuß unterwegs war, desto mehr behagte es mir. Ich war – getreu den Ratschlägen Onkel Alberts – unterwegs ohne Weggefährten geblieben und konnte so meinen Gedanken freien Lauf lassen. Die kühle Herbstluft und der kräftige Westwind, der mir Grüße aus Tweebargen zu bringen schien, ließen mich spüren, wie sehr mir in den letzten Monaten frische Luft und körperliche Bewegung gefehlt hatten. Nein, zum Bücherwurm und Stubenhocker war ich sicher nicht geschaffen, und die Zeit im Kloster würde mir schwer genug fallen.

So genoß ich die letzten Stunden, in denen ich für

längere Zeit noch mein eigener Herr war, trotz der unfreundlichen Witterung und der herbstlich-trostlosen Landschaft. Die Felder in der Nähe der Dörfer, durch die ich kam, waren abgeerntet und kahl, die Wiesen von matter Farbe und schwer von Feuchtigkeit. Es gab wenig, das Auge zu erfreuen. Die hügelige Landschaft war unter der schweren Decke der dahinziehenden Wolken verlassen und eintönig, und nur ein Schwarm Krähen brachte zwar keine Farbe, aber immerhin etwas Leben in das grau-braune Bild.

Am dritten Tage, hinter Gronenberg, hörte ich immer öfter den Schrei der Seemöwe, und von der Kuppe eines besonders hohen Hügels, an dem mein Weg entlangführte, konnte ich in wenigen Meilen Entfernung die graue Weite des Meeres erkennen.

Am späten Nachmittag, gerade rechtzeitig vor Einbruch der Dämmerung, war ich dann in Neustadt. Hier waren die Quartiere bedeutend voller, denn viele Pilger sammelten sich dort täglich, um gemeinsam den letzten Abschnitt ihres Weges zum Wallfahrtsort zurückzulegen. Auch hier suchte ich mir einen einfachen Gasthof als Unterkunft.

Die Mehrzahl der Pilger, vor allem die armen, alten und kranken Menschen, denn das war die Mehrzahl von ihnen, übernachtete im Heiligen-Geist-Hospiz vor den Stadttoren. Ich erfuhr, daß viele von ihnen dort erst einige Tage verbringen mußten, bevor sie stark genug für die letzte Etappe des Weges waren, und manche schafften es nie. Anderen gelang es wiederum, sich zu weit überhöhten Preisen auf einem der vielen Wagen und Karren einen Platz zu sichern, mit denen Neustädter Fuhrleute die Pilger zwei- bis dreimal in der Woche nach Cismar brachten und von dort wieder abholten.

Ich widerstand der Versuchung, mich fahren zu lassen, und zwar nicht allein deshalb, um mich nicht in irgendeiner Weise unpassend für meine neue Identität zu verhalten, sondern vor allem, weil mich der Anblick der vielen

Gebrechen – ich muß dies leider zugeben – abstieß. Ich wollte nicht einen ganzen Tag eingepfercht kauern zwischen eiternden Beinen, blinden Augen, lahmen Gliedmaßen und aufgebrochenen Geschwüren. Ich hatte doch lieber das Krächzen der Krähen im Ohr oder auch den durchdringenden Schrei der Seemöwen als all das Seufzen und Stöhnen, Barmen und Klagen, das Flüstern von Gebeten und Singen von Psalmen mit brüchigen Stimmen, wie es von den erbarmungswürdigen Gestalten auf den schwankenden Wagen herüberklang.

So brach ich am nächsten Morgen besonders früh auf, nämlich wieder um die dritte Stunde, um sicherzugehen, daß ich zum Abend das Kloster erreichte. Ganz so froh und unbeschwert wie an den vorangegangenen Tagen war mir an diesem Morgen nicht zumute, denn diesmal sollte der Weg des Tages ja nicht in irgendeinem behaglichen Gasthof enden, sondern hinter den hohen Mauern eines Klosters, aus dem mich vermutlich nur das Einwirken meines Oheims wieder herausführen würde.

Als ich Neustadt durch eine kleine Fußgängerpforte neben dem Kremper Tor verließ, war ich nicht – wie sonst – der einzige, der sich um diese frühe Stunde auf den Weg machte. Viele kleinere und größere Gruppen von Pilgern hatten sich schon reisefertig gemacht, waren auf dem Weg nach Cismar bereits ein Stück voraus oder würden in Kürze nachkommen. Ich wollte mit meinen Gedanken noch einmal allein sein, grüßte zwar freundlich nach allen Seiten, vermied es aber, mich anderen Reisenden anzuschließen.

Ich war schon ein gutes Stück auf der Landstraße Richtung Grömitz vorangekommen, als der Morgen endlich heraufdämmerte. Die Landstraße führte auf einem Höhenrücken entlang. Von Zeit zu Zeit konnte man über den braunen Hügelrücken ein Stück Ostsee sehen. Der dunstige Himmel über dem Meer nahm nach und nach eine leuchtende, rosarote Farbe an, und auf einmal schob sich die rotgoldene Scheibe der Sonne durch die nebligen

Schwaden am Horizont. Der Dunst löste sich nun rasch auf, und es wurde spürbar wärmer. Der Himmel über mir erstrahlte schon in tiefer, blauer Farbe, die von der nahen See widergespiegelt wurde. Vom Meer her wehte eine leichte Morgenbrise und vertrieb den Geruch nach Rauch, Staub und Ställen mit einem salzigen Hauch.

Mir blieb das Herz stehen, so schön war der Morgen dieses einunddreißigsten Oktober. Eine grenzenlose Liebe zu dieser Welt erfüllte auf einmal mein Herz, ich hätte singen und tanzen mögen, und ich dankte Gott aus ganzem Herzen mit einem inbrünstigen Gebet am Wegesrand für unsere wunderbare Erde und mein Leben. Im selben Gebet gelobte ich, die vor mir liegende Aufgabe aus Liebe zu ihm gut zu erfüllen, und ich war auf einmal wie beseelt von dem, was ich in Cismar zu vollbringen hatte.

Leichteren Herzens, mich geradezu auserwählt fühlend, schritt ich auf der Landstraße weiter, und fromme und frohe Gedanken verliehen meinem Herzen Flügel. Ich konnte gar nicht mehr schnell genug nach Cismar kommen. Eine Gruppe von Pilgern, die ich mit langen Schritten überholte, rief mir zu: »Wohin denn so eilig, junger Mann? Reise doch mit uns!«

»Ich habe ein Gelübde abgelegt, und es zieht mich mit aller Macht nach Cismar. Ich will dort nämlich morgen in den Konvent eintreten und kann es kaum erwarten, mich ganz dem Dienste unseres lieben Herrn zu widmen!«

»Da mag dich freilich nichts aufhalten – wer mit so fröhlichem Herzen in den Dienst des Herrn tritt, den wird er reichlich segnen! Gelobt sei Gott!«

»Gott mit euch!«

Und weiter ging's. Die Sonne verließ uns Reisende auf dem Weg nach Cismar den ganzen Tag nicht. Aber als sie sich am späten Nachmittag den waldigen Höhen im Westen zuneigte, wurde es schnell empfindlich kühl. Ich befürchtete eine kalte Nacht, vielleicht sogar den ersten Frost dieses Herbstes. Mir fiel ein, daß dies die Nacht vor

Allerheiligen war, in der die bösen Geister und verlorenen Seelen über die Erde streifen, und ich wollte um nichts in der Welt in den dichten Wäldern rund um das Kloster von der Dunkelheit überrascht werden. Weit konnte es ohnehin nicht mehr sein, aber sicherheitshalber beschleunigte ich meine Schritte – und zwar sowohl der rasch zunehmenden Kälte als auch der Geister wegen ...

Seit geraumer Zeit ging ich durch dichte Buchenwälder. Die kahlen Zweige der Bäume bildeten schwarze Filigranmuster vor dem roten Abendhimmel. Nur ein paar windschiefe Eichen zeigten dann und wann noch vertrocknete Laubkleider. Im Zwielicht wurde es zusehends schwieriger, den Weg unter dem dichten Blätterteppich zu erkennen, so daß ich meinen schnellen Schritt schon bald wieder zügeln mußte.

Ich hatte vor einer guten Stunde einen weniger begangenen Pfad eingeschlagen, der direkt nordostwärts führte und in dem ich eine Abkürzung nach Cismar gegenüber der Fahrstraße vermutete. Diese näherte sich nämlich dem Kloster in einem weiten Bogen.

Der letzte Karren des Tages war sicherlich schon längst im Kloster angekommen, und auch die Fußwanderer schienen die Landstraße nach Cismar zu bevorzugen, denn auf meinem Pfad war mir bisher kein Mensch begegnet. Bald wurde mir auch klar, warum. In der trockenen Jahreszeit vermutlich gut begehbar, war der lehmige Boden durch die herbstlichen Regengüsse jetzt aufgeweicht und schlammig und von vielen kleinen Wasseradern durchzogen, die ich oft nur noch mit Mühe überspringen konnte. So kam ich immer langsamer und beschwerlicher voran, und mir wurde klar, daß ich wahrscheinlich schon längst im warmen Refektorium des Klosters säße, wenn ich auf der Landstraße geblieben wäre ...

Aber nun war es zu spät; ich konnte weder den ganzen langen Weg zurückgehen noch hier in der Kälte auf den nächsten Morgen warten. Nur noch ein schmaler rötlicher Streifen war durch das Gitter der schwarzen Zweige im

Westen zu erkennen und half mir, den Pfad zwischen den Bäumen mit Müh' und Not auszumachen. Über mir konnte ich am dunkelblauen Firmament schon einige Sterne sehen. Vor meinem Gesicht bildeten sich bereits bei jedem Atemzug kleine Wölkchen, und die Kälte biß in meine Wangen.

Meine Bemühungen, schneller voranzukommen, führten nur dazu, daß ich beim Sprung über den nächsten Bach auf den glitschigen Blättern ausrutschte, mit meinem Fuß im eisigen Wasser und mit Knien und Händen im weichen, lehmigen Grund am Ufer landete. Mühsam rappelte ich mich auf und fluchte herzhaft.

»Solche Flüche stehen einem jungen Mann, der innerhalb der nächsten Stunde die Aufnahme in ein Kloster erstrebt, aber gar nicht schön zu Gesicht!« sprach da eine Stimme ganz in meiner Nähe.

Mir schoß vor Schreck sämtliches Blut zum Herzen, und fast wäre ich auf dem schlammigen Boden noch einmal ausgerutscht. Aber so sehr ich mich auch bemühte, in der nun herrschenden Dunkelheit konnte ich den Sprecher nicht ausmachen, und doch mußte er mir zum Greifen nahe sein.

Plötzlich trat hinter einem der Bäume, nur ein paar Schritte vor mir, eine dunkle Gestalt auf den Pfad.

»Folge mir, Junge, ich führe dich zum Kloster!«

Ich zitterte vor Angst. Die Gestalt vor mir setzte sich ohne weitere Umstände in Bewegung, und ich sah, daß sie von oben bis unten in einen dunklen Kapuzenmantel gehüllt war. Ich befürchtete das Schlimmste – einen Wegelagerer, der mich seinen Spießgesellen zuführen wollte oder gar einen Dämon, den Luzifer mir in dieser Nacht über den Weg geschickt hatte, um das Gelingen meines Vorhabens im Kloster zu verhindern. Schnell riß ich meinen kleinen Rosenkranz aus der Tasche, den meine Mutter mir für die Reise geschenkt hatte, und hielt sein Kreuz gegen den Rücken der dunklen Gestalt, ein Vaterunser sprechend. Der Mann im Mantel drehte sich bei meinem

Gemurmel um. »Bist du närrisch, Junge? Was für Geister willst du denn austreiben?«

Jetzt erst sah ich, daß der Mann eine fast völlig abgeblendete Laterne trug. Er ließ ihren Schein über mein Gesicht wandern, und die Angst, die darin stand, muß in ihm wohl Mitleid erweckt haben. Er richtete den Schein der Lampe nun gegen sich selbst, allerdings so, daß ich sein Gesicht nicht erkennen konnte. Im flüchtigen Licht sah ich, daß er einen groben Überwurf von undefinierbarer Farbe trug, wie manche Wandermönche auf Reisen. Auf seiner Brust ruhte, an einer Kette befestigt, ein großes Kreuz, das in dem darüberhuschenden Lichtschein aufleuchtete. Als habe er mir nur das zeigen wollen, richtete er den Strahl seiner Lampe kurzerhand wieder auf den Boden und setzte schweigend seinen Weg fort.

Ich folgte ihm nun, so schnell es mir möglich war, in meinem nassen Schuhwerk, das bei jedem Schritt Wasser von sich gab, denn eines war mir selbst in meiner Angst klar: eine Kreatur des Teufels trägt kein Kreuz um den Hals. Vielleicht gehörte er zum Kloster und hatte die Aufgabe, verirrten Pilgern abends den Weg nach Cismar zu weisen. Da meinem Führer nicht der Sinn nach einem Gespräch zu stehen schien, stellte ich ihm auch keine Fragen.

Nach überraschend kurzer Zeit kam es mir vor, als lichteten sich die Bäume zu meiner Rechten, das schwache Geräusch ans Ufer schlagender Wellen war zu vernehmen, und ich hoffe, dies sei schon die Klosterbucht, eine weit ins Land reichende, flache, halbrunde Bucht, durch die eine mit Pricken bezeichnete tiefere Rinne zum Hafen von Cismar führt.

Tatsächlich nahm ich gleich darauf entfernte Stimmen und die vertrauten Geräusche einer menschlichen Siedlung wahr. Es roch auf einmal leicht nach Rauch und Viehställen. Zur Linken schimmerten einige Lichter durch den Wald – dort verlief wohl meine Landstraße. Und richtig, in kürzester Zeit standen wir am Waldesrand an einer niedrigen Steilküste. Ein breiter Wasserarm, von der Ostsee kommend, schnitt uns den Weg ab. In geringer Entfernung konnte man aber eine Brücke ausmachen, die das dunkle Wasser überspannte. Eine singende Gruppe Pilger schritt darüber hin, mehrere schwankende Laternen tragend. Als ich mich wieder nach meinem Begleiter umwandte, war er so spurlos verschwunden, wie er aufgetaucht war, und ich stand mutterseelenallein am Ufer.

»Heda!« rief ich in die Dunkelheit, »Bruder, wo seid Ihr?« – denn ich wollte mich doch bei ihm bedanken. Um mich herum blieb indes alles still. Nun, mochte er es so haben, wie er es gewollt hatte – ich würde jedenfalls keinen Fuß mehr in den finsteren Wald setzen, um meinem eigenartigen Führer zu danken, der es für richtig befunden hatte, ohne ein Wort des Abschieds zu verschwinden.

So wandte ich meinen Blick wieder in Richtung des Dorfes. Hinter den hohen Wällen jenseits des Wieks mußte das Kloster liegen, genau gegenüber der Stelle, an der ich stand. Dort war alles still und dunkel, und mir war, als könne ich über dem Wall das Dach eines hohen Gotteshauses ausmachen – ein schwarzer Schemen vor dem nur wenig helleren Himmel.

Wie um meine Annahme zu bestätigen, drangen sieben einzelne, in der klaren Nacht seltsam dumpf klingende Glockenschläge zu mir herüber. Ungewollt erschauerte ich und ging dann am Ufer des Wieks entlang zu der nur wenig entfernten Landstraße, um den Wasserarm auf der Brücke zu überqueren. Gerade trat dort wieder eine Schar Pilger unter frommen Lobgesängen aus dem Walde hervor. Es war ausgerechnet die Gruppe, die ich am Morgen so flott überholt hatte. Sie staunten, als wir erneut aufeinandertrafen, denn sie hatten mich längst schon in Cismar vermutet. Ich sah, wie ihre Blicke fragend über mein lehmverkrustetes, nasses Schuhwerk und meine völlig verschmutzten Beinkleider glitten. Schnell versuchte ich, meine Würde als künftiger Novize zu retten.

»Bevor ich an das Klostertor klopfe, habe ich gegenüber der heiligen Stätte einige Zeit in Andacht und Gebeten verharrt und bin dabei ein wenig vom Wege abgekommen!« beantwortete ich die unausgesprochenen Fragen.

»Ihr seid fürwahr ein frommer junger Mann! Möge der Herr Euch und Euren Eintritt in sein Haus segnen! Betet für uns!«

»Gott mit euch!«

»Gott mit Euch!«

Wir hatten die Brücke gemeinsam überquert und befanden uns nun innerhalb des von der Wallanlage geschützten Areals. Gleich dahinter trennten sich unsere Wege. Die Pilger bogen nach links zum Klosterdorf ab, um sich eine Unterkunft zu suchen. Ich aber wandte mich nach rechts und überquerte auf einer zweiten Brücke einen tiefen, von den Wassern der Ostsee gespeisten und von zwei weiteren Wällen flankierten Graben und betrat die Klosterinsel.

Nun wurde mir wieder ein wenig bang zumute. Drüben, von der anderen Seite des Wieks, wo ich noch vor kurzer Zeit gestanden hatte, drang der hohle Schrei eines Käuzchens aus dem Wald, und ich dachte an meinen wunderlichen Führer, der vielleicht noch immer dort zwischen den Bäumen umherstreifte. Mir fiel wieder ein, daß dies die verwunschene Nacht vor Allerheiligen war, in der sich kein Mensch ohne Not draußen aufhalten soll. Nun, der Mann hatte mit Sicherheit einen Unterschlupf, vielleicht eine abgelegene Klause im Wald, in der er das Leben eines Einsiedlers führte. Dennoch – es war etwas an ihm gewesen, das mich an jemanden erinnerte, den ich schon einmal gesehen hatte.

Aber es hatte keinen Sinn, mit nassen Füßen hier weiter vor dem Klostertor zu stehen und mir den Kopf zu zerbrechen. Ich mußte schnellstens in die Wärme, trockene und saubere Kleidung anziehen und etwas essen und trinken. So riß ich mich von dem Anblick des schweigenden Waldes los, drehte mich um und ging die wenigen Schritte auf das schwere, eichene Tor in der Mauer des Klosters zu. Entschlossen ließ ich die Welt hinter mir und klopfte an.

Er hatte die Welt

Er hatte die Welt hinter sich gelassen und klopfte demütig an das Tor des Klosters. Es war der milde Abend eines warmen Frühlingstages, erfüllt von der Schönheit der erwachenden Natur. Er kehrte alldem gern den Rücken, beseelt von dem frommen Eifer, dem Herrn sein Leben ganz zu weihen und in den Benediktinerkonvent zu Cismar einzutreten. Er vermochte kaum die wenigen Sekunden abzuwarten, die vergingen, bis sich eine kleine Klappe in dem gewaltigen eichenen Tor öffnete. Sie befand sich in Augenhöhe, so daß der Pförtner dem Besucher direkt ins Gesicht sehen konnte.

»Was ist dein Begehr?«

»Bruder, ich bitte in aller Bescheidenheit darum, in diesen gottesfürchtigen Konvent als Novize aufgenommen zu werden. Bitte laßt mich eintreten!«

»Hast du dir das denn auch gut überlegt, mein Sohn?«

»Aber gewiß! Es ist mein größter Wunsch, der flüchtigen Welt den Rücken zu kehren und mein Leben dem zu weihen, der es mir gegeben hat, meinem Herrgott!«

»So tritt ein in Gottes Namen und sei willkommen! Ich will dafür sorgen, daß man dir ein Nachtlager zuweist. Morgen magst du unserem Abt vorgestellt werden, der über alles Weitere entscheiden wird. Wie heißt du?«

»Ich bin Raphael Burmester, Sohn des Hans Burmester aus Neustadt.«

»Möge der Herr deinen Einzug in sein Haus segnen, Raphael Burmester!«

Jetzt erst öffnete der Pförtner eine schmale Tür, deren Umrisse sich kaum im Holz des mächtigen Tores abgezeichnet hatten. Die Tür war so niedrig, daß Raphael seinen Kopf beugen mußte, um über die Schwelle zu treten.

Der kleine Pförtner, der seitlich neben die Tür getreten war, um ihn einzulassen, lächelte milde.

»Niemand soll das Kloster betreten, der nicht zuvor sein Haupt in Demut vor dem Hausherrn geneigt hat!« erläuterte er.

Dem jungen Mann erschien dies nur recht und billig; er hätte am liebsten die Schwelle geküßt, die jetzt hinter ihm lag und die Schranke bildete zwischen der vergänglichen Welt draußen und dem ewig währenden Reich des Herrn. Es war ihm gelungen! Er war in Cismar! Und nichts und niemand konnte ihn gegen seinen Willen aus diesen heiligen Mauern wieder herausholen! Überwältigt von dem Glück, endlich am Ziel seiner Wünsche zu sein, überwältigt von der Gnade Gottes, die ihm dazu verholfen hatte, sank er vor dem verblüfften Laienbruder auf die Knie und preßte dessen Hand an die Lippen.

Der Pförtner schüttelte verwundert den Kopf, aber Raphael Burmester bemerkte es nicht. Entweder war der junge Mann wirklich von seltener Gläubigkeit, oder aber die Männer des Schauenburger Grafen waren hinter ihm her! Nun, Pater Remigius, der Abt des Klosters, würde in seiner Weisheit schon erkennen, was den jungen Menschen, der da vor ihm kniete, wirklich bewegte. Derweil mochte es erst einmal als gutes Vorzeichen gelten, daß der junge Mann am Tag des letzten Abendmahls ans Kloster geklopft und um Aufnahme gebeten hatte.

Seine erste Nacht im Kloster Cismar verbrachte Raphael Burmester auf dieselbe Weise, wie er als Pater Raphaelus noch unzählige Nächte dort verbringen sollte: auf dem nackten Boden seiner bescheidenen Kammer, auf den Knien, im Gebet.

Er pries den Tag als den glücklichsten seines Lebens. Er

hatte es geschafft und war der Stimme seines Gewissens gefolgt. Vorbei die Streitereien mit seinem Vater, einem begüterten Neustädter Gastwirt, der es nicht hatte begreifen wollen, daß sein ältester und kräftigster Sohn, dazu ausersehen, die elterliche Wirtschaft weiterzuführen, es sich in den Kopf gesetzt hatte, in ein Kloster zu gehen! Vorbei die Tränen und das Gejammer seiner Mutter, die auch nicht verstehen konnte, daß ihr geliebter hochgewachsener Ältester seine dichten, blonden Locken durch eine Tonsur verunstalten und seine breiten Schultern unter einer schwarzen Kutte verbergen wollte! Ihm war, als wäre ihm jetzt, da er in Cismar war, eine schwere Last vom Herzen gefallen. Ach, es hatte ihn ja schon ein ganzes Jahr bedrückt: sein brennender Wunsch, in den Cismarer Konvent einzutreten und das mangelnde Verständnis seiner Familie dafür, hier die strengen und kategorischen Verbote seines Vaters, dort das Klagen und Flehen seiner Mutter. Und dabei durfte doch eigentlich kein gläubiger Christenmensch den anderen daran hindern, sein Leben Gott zu weihen – Gott ganz allein. Raphael schmerzte es, daß er seiner Familie Kummer bereiten mußte, aber andererseits hatten seine Eltern nicht das Recht, sich zwischen ihn und Gott zu stellen.

Raphael war nicht immer so gläubig gewesen. Natürlich hatte er gemeinsam mit seinen Eltern und Geschwistern die sonn- und feiertäglichen Messen regelmäßig besucht, die Gebote der Fastenzeit und alle sonstigen Verhaltensregeln beachtet, seine kleinen Vergehen gebeichtet und genauso getreulich die Rosenkränze, Vaterunser, Ave-Maria und Litaneien gebetet, um Vergebung zu erlangen. Doch wäre er selbst nie auf den Gedanken gekommen, in ein Kloster einzutreten, wenn nicht – ja, wenn nicht das letzte Pfingstfest gewesen wäre, als ihm der Herr in seiner unendlichen Güte den Weg nach Cismar wies.

Jener Frühling des Jahres 1336 hatte nämlich – wie in den vorangegangenen Jahren – die Cismar-Pilger in Scharen nach Neustadt gebracht. Neustadt, gerade an die hundert Jahre alt, war der letzte größere Ort auf dem beschwerlichen Pilgerweg zum Kloster, so daß sich die vielen Pilger dort mit Lebensmitteln für die letzte Etappe versorgten, ihre auf den weiten Anreisen oft ramponierte Kleidung wieder herrichteten oder auch einfach nur Kraft sammelten für den letzten und schwersten Teil des Weges durch die sumpfigen Wälder Wagriens.

Cismar war zunächst nur ein unbedeutendes und völlig abgelegenes Kloster gewesen, das bei seiner Gründung gut hundert Jahre zuvor allein den Zweck eines Verbannungsortes gehabt hatte: für die Mönche des Lübecker Johannisklosters, die in der Großstadt einen allzu weltlichen und wenig gottgefälligen Lebenswandel führten. Noch heute sprachen die Leute schmunzelnd über den Schauenburger Grafen, den gestrengen Landesherrn, der sich lange Jahre nicht gegen den Lübecker Konvent hatte durchsetzen können, weil die Benediktiner sich schlichtweg weigerten, die kultivierte und elegante Stadt Lübeck zu verlassen, wo sie gemeinsam mit einem Nonnenkonvent ein höchst angenehmes Dasein unter einem Klosterdache führten …

Adolf von Schauenburg ließ nichts unversucht, um seinen Willen durchzusetzen, denn er war ein frommer und gottesfürchtiger Herr, der den liederlichen Lebenswandel in den Klöstern seiner Grafschaft nicht duldete. Erst schenkte er den Benediktinern Ländereien zum Bau des Klosters in Wagrien, dann gewann er den Bremer Erzbischof für sich, der den Lübecker Mönchen den Umzug befahl. Aber alles nutzte nichts, der Umzug zog sich noch über Jahrzehnte hin, denn die Mönche waren nicht besonders erpicht darauf, in jener unwirtlichen heidnischen Gegend Seelen zu retten. Es halfen weder weitere Schenkungen noch die Heiligsprechung einer beim Bau des Klosters entdeckten Quelle, ja nicht einmal die einige Jahre dauernde Exkommunikation des gesamten Konvents – ein bisher unerhörter Vorgang in der Geschichte der christlichen Kirche.

Selbst der Papst schaltete sich ein, und Graf Adolf, der Sieger von Bornhöved, wurde über den Streitereien mit den Benediktinern alt und grau. Wenige Jahre vor seinem Tode, anno 1256, war dem Schauenburger dann aber doch noch die Freude vergönnt, die Beilegung aller Streitigkeiten, den Umzug des gesamten Konvents und den Anfang des großen Ausbaus des Klosters zu erleben. Der erhabene Anblick der Abtei nach ihrer Fertigstellung blieb ihm allerdings versagt.

Nun sollte man meinen, der liebe Herrgott hätte allen Grund gehabt, dem widerspenstigen Benediktinerkonvent zu grollen und die Mönche in Armut und Demut, fernab den Annehmlichkeiten der Großstadt, ein einsames, hartes Leben fristen zu lassen. Aber die Liebe des Herrn zu den Seinen ist grenzenlos: mit dem Kloster Cismar ging es von Stund an steil bergauf, Schenkung kam zu Schenkung, Reliquie zu Reliquie, und der Reichtum mehrte sich täglich.

Um die Jahrhundertwende besaß das Kloster bereits so viele hochheilige Reliquien, daß ein besonderer Schrein von nie gekannter Pracht angefertigt werden mußte. Er war so aufwendig, daß bis zu seiner endgültigen Fertigstellung – natürlich in einer der Werkstätten des Lübecker Domviertels – an die zwanzig Jahre vergingen.

Dies alles war Raphael aus den Erzählungen anderer bekannt. Er selbst wußte nur, daß – so lange er sich erinnern konnte – von dem wunderbaren Kloster, der herrlichen Kirche und dem unsagbar prachtvollen Altar mit seinen heiligen Schätzen immer nur voll Ehrfurcht und Staunen die Rede gewesen war. Jahr für Jahr reisten mehr Pilger über Neustadt nach Cismar, füllten die väterliche Herberge, und ihre Zahl stieg weiter.

In den letzten Jahren waren in zunehmendem Maße auch alte, kranke und verkrüppelte Wallfahrer nach Neustadt gekommen, die sich oft nur noch unter großen Mühen und noch größeren Schmerzen vorwärtsbewegen konnten. Da war seinem Vater vor zwei, drei Jahren der gute Gedanke gekommen, Fahrten mit dem Ochsenkarren von Neustadt nach Cismar und zurück einzurichten. Es war nämlich wesentlich günstiger, einen kranken oder gebrechlichen Pilger für einen vernünftigen Preis nach Cismar zu fahren, als denselben vielleicht noch tagelang im Wirtshaus zu behalten und womöglich pflegen zu müssen, zumal die meisten Pilger arme Leute waren, die am Ende ihrer Reise kaum noch Geld hatten, so daß Rechnungen für längere Wirtshausaufenthalte meist unbezahlbar waren.

Es mußte also verhindert werden, daß Gäste, die ohnehin kaum zahlen konnten, allzu lange in der Stadt blieben und die Lagerstätten für andere belegten, die vielleicht besser zahlen konnten. Auch waren in den letzten Jahren wegen der überfüllten Herbergen schon ansteckende Krankheiten in die Stadt eingeschleppt worden, und viele Bürger verlangten bereits nach einem Hospital vor den Toren der Stadt, wo mittellose oder kranke Pilger gegen ein geringes Entgelt oder notfalls umsonst Aufnahme finden konnten.

Die Wirte in der Stadt hatten nichts dagegen, denn an armen und kranken Pilgern war ohnehin nichts zu verdienen; sie konnten so ihre Herbergen auf bessergestellte Kundschaft einrichten und ein Vielfaches einnehmen. Über kurz oder lang würde ein solches Hospital daher sicher errichtet werden, und der Rat der Stadt hielt schon nach einem geeigneten Grundstück vor den Toren Neustadts Ausschau. Bis dahin mußte man allerdings sehen, wie man mit den vielen armseligen, ausgezehrten und hohläugigen Menschen zurechtkam, die stets jede Herberge der Stadt doppelt und dreifach füllten. Und da erwies es sich eben als hervorragender Einfall, den Pilgern nur wenige Tage Aufenthalt und Rast zu gestatten und ihnen statt dessen zu günstigen Konditionen Karrenfahrten nach Cismar anzubieten.

Die meisten Pilger, vor allem die alten, schwachen und

kranken, machten davon Gebrauch, und bei denjenigen, die nicht die erforderliche Anzahl Pfennige für den Platz im Ochsenkarren zusammenbrachten, legten oft die anderen zusammen. Da Raphaels Vater im voraus kassierte, ging er bei dem Geschäft kein Risiko ein. Bald schon lohnte es sich, einen zweiten und dritten Karren anzuschaffen und zwei weitere Ochsengespanne. In diesem Jahr ließ er bereits mit vier Gespannen zweimal wöchentlich die jämmerliche Fracht nach Cismar bringen und wieder abholen – natürlich direkt zu seiner Herberge. Das Geschäft zahlte sich aus, und er beschäftigte auf seinem Wirtschaftshof für die Fahrten zum Kloster drei zusätzliche Knechte, die mit jeder Pilgerfuhre zwei Tage auf dem Hinweg und zwei auf dem Rückweg unterwegs waren.

Ein Ärgernis waren allerdings die sehr schlechten Wege. Ursprünglich hatte nach Cismar nur ein schmaler, gänzlich unbefestigter Weg geführt, der außer von dem einen oder anderen Mönch allenfalls von ein paar Handwerkern oder Händlern benutzt worden war. Durch die vielen Pilger, die in den letzten zwanzig Jahren zum Kloster gezogen waren, war dieser Weg nicht gerade besser geworden; zahlreiche Abschnitte wurden nach den reichlichen Regenfällen in jener Gegend stets morastig – meist sogar das ganze Jahr hindurch, bis auf die Wochen, in denen der Frost gläserne Brücken über sumpfiges Gelände und tiefe, schon eher Tümpeln gleichenden Pfützen schlug. Seitdem noch die schweren Ochsenkarren die Strecke entlangholperten, war der Weg noch schlechter geworden; bodenlose, schlammige Furchen zogen sich auf Meilen durch das Land, und oft genug wurden die Pilger von ihrem klapprigen Gefährt gescheucht, um den Ochsen auf den schlimmsten Strecken die Arbeit zu erleichtern. Man hatte allerdings damit begonnen, an den feuchtesten Flecken Knüppeldämme anzulegen; dennoch konnte der Weg nur äußerst beschwerlich zurückgelegt werden, so daß die Pilger meist in Höhe des armseligen Fischerdörfchens Grömitz ein Lager aufschlugen und übernachteten.

Wenn der Verkehr mit dem Kloster sich weiterhin so lohnend entwickelte, würde der Weg sicher irgendwann einmal befestigt und zur Landstraße ausgebaut werden. Bis dahin mußte man eben die beschwerliche Anreise hinnehmen: und war denn der Weg unseres Herrn Jesus leichter gewesen, als er in der glühenden Mittagssonne, sein Kreuz schleppend, geschwächt von Folter und Geißelung, durch Jerusalem zur Schädelstätte schritt? Nein, da hatten es die Pilger, die gedrängt auf den schwankenden Karren saßen, doch weitaus besser, und selbst jene, die den Weg (meist schneller als die Ochsenkarren) zu Fuß zurücklegten, brauchten jedenfalls nur ihr eigenes schmales Bündel zu tragen.

So war es in jenen Tagen des heiligen Pfingstfestes im Jahre 1336, als Hans Burmester kurzerhand seinem Ältesten befahl, eine Fuhre nach Cismar zu übernehmen, weil auf der letzten Fahrt ein Karrenrad, das aus einer der morastigen Furchen abgerutscht war, dem Knecht den Fuß zerquetscht hatte. Zwar hätte er Raphael an den Festtagen, an denen besonders viele Gäste erwartet wurden, genauso dringend in der Wirtschaft gebraucht, aber eine Fuhre nach Cismar war ertragreich und durfte nicht ausfallen. Auch hätte es Hans Burmester das Herz gebrochen, hätte er all die schönen blanken Kupferpfennige wieder herausrücken müssen, die die Pilger im voraus bezahlt hatten.

Raphael fügte sich dem Wunsch des Vaters schweigend. Er war sogar ein wenig gespannt auf das berühmte Kloster und freute sich über die Abwechslung. So zogen sie los, an einem wunderbaren Morgen Ende Mai. Unter blühenden Bäumen ging es dahin, die Pilger auf dem Karren sangen fromme Lieder, Raphael schritt neben dem Wagen aus und ließ munter die Peitsche über den breiten Nacken der Ochsen durch die Luft sausen.

Es war wahrlich ein trauriger Haufen, den er da durch die sonnige Frühlingslandschaft kutschierte. Die Pilger hatten die unterschiedlichsten Gebrechen, waren blind, lahm, litten an Auszehrung, an Geschwüren, an Hautausschlägen, und manche waren so geschwächt, daß man sie auf notdürftig hergerichteten Bahren auf den Wagen gehoben hatte. Kurz hinter der Stadt versuchten zwei Aussätzige, den Karren zu erklettern, obwohl es ihnen strengstens verboten war, in die Nähe menschlichen Lebens zu kommen. Raphael, der auf die Gefahren des Weges nicht vorbereitet war, stand wie versteinert und wußte nicht, wie er sich verhalten sollte – aber er wurde innerhalb eines Augenblicks der Entscheidung enthoben.

Die hinten im Karren sitzenden Pilger unterbrachen ihren Gesang und griffen entweder zu ihren eigenen Krücken und Stöcken oder zu denen der neben ihnen Sitzenden, stießen die Aussätzigen damit gegen Brust und Kopf und schlugen ihnen solange auf die nach dem Wagenrand greifenden Hände, bis sie ihr Unterfangen aufgaben und sich blutend, vor Schmerzen schreiend und fluchend ins Unterholz zurückzogen – wo sie wohl auf den nächsten Pilgerkarren warten mochten.

Die Pilger indes sangen ihren Psalm zu Ende, als sei nichts geschehen. Raphael verdarb der unschöne Vorfall zunächst ein wenig die Freude an dem herrlichen Tag, aber als er merkte, daß die Pilger kein einziges Wort darüber verloren, verdrängte er ihn bald aus dem Gedächtnis. Sie passierten zudem gerade die erste ausgedehnte Feuchtstelle, und er hatte alle Hände voll zu tun, Wagen und Fuhre heil durch das Sumpfstück zu lenken.

Es war in den Mittagsstunden des nächsten Tages, nicht mehr allzuweit von Cismar entfernt. Hier war der Weg besonders schlecht, und das Gefährt kam nur mühsam voran. Raphael ließ die Pilger, die sich noch auf ihren eigenen Füßen fortbewegen konnten, vom Wagen absteigen.

Das morastige Wegstück zog sich fast eine halbe Meile hin. Nachdem sie es endlich überquert hatten, durften alle

Pilger wieder auf dem Wagen Platz nehmen. Plötzlich erhob sich wütendes Geschrei unter ihnen. Erschrocken hielt Raphael das Gefährt an und drehte sich um.

»Sie hat sich hier einfach eingeschlichen!«

»Sie hat nicht gezahlt!«

»Los, runter mit ihr!«

»Sie hat kein Recht, auf dem Wagen zu fahren! Es ist sowieso schon viel zu eng hier!«

»Soll sie doch laufen! Jung genug ist sie ja, und gesund sieht sie auch aus!«

Ja, jung genug war sie allerdings, das sah Raphael auf den ersten Blick – sie war bestimmt noch drei, vier Jahre jünger als er mit seinen sechzehn Jahren, fast noch ein Kind. Aber gesund? Daran hatte er seine Zweifel.

Obwohl das Mädchen, das sich offenbar unter die Pilger gemischt hatte, als diese den Wagen wieder bestiegen, äußerlich keine Gebrechen aufwies, war sie außerordentlich mager und von einer durchscheinenden Blässe – das Brennen der übergroßen Augen und die roten Flecken, die sich bei dem von ihr verursachten Tumult auf den beiden Wangen gebildet hatten, kamen gewiß von einem bösen Fieber. Die Pilger stießen sie jetzt im Wagen hin und her, bis sie das Gleichgewicht verlor und auf die Erde stürzte.

»Geschieht ihr ganz recht, was hat sie sich hier auch einschleichen wollen, das kleine Luder!«

Das Mädchen richtete sich langsam auf. Raphael sah, daß sie weinte. »Ich bin heute schon den ganzen Weg aus Grömitz gelaufen und habe überhaupt noch nichts gegessen. Ich kann nicht mehr weiter, und ich muß doch zum Kloster! Nehmt mich bitte auf dem Wagen mit, ihr guten Leute, um Gottes Barmherzigkeit willen!« flehte sie.

Auf dieses unerhörte Ansinnen reagierten die Pilger mit Unmut und Empörung.

»Wir mußten auch teuer dafür bezahlen, daß wir im Wagen nach Cismar reisen! Wenn wir jeden auf unseren Karren ließen, der uns um Gottes Barmherzigkeit willen darum bittet, dann wäre dieses Gefährt längst zusammengebrochen!«

»Sieh zu, wie du zum Kloster kommst, Mädchen! Wenn du dort ein so wichtiges Anliegen hast, wird der liebe Gott dir schon helfen!«

Raphael hatte Mitleid mit der armselig gekleideten, dürftigen kleinen Gestalt, die da vor ihm im Schmutz des Weges kauerte.

»Was hast du denn im Kloster so Dringendes zu erledigen?« fragte er.

»Ach, Herr Fuhrmann, es geht um mein Leben. Ich leide seit einiger Zeit an der Auszehrung und merke selbst, wie ich immer schwächer werde und wie der Husten zunimmt. Meine Eltern sind arme Grömitzer Fischer und können keine Heiltrünke und auch keinen Bader bezahlen. Ich erhoffe mir Heilung von der heiligen Blutreliquie, die am Pfingstsonntag in der Klosterkirche den Gläubigen gezeigt wird. Sie soll schon viele Wunder vollbracht haben, und unser Pfarrer meinte, daß der liebe Herrgott auch mich gesund werden läßt, wenn ich nach Cismar pilgere und dort von der Reliquie des heiligen Blutes um Genesung bitte. Ich habe auch einen kleinen Ring dabei, den ich dem Kloster spenden werde, und vielleicht wird dann ja alles gut mit mir!«

Raphael, der erkannt hatte, daß das Mädchen tatsächlich völlig entkräftet war, dachte, daß man sie sicher das letzte kleine Wegstück mitnehmen könnte – so leicht und dünn, wie sie war. Er bedeutete ihr daher, auf den Karren zu klettern – aber damit kam er bei den Pilgern schlecht an.

»Das ist unerhört! Wir wollen nicht noch mehr zusammenrücken, es ist hier ohnehin schon eng genug!«

»Wie kannst du dich von einem Paar brauner Augen so um den Finger wickeln lassen, Junge!«

»Wir werden uns bei deinem Vater beschweren, wenn du sie umsonst mitnimmst und wir teuer für unsere Plätze bezahlen müssen!«

»Uns kommt sie nicht auf den Wagen! Wenn der Herr

will, daß sie geheilt wird, wird er ihr auch zum Kloster helfen!«

Das wird er wohl, dachte Raphael bei sich, denn ihm war inzwischen der rettende Einfall gekommen. Sein Vater hatte ihn großzügig mit Geld ausgestattet, um ihn dafür zu entschädigen, daß er das Pfingstfest fern der Familie im Wallfahrtsort verbringen mußte. Da sollte er sich wenigstens eine anständige Unterkunft und ein paar ordentliche Mahlzeiten im Klosterdorf leisten können, bevor es wieder nach Hause ging. Raphael holte aus seinem Beutel also ein paar Geldstücke, und zwar genau den Betrag, den die Fahrt von Neustadt nach Cismar kostete.

»Wie heißt du, Mädchen?«

»Kathrine!«

»So, Kathrine, ich schenke dir jetzt dieses Geld ...«

Das Mädchen war aufgestanden und starrte Raphael verblüfft an, als er ihr die Pfennige in die Hand drückte.

»Und du kommst jetzt zu mir – paßt gut auf, Leute, daß mir keiner von euch später sagt, sie habe nicht bezahlt – und bezahlst bei mir deine Fahrt und zwar den vollen Preis, obwohl du ja erst hier zusteigst. Ich nehme das Geld –«, und er nahm die Münzen wieder an sich, die in der Hand des Mädchens fast heiß geworden waren, »– in Vertretung meines Vaters entgegen und gebe dir nun dein Wechselgeld zurück, weil du ja nicht die ganze Strecke zu bezahlen brauchst. Da hast du –«, und er drückte ihr fast die ganze Summe wieder in die Hand, »und nun steig schnell auf, damit wir weiter können!«

Das Mädchen stand wie erstarrt. Die Pilger schimpften und maulten zwar, rückten aber dennoch zusammen, so daß ein winziges Plätzchen frei wurde. Kathrine stieg schnell auf.

Der Rest der Fahrt verlief ohne Zwischenfälle. Die Pilger stimmten wieder ihre frommen Gesänge an, und am späten Nachmittag hatten sie das Kloster erreicht. Raphael sah sich nach einer anständigen Herberge um, Kathrine verschwand in der Menge, nicht ohne ihm zuvor verstohlen die Hand geküßt zu haben.

In den nächsten beiden Tagen vergaß Raphael Kathrine. Der Trubel, der im Klosterdorf am Pfingstfest herrschte, nahm ihn völlig gefangen.

Den Pilgern sollte erst in der Nacht zum Pfingstsonntag Einlaß ins Kloster gewährt werden. Sie verbrachten die Zeit draußen, in einer Art Lager und zumeist mit Gesängen und Gebeten. Viele gingen immer wieder vor die hohen Mauern des Klosters, um der heiligen Reliquie und der Kraft Jesu noch näher zu sein, und verrichteten dort ihre Andacht. Manche geißelten sich sogar vor den Klostermauern, damit sie genauso litten wie der Herr und ihr Blut nicht weniger flösse.

Raphael war von soviel Frömmigkeit tief beeindruckt, und er war gespannt, ob die Reliquie oder das Wasser der heiligen Johannisquelle in dem einen oder anderen Fall ein Wunder vollbringen würde. Im übrigen hielt er sich – so gut es ging – fern von den Massen. Er suchte sich nicht weit von den Wällen des Klosters entfernt eine windgeschützte Stelle am Strand der Klosterbucht. Von seinem Plätzchen aus, den Rücken gegen einen von der Sonne erwärmten granitenen Findling gelehnt, konnte er fast die ganze weite Bucht überblicken.

Das Wasser war flach und neigte wohl zur Versandung; einzelne spärliche Pricken bezeichneten das Fahrwasser, das von der offenen See zum Klosterwiek führte. Dort war aus der Zeit der Erbauung des Klosters noch eine kleine Hafenanlage vorhanden. Raphael ließ seinen Blick über die in der Sonne gleißende, ruhige Wasserfläche schweifen, bis hin zum Horizont, wo lange, schmale Sandzungen die Bucht vom Meer trennten. Raphael konnte die Brandung an den Sandbänken trotz der Entfernung deutlich hören.

Etwa in der Mitte der Bucht befanden sich drei flache Inselchen, die sich nur wenig über den Meeresspiegel erhoben. In der diesigen Luft schienen sie fast unwirklich, als schwebten sie über der Wasseroberfläche. Von dort aus zogen sich einige Reihen langer Stellnetze bis weit in die Bucht hinaus, und Raphael konnte erkennen, daß zwei Kähne sich langsam von Netz zu Netz bewegten – wie von unsichtbarer Hand gezogen.

Ja, der Schauenburger Graf hatte den Benediktinern ein schönes Fleckchen Erde überlassen, dachte Raphael und versenkte sich ganz in die Stelle des Frühlingstages, so nah beim Trubel des Klosterdorfs und doch so unendlich weit davon entfernt. Hoch oben am Himmel sah er einen Reiher dahinfliegen und freute sich, denn dieser Vogel war ein Glücksbote und brachte dem, der ihn sah, Gutes.

Etliche Stunden später war Raphael unter der Menge der Pilger, die sich vor dem Kloster sammelten, denn kurz nach Mitternacht sollten die Tore der Klosterkirche geöffnet werden. Die Pilger drängelten ungeduldig, denn manche standen hier seit dem Morgen und trachteten danach, ihre günstigen Plätze zu behalten. Als es endlich soweit war, war Raphael einer der allerletzten, die noch ein Plätzchen in der Klosterkirche fanden, weil er älteren und schwächeren Menschen den Vortritt gelassen hatte.

Die prächtige, aus roten Backsteinen errichtete Klosterkirche war nach etlichen Um- und Ausbauten gerade erst fertiggestellt worden, und sie stand Lübecks berühmtesten Kirchen in nichts nach. Viel sah Raphael wegen der sich zusammendrängenden Menschenmenge allerdings nicht, nur die kühnen, sich zur Ehre Gottes in höchste Höhen hinaufschwingenden Spitzbögen.

Zu seinem Kummer entdeckte er, daß sich quer durch die Kirche und über deren ganze Breite eine mehr als zwei Mann hohe Mauer zog. Diese teilte das Kirchenschiff sozusagen in zwei Hälften, eine östliche, vordere beim Altar und eine westliche, hintere, in der sich die Pilger versammelt hatten.

Die Mauer war zwar mit schönen Bögen verziert, jedoch nur der mittlere Bogen war offen und führte durch die Wand in den vorderen Teil der Kirche. Raphael, der dank seiner Größe über die Köpfe seiner Mitmenschen hinwegsehen konnte, stellte sich auf die Zehenspitzen, und ihm war, als könne er durch den offenen Torbogen – wie in weiter Ferne – etwas Goldenes sehen. Das mußte der berühmte Cismarer Altar sein.

Es schien ihm, als werfe er durch die Himmelspforte einen Blick auf Gottes goldenen Thron selbst, und als in diesem Moment die Glocken zu feierlichem Läuten ansetzten, ergriff ihn die Heiligkeit des Ortes zutiefst.

Noch während des Läutens trat aus einem kleinen Torbogen, den Raphael erst jetzt bemerkte und der offensichtlich die Verbindung zum Kreuzgang herstellte, eine nicht enden wollende Reihe von Mönchen, die zu zweit nebeneinander hergingen. Sie durchquerten die Kirche und stellten sich vor der Mauer mit dem Torbogen auf.

»Das sind die Laienbrüder«, flüsterte jemand Raphael ins Ohr. »Die dürfen genausowenig in den Chorraum wie wir und müssen auch hinter der Lettnerwand bleiben. Paß auf, gleich kommen die Ordinierten – schau, da vorne, rechts an der Seite ist ihre Pforte!« Und richtig, ganz vorne in der Laienkirche, direkt an der Lettnermauer, befand sich noch ein zweiter Torbogen, der wohl ebenfalls zum Kreuzgang führte. Dort trat jetzt langsam, gemessenen Schrittes, mit gefalteten Händen und gesenktem Kopf ein Mönch hervor. In der schwarzen Kutte der Benediktiner hob er sich scharf von der Ziegelwand mit dem Torbogen ab.

Weitere Mönche folgten in regelmäßigen Abständen. Sie verharrten vor dem Torbogen, bis sie vollzählig waren, und schritten dann – es mochten gut zwei Dutzend sein – feierlich durch den Bogen auf die andere Seite des Lettners in den Chorraum. Gleichzeitig erstrahlten – wie von Geisterhand entzündet – Hunderte von Lampen und Kerzen im Chorraum, und das Läuten schwoll an, als hätten die Patres Licht und Glockenklang mit sich in die Kirche gebracht. Der ferne goldene Altar leuchtete im Glanz der Lichter, und schwerer, süßlicher Weihrauchduft wehte durch das Lettnertor in die Laienkirche hinein und breitete sich dort aus. Dann schwiegen die Glocken. Der Gesang der Mönche begann.

Raphael hatte noch nie in seinem Leben etwas so Feierliches und Erhabenes erlebt. Er war bis in die Tiefen seiner Seele aufgewühlt. Er dachte, wie wunderbar es sein mußte, wenn man wie diese heiligen Männer sein Leben ganz dem Herrn widmen konnte. Man konnte doch auf Erden dem Himmel nie näher sein! Oh, die glücklichen Auserwählten …

Und zum erstenmal fragte er sich, wie das wohl sein mochte, woher man wußte, daß man zum Klosterleben berufen war.

Der Gottesdienst dauerte lange, und Raphael hatte schon jegliches Gefühl für die Zeit verloren, als sich der Höhepunkt des Gottesdienstes näherte. Die Mönche hatten offensichtlich etwas vom Altar genommen und trugen es jetzt in feierlicher Prozession, Weihrauchgefäße schwenkend und unter Gesang durch den Chorraum zur Laienkirche hin. Inzwischen war von zwei Laienbrüdern vor dem Torbogen in der Lettnerwand ein goldenes, reich verziertes Tischchen mit einem prächtigen Baldachin aufgestellt worden. Vier große, hohe Kerzen schmückten seine vier Ecken. Ein alter Mönch legte jetzt einen kleinen, mit einem kostbaren Tuch verhüllten Gegenstand auf einem Purpurkissen unter dem Baldachin ab.

Den Kehlen der vielen Pilger entstieg ein Seufzen. Das war sie, die Reliquie des heiligen Blutes! In der Laienkirche wurden nun bis auf wenige Kerzen die Lichter gelöscht. Aber aus dem Chorraum fiel durch den Torbogen ein goldener Schimmer, als berühre ein Strahl göttlichen Lichts den heiligen Gegenstand. Die vier Kerzen, die die Reliquie umgaben, brannten still und ohne zu flackern.

Einige Pilger sanken vor Aufregung und Ergriffenheit ohnmächtig zu Boden, andere lobten und priesen Gott laut, wieder andere sprachen leise Gebete.

Die Mönche hatten sich inzwischen an der Lettnerwand im Innenraum der Laienkirche aufgestellt. Die vier Ältesten von ihnen standen an den Ecken des Tischchens, zwei weitere an einem Opferstock nicht weit davon. Einer der vier hob langsam beide Hände, bis alle Pilger verstummt waren. Dann machte er eine winkende Geste. Wieder ging ein Seufzen, Raunen, Flüstern und Summen durch die Kirche. Die Menschen schoben sich langsam weiter nach vorn.

Schließlich trat der erste Pilger an den Opferstock und warf etwas durch die Öffnung, das im Innern mit einem schweren metallischen Laut aufschlug. Die beiden Mönche, die daneben standen, senkten wie zum Einverständnis ihre Köpfe, und er durfte vor das Tischchen treten. Hier bedeutete man ihm, die Hände auf den Rücken zu legen, und dann wurde, für die Dauer eines Augenblicks, das Tuch von dem Gegenstand auf dem Tisch gehoben. Der Mann sank auf die Knie und lobte und pries Gott mit lauter Stimme. Nach kurzer Zeit traten zwei andere Mönche mit ernsten, stillen Gesichtern auf ihn zu, hoben ihn auf und führten ihn fort von dem kleinen Altar zur Seite des Kirchenschiffs, von wo er, immer noch laut betend, auf seinen Platz zurückkehrte.

Und so ging es weiter – wie Raphael schien, eine unendlich lange Zeit. Das Beten, Lobpreisen und Singen nahm mit jedem Pilger, der die Reliquie gesehen hatte, zu und erfüllte die Laienkirche.

Raphael war einer der letzten, die an den Opferstock traten, und er fühlte sich, als schwebte er auf dem Klang der vielen Stimmen. Er warf ein schönes Silberstück in den Opferstock, und ihm schien, als bedachten ihn die beiden Mönche mit einem besonders freundlichen Kopfnicken. Außer sich vor Aufregung trat er vor den Tisch mit der Reliquie, während der Pilger vor ihm fortgeführt wurde. Der goldene Schein aus dem Chorraum blendete seine an das Dunkel der Laienkirche gewöhnten Augen, Schwaden von Weihrauch betäubten seine Sinne. Schon wurde das kostbare Sammettuch angehoben – und Raphael war, als bliebe ihm das Herz stehen.

Er erblickte eine wunderbar gearbeitete, offenbar uralte kristallene Phiole, reich mit Gold verziert, von der ein schwacher rötlicher Schimmer auszugehen schien – und wie von selbst sank Raphael auf die Knie vor dem Blut des Erlösers. Er spürte kaum, daß man ihn sanft anhob und zur Seite führte. Tränen liefen ihm über das Gesicht, und gleich den anderen begann er, mit lauter Stimme Gott zu preisen und zu loben, obwohl sein Gefühl der Dankbarkeit und Liebe zu groß für alle Worte war.

Dann war alles vorbei. Die Reliquie wurde zum Altar zurückgetragen. Die Mönche zogen sich in der gleichen Ordnung wie zuvor wieder ins Innere des Klosters zurück, und als die Pilger durch das Kirchenportal ins Freie traten, kündigte das Singen der Vögel das baldige Nahen des Pfingstmorgens an.

Raphael verbrachte die wenige Zeit bis zum Sonnenaufgang im Gebet. Den ganzen Rest des Tages war er wie im Traum. Zum Glück fiel ihm noch rechtzeitig ein, für seine Mutter ein Fläschchen Heilwasser aus der heiligen Johannisquelle zu erstehen, wie sie es ihm eigens aufgetragen hatte. Als er danach langsam zu seinem Quartier zurückging, zupfte ihn jemand von hinten am Wams: »Herr Fuhrmann!«

Er wandte sich erschrocken um und blickte in die dunklen Augen Kathrines.

»Herr Fuhrmann, es ist ein Wunder geschehen! Wart Ihr heute nacht in der Klosterkirche?«

Raphael nickte.

»Habt Ihr auch die heilige Blutreliquie gesehen?«

»Aber ja!«

»Ich weiß nicht, wie es Euch ergangen ist, aber als ich vor der Reliquie stand, da war mir, als spreche unser Erlöser selbst zu mir, als sage er: Sieh, mein Kind, ich habe einst mein Blut vergossen für euch, und heute stehst du nun hier und vergießt Tränen um mich ... Ich will dir deinen Glauben lohnen. Du sollst von deiner Krankheit geheilt und von deinen Qualen erlöst werden; deine Pilgerfahrt und dein Opfer sollen nicht umsonst gewesen sein! – Und Christi Blut leuchtete und strahlte dabei, so daß ich mir jetzt ganz gewiß bin: ich werde wieder gesund! Vielleicht bin ich es sogar schon, denn ich fühle mich schon viel stärker, und gehustet habe ich seit heute morgen auch nicht mehr! Oh, gelobt sei Jesus Christus!«

Raphael fand, daß Kathrine wirklich wohler aussah. Auch sprang sie bei ihren Worten so munter und aufgeregt neben ihm her, ohne dabei außer Atem zu geraten, daß er das schwache, kränkliche Mädchen vom Pilgerweg gar nicht mehr wiedererkannte. Ja, ein Wunder war geschehen, und wer weiß, wie viele weitere.

»Wenn du mit zurückfahren willst, sei morgen bei Sonnenaufgang zur Stelle, dann nehme ich dich mit nach Grömitz!«

»Ich weiß noch nicht, ob ich mit zurückfahre; denn ich fühle mich so wohl und stark, daß ich am liebsten den ganzen Weg nach Hause singen, springen und tanzen möchte! Aber danke für Eure Freundlichkeit – und Gott segne Euch! Ihr habt mitgeholfen, daß dieses Wunder an mir geschehen ist. Ach, ich bin so glücklich! Gelobt sei Gott!«

»Ja, gelobt sei Gott, Kathrine! Falls du es dir noch anders überlegst, brauchst du morgen früh nur zur Stelle zu sein.«

Kathrine war nicht zur Stelle. Raphael wartete noch ein wenig über die vereinbarte Zeit hinaus, aber dann mußte er aufbrechen – in der Kühle des frühen Morgens wurden die Pilger ungeduldig. So ging es wieder nach Neustadt zurück.

Raphael schwieg und hing seinen Gedanken nach, denn er stand noch immer unter dem Eindruck der göttlichen Macht, deren Gegenwart er in der Klosterkirche und beim Anblick der heiligen Blutreliquie so stark gespürt hatte. Anderen erging es offensichtlich ähnlich. Die Gesänge klangen jetzt gedämpfter, und ein großer Teil der Pilger saß einfach schweigend da, noch wie betäubt von dem Erlebten.

Auch unter den Pilgern auf dem Wagen hatte es Wunder gegeben. Bei einem dicken Mann mit geschwollenen vereiterten Augen, der auf dem Hinweg wie ein Blinder hatte geführt werden müssen, hatten sich beide Augen einen kleinen Spalt weit geöffnet, so daß er wieder ein wenig sehen konnte; er war überglücklich, sang mit lauter Stimme und lobte Jesus Christus. Eine lahme alte Frau konnte – ihrer Meinung nach – wieder gehen, aber Raphael bezweifelte dies insgeheim, als er sie bei der ersten sumpfigen Wegstrecke unendlich mühsam hinter dem Karren herhumpeln sah. Bei der zweiten morastigen Stelle blieb sie dann auch im Wagen sitzen wie auf der Hinfahrt.

Noch einige weitere Pilger behaupteten, geheilt zu sein; nun, das mochten sie selbst wissen, äußerlich war nicht immer etwas davon zu erkennen, aber alle waren froh und erfüllt von tiefem Glauben. Raphael fragte sich gerade, warum Gott wohl die Gebete einiger Pilger erhörte, anderer hingegen nicht, als seine Aufmerksamkeit von einem Bündel Kleider auf dem Boden erregt wurde, das ihm eigenartig bekannt vorkam. Er hielt die Ochsen an und trat näher. Kaum hatte er einen Schritt auf das Bündel zugetan, als ihm auch schon klar wurde, was da im Grase neben dem Weg lag. Es war Kathrine, die wohl ganz früh am Morgen aufgebrochen war.

Noch bevor er sich niederbeugte, wußte Raphael, daß sie tot war. Dabei war nichts Unnatürliches an der auf dem Boden wie zu einem kurzen Schlummer ausgestreckten Gestalt. Aber auf ihrem Gesicht, das sie dem Himmel zugewandt hatte, lag ein unirdischer Friede – und sie lächelte, als sei sie endlich am Ziel ihrer Wünsche. Es war Raphael, als höre er noch ihre Stimme: »Du sollst von deiner Krankheit geheilt und von deinen Qualen erlöst werden. Deine Pilgerfahrt und dein Opfer sollen nicht umsonst gewesen sein.« Und so war es. Sie war geheilt. Jesus hatte sie erlöst.

Die Pilger hinter ihm, ärgerlich über die Unterbrechung, die offensichtlich schon wieder von dem Grömitzer

Fischermädchen verursacht wurde, begannen zu maulen und verlangten nach Weiterfahrt. Keiner sang jetzt. Raphael achtete nicht auf sie.

Es war ein Wunder! Ein wahres, großes Wunder! Gott hatte Kathrines Gebete auf wunderbare Weise erhört, er hatte sie von allem irdischen Elend erlöst und zu sich genommen. Die kleine Kathrine wandelte jetzt über himmlische Auen; ohne Husten, ohne Schwäche, ohne Schmerzen. Und dies Wunder war durch die Wallfahrt nach Cismar bewirkt worden! Angesichts der heiligen Blutreliquie hatte Jesus in seiner allumfassenden Liebe ihr das bevorstehende Ereignis angekündigt, und sie hatte die letzten Stunden ihres Lebens glücklich und froh verbringen dürfen. Wie groß war Gott in seiner Güte und Weisheit!

Raphael nahm seine Kappe ab, kniete im Grase nieder und sprach ein inbrünstiges Gebet. Als er sich nach einer Weile erhob und zu den Pilgern zurückging, die alle erstaunlich still geworden waren, brannte in seiner Seele ein einziger Wunsch wie eine unauslöschliche Flamme: er wollte sein ganzes Leben Gott widmen. Er würde bald nach Cismar, nach diesem heiligen Ort, zurückkehren, und zwar für immer. Und er würde die schwarze Kutte der Benediktiner tragen.

So begann die Zeit der endlosen Auseinandersetzungen mit seiner Familie und der Diskussionen mit den Freunden. Dies alles führte nur dazu, daß er sich um so mehr vom weltlichen Leben abkehrte und sich um so entschlossener, leidenschaftlicher und endgültiger Gott zuwandte, bis er eines Tages seiner inneren Stimme folgte und ohne den Segen seiner Eltern Neustadt für immer verließ.

Und jetzt war er endlich im Kloster. Raphael erwartete seinen ersten Morgen in Cismar mit offenen Augen, die Knie im Gebet gebeugt.

Der Weg der Reliquie

Der Weg der Reliquie führte nicht über den Bosporus, nicht in die fernen Weiten Asiens, wohin Nikodemos' traumverlorene Blicke geschweift waren. Der Weg der Reliquie in jener monddurchglänzten Nacht führte westwärts, aus Konstantinopel hinaus, auf einem wohlbefestigten alten Handelsweg am Marmara-Meer entlang.

Bei Alexandropoulos überquerte Nikodemos die Grenze nach Thrakien, aber er mußte noch viele Tage wandern und viele Nächte ruhen, bis er endlich in Chalkidiki war. Schließlich hatte er sein Kloster erreicht.

Der Empfang war kühl – offenbar dachte man, er habe das Geld des Klosters zu seinem eigenen Vorteil verbraucht und sich in Konstantinopel eine schöne Zeit gemacht, falls er überhaupt über Thessaloniki hinausgekommen war – im Grunde konnte sich keiner vorstellen, daß man von dem einsamen Kloster in der bergigen Wildnis zu Fuß bis nach Konstantinopel, dem Nabel der Welt, gelangen konnte – und zurück!

Daß Nikodemos, abgesehen von dem kurzen Aufenthalt in der Stadt, fast drei Monate ununterbrochen unterwegs gewesen war, vermochte niemand so recht zu glauben, und er – enttäuscht über den zurückhaltenden Empfang – bedauerte schon, sich nicht wirklich nach Asien aufgemacht zu haben … Aber da war das Klostertor schon wieder hinter ihm geschlossen, und es gab keine Umkehr.

Nikodemos wurde gleich zum Abt gerufen, der ihn mit säuerlicher Miene empfing – aber wie hellte sein Gesicht sich auf, als Nikodemos, wortlos und gekränkt, die heilige Blutreliquie aus einem Beutel zog. Und wie strahlte der Abt erst, als Nikodemos erläuterte, welche Heiligkeit die Phiole beinhaltete: Blutstropfen des Erlösers, vergossen bei seiner Geißelung!

Der Abt erging sich in Lobpreisungen der frommen und gottesfürchtigen Kaiserin Theodora, die für die großherzige Spende an das Kloster nicht einmal eine Bezahlung verlangt hatte. Dann umarmte und küßte der Abt Nikodemos und lobte ihn, aber Nikodemos drückte ihm nur wortlos den Geldbeutel in die Hand, von dessen Inhalt er weniger als die Hälfte verbraucht hatte und entfernte sich unter dem Vorwand der Erschöpfung.

Auch als die Reliquie in einer festlichen Messe ihren neuen Platz auf dem Altar in der Klosterbasilika erhielt und seine Brüder ihn wie einen Heiligen feierten und ehrten, blieb Nikodemos zurückhaltend. Die Reise nach Konstantinopel hatte ihn verändert. Vor seinem inneren Auge tauchte immer wieder die Welt außerhalb der Klostermauern auf, und oft wünschte er sich, er dürfte seinen Blick nur noch ein einziges Mal in jene unergründlichen, schönen Augen senken ... Er hörte sein ganzes langes, einsames Leben niemals auf, diesen Traum zu träumen.

Die Jahre senkten sich wie welkes Laub über das weltvergessene Kloster, es schien, als wäre die Zeit stehengeblieben, als würde alles auf ewig beim alten bleiben. Viele, viele Generationen von Mönchen hatten die Klostermauern gefüllt, und das Echo der unzähligen, von längst verstummten Stimmen geflüsterten Gebete hallte von den dicken Mauern wider.

Die Welt draußen war allerdings nicht stehengeblieben, sondern war von großen Veränderungen erfaßt worden. Ein neues Jahrtausend brach an. Rom und Konstantinopel verloren ihre Bedeutung als Angelpunkte von Weltreichen. Die Namen neuer Könige und Kaiser, in Ehrfurcht genannt, tauchten auf und wurden wieder vergessen, große Männer, große Taten, und auch sie waren schon wieder Vergangenheit wie die geführten Kriege und geschlagenen Schlachten.

Die Kirche des Erlösers war längst gespalten, und die Mönche in Chalkidiki erfuhren erst Jahrzehnte später, daß die Mönche in den päpstlich-katholischen Ländern gegen Unzucht, Ungehorsam und Völlerei wetterten und die

Rückkehr zu den strengen, fünfhundert Jahre alten Regeln des heiligen Benedikt forderten.

Die griechischen Mönche schmunzelten zunächst über die Geschichten von ernsten Streitigkeiten in der päpstlichen Kirche und über den strengen Wind, der aus dem einflußreichen französischen Kloster Cluny bis nach Rom hinüberwehte, nicht ahnend, daß dieser Wind auch ihr stilles Kloster erfassen sollte.

Ein fanatischer und sittenstrenger Abt von Cluny nämlich wurde zum Papst gewählt: Urban II. war der Nachfolger des Papstes Gregor, der sogar den mächtigen König Heinrich zu Canossa auf die Knie gezwungen hatte. Mit dem neuen Papst schlug dem Abendland eine schicksalhafte Stunde; denn er war es, der zum ersten Kreuzzug aufrief: ein Blutvergießen ohne Ende begann.

Die Mönche nahmen die Nachricht von einem Kreuzzug das erste Mal gleichmütig auf, aber fünfzig Jahre später, als der Kaiser Konrad III. es eigenhändig übernahm, das Heer der Kreuzritter anzuführen, verging auch ihnen auf ihrem einsamen Berg das Lachen. Die christlichen Herren fielen in Griechenland ein, nahmen sich, was man ihnen nicht freiwillig gab, und zogen weiter, auf derselben Straße, die sechshundert Jahre zuvor Nikodemos entlanggewandert war. Sie kamen nach Konstantinopel, überquerten den Bosporus und gaben erst in der unendlichen Weite des Landes Anatolien den Plan auf, das Heilige Land auf dem Landwege zu erreichen. Der strenge anatolische Winter trieb sie zur Küste zurück, von wo aus sie sich im nächsten Frühling nach Palästina einschifften und so auf bedeutend bequemere Art und Weise nach Jerusalem gelangten.

Die Mönche auf dem Berge hatten danach vierzig Jahre Zeit, sich von ihrem Schreck zu erholen, den die waffenstarrenden päpstlichen Krieger bei ihnen ausgelöst hatten, und dann wurde es wirklich ernst für sie. Die Wellen eines neuen Kreuzzuges schlugen über ganz Europa, und diesmal warf bereits der Name des Heerführers Schatten des

Schreckens voraus: Barbarossa, der Rotbart, der alte Kaiser, der auf seine alten Tage das behagliche Palastleben tatsächlich noch einmal vertauscht hatte mit dem abenteuerlichen und entbehrungsreichen Leben eines christlichen Ritters.

Er zog eine Spur der Verwüstung wie eine breite Schleppe durch die Länder, die das Unglück hatten, auf seiner Route nach Jerusalem zu liegen. Auch Griechenland gehörte wieder zu den Ländern, durch die sich die christlichen Paladine hauend, stechend und plündernd ihre Bahn brachen, und das Kloster auf dem Berge lag genau in ihrem Weg.

Die Vorhut des Ritterheeres hatte die einsame Feste in der Wildnis ausgemacht und requirierte die bescheidenen Räumlichkeiten für den mit seinen engsten Vertrauten nachfolgenden Kaiser. Die Mönche waren wenig begeistert von dieser zweifelhaften Ehre. Zum einen würde man vom Kloster erwarten, den hohen Herrn angemessen zu bewirten, und viel mehr als Oliven, Schafskäse und Brotfladen hatte man dort auf dem Berge nicht anzubieten. Zum anderen zitterten die Mönche um ihre kärglichen Unterkünfte, denn eins war klar: besonders pfleglich würden die Herren Ritter aus den fernen nördlichen Reichen damit nicht umgehen.

Die Sorgen des Konvents bewahrheiteten sich. Am Abend stand der Rotbart mit seinen engsten Vertrauten im Kloster, ein schlechtgelaunter alter Haudegen, der die Mönche kurzerhand zu Dienstboten degradierte und mit seinen unerfüllbaren Wünschen hin und her scheuchte. Seine Ritter machten sich unter Gelächter und Gespött in den Zellen breit, und einige begannen schon, nachdem sie reichlich von dem im Kloster hergestellten herben Rotwein genossen hatten, nach Mädchen und Frauen zu verlangen – ein Wunsch, der in diesen Mauern in achthundert Jahren noch nie zu hören gewesen war, von den tiefen Seufzern eines gewissen Nikodemos einmal abgesehen.

Der Rotbart, längst über seine besten Jahre hinaus, war nach einer reichlichen Mahlzeit und noch reichlicherem Weingenuß in eine sentimentale Stimmung geraten, und er verlangte nun, daß ihm der Abt die Basilika des Klosters zeige. Der Abt kam diesem Wunsch nicht ungern nach, hoffte er doch, die stille Feierlichkeit der kleinen Klosterkirche werde den Kaiser zur Mäßigung bewegen, ihn an das Ziel seiner Reise, das Heilige Land, erinnern und ihn dadurch vielleicht zu einem schnelleren Aufbruch veranlassen. Der Kaiser betrachtete die uralte Basilika mit eher mäßigem Interesse, das aber sofort zunahm, als er auf dem bescheidenen Altar die goldverzierte Phiole sah.

»Was hast du denn da auf dem Platz, der in einer christlichen Kirche nur unserem Herrn gebührt?«

»Majestät, das ist ein Teil von unserem Herrn selbst!«

»Was du nicht sagst!«

»Doch, gewiß, Herr Kaiser, es sind Blutstropfen darin von unserem Erlöser Jesus Christus, denn wie Ihr ganz richtig bemerkt habt, was wäre sonst wert, auf dem Altar einer Kirche aufgestellt zu werden?«

»Blutstropfen Christi? Das muß ich sehen!« rief Barbarossa und schritt, ohne zu zögern, zum Altar. Seine schweren, eisenbeschlagenen Stiefel schlugen auf den Steinboden der kleinen Kirche. Ohne große Umstände nahm er die Phiole in die Hand.

»Und in diesem Gefäß –«, er ermaß die Kostbarkeit und das Alter der Phiole mit einem einzigen, sachkundigen Blick, »– hast du Blutstropfen unseres Herrn Jesus? Wo hast du die denn her? Du bist zwar alt, aber doch nicht so alt, daß Du bei der Kreuzigung unseres Herrn dessen Blut selbst aufgesammelt haben könntest.« Der Abt heftete den Blick angstvoll auf die kostbare Phiole, die in der mächtigen, mit braunen Altersflecken übersäten Schwertfaust des Rotbarts fast verschwand. Die Angst, der mächtige Mann könnte die Phiole auf irgendeine Weise beschädigen oder sie etwa – o Gottesfrevel – gar öffnen, bewog ihn, die Geschichte der Reliquie zu erzählen.

So sprach er, sprach von einem Mönch längst vergessenen Namens, von einer Wanderung nach Konstantinopel, von der gütigen und gottesfürchtigen Kaiserin Theodora, der fromme Pilger einst Reliquienschätze direkt aus dem Heiligen Land in die kaiserliche Palastkapelle gebracht hatten. Der Rotbart hörte erst amüsiert, dann ungläubig und schließlich staunend zu, die Phiole in seiner Hand immer wieder nachdenklich betrachtend.

»Ich glaube fast, Abt, Deine Geschichte ist wahr!«

Er hielt die Phiole gegen das schwindende Licht der Abendsonne, das durch die runden Fenster in schrägen Bahnen in die Kirche einfiel.

»Wie eigenartig die Phiole leuchtet ... Vielleicht ist wirklich Jesu Blut darin ... Wer kann es sagen ...«

Und dann wandte der Kaiser sich zu dem kleinen Altar um und sprach im Stehen ein kurzes Gebet. Der Abt war neben ihm niedergekniet und beobachtete voll Unbehagen, daß der Kaiser die Phiole auch beim Beten in der Hand behielt – so, als wolle er sie nie wieder hergeben. Und diese Befürchtung bestätigte sich schneller, als dem Abt lieb war.

»Da birgt nun so ein kleines, völlig unbedeutendes, weltabgeschiedenes thrakisches Kloster solch eine Kostbarkeit in seinen grauen Mauern! Auf diesem ärmlichen Altar steht eine Phiole mit Christi Blut, und die ganze christliche Welt weiß noch nicht einmal, daß eine derartige Reliquie existiert! Das ist doch nicht richtig!«

Der Kaiser geriet in Eifer und schlug mit der Faust auf den Altar. Dem Abt sank das Herz. Er wußte, daß nun kam, was er befürchtet hatte, seitdem der Rotbart die Blutreliquie vom Altar und in die Hand genommen hatte.

»Diese Reliquie ist eines Papstes würdig oder –«, und der Gedanke schien ihm noch mehr zuzusagen, »– eines Kaisers! Ein gewaltiger Dom wäre das Bescheidenste an Unterkunft, das für das Blut des Erlösers in Frage käme! Und statt dessen steht diese Kostbarkeit, dieses Kleinod des christlichen Glaubens, auf diesem armseligen Altar und setzt den Staub der Jahrhunderte an! Abt, findest du das rechtens?«

Natürlich fand der Abt es rechtens, denn arme und reiche Kirchen sind vor dem Auge des Herrn gleich, wenn nur der rechte Glaube darinnen herrscht, und schließlich hatte eine viel mächtigere Kaiserin als jener schlecht erzogene rotbärtige Barbar dem Kloster die Blutreliquie geschenkt – wohl wissend um dessen Bescheidenheit. Aber wie sollte er das dem Kaiser sagen, einem Mann, der schon bei weitaus nichtigeren Anlässen das Schwert gezückt und zugeschlagen hatte? Der Abt versuchte es gleichwohl, sich jedes seiner Worte vorher sorgfältig zurechtlegend.

»Hoher Herr, die Reliquie ist dem Kloster von einer frommen und gottesfürchtigen Kaiserin geschenkt worden!«

»Weiberflausen!« war der kurze Kommentar des Kaisers zu diesem Vorgang.

»Wie hätte ich armer Abt oder einer meiner Vorgänger die eigene Weisheit über die Weisheit einer Kaiserin setzen und die Reliquie weitergeben können? Wir hätten damit doch auch gegen ihren Willen verstoßen!«

Der Kaiser sah den Abt scharf an.

»Du fühlst dich also an die Schenkung der Kaiserin Theodora gebunden! Nun, Abt, dem kann abgeholfen werden! Selbst dir dürfte es nicht entgangen sein, daß heute wieder eine kaiserliche Hand deine Phiole berührt, und es ist wahrhaftig nur recht und billig, daß du diesem Kaiser die Reliquie mit allen Segnungen für das Gelingen der Kreuzfahrt mit auf den Weg gibst.«

Dem Abt verschlug es vor Schreck die Sprache nach diesen deutlichen Worten des Rotbarts.

»Aber«, fuhr der Kaiser in gereizterem Tonfall fort, »da ihr orthodoxen Christen offenbar verlernt habt, wie man sich gegenüber einem Herrscher verhält, will ich dir auf die Sprünge helfen! Also, hiermit befehle ich dir: Segne auf der Stelle diese Reliquie, überreich sie mir als Gabe deines Klosters, damit ich sie zurück zu den heiligen

Stätten bringe, woher sie stammt, und sie von dort, mit neuer Glaubenskraft erfüllt, mit in die Heimat nehme und ihr in unserem schönsten Dom einen angemessenen Platz einräume! Mit Jesu Blut als Banner wird dieser Kreuzzug gelingen, und wir werden die Ungläubigen im Nu aus dem Heiligen Land vertreiben und es für die Christenheit erobern!«

Nun blieb dem Abt keine Wahl mehr. Der Kaiser hielt ihm die Blutreliquie mit einer fast drohenden Gebärde unter die Nase. Wenn dies denn des Herren Wille war … Er schlug dreimal das orthodoxe Kreuz über der Faust des Kaisers, die den größten Schatz des Klosters umklammert hielt.

Die Segnungen aber, die der Abt dazu in griechischer Sprache sang und die der Kaiser mit dem geringschätzigen Lächeln des Gewinners gegenüber dem hoffnungslosen Verlierer quittierte, paßten nicht so recht zu dem zornigen Ausdruck der alten Augen, die Zeugen dieser Schmach sein mußten.

Wenn auch von den Lippen des Abtes Segnungen gekommen sein mögen, aus seinem Herzen kamen keine, und neunmal neun Tage später, am zehnten Juni des Jahres 1190, ertrank der Kaiser bei einem Bad im Flusse Saleph, ohne die Höhen von Jerusalem je gesehen zu haben.

Erst drei Tage zuvor

Erst drei Tage zuvor hatte das Klostertor sich hinter mir geschlossen, und mir schien, es wäre vor drei Jahren gewesen …

Es gab keine Sonne mehr, keinen Wind, keinen Regen, keine Jahreszeiten, keine Tageszeiten. Der Tag wurde bestimmt von der Abfolge der Andachten, und mir war, als hätte ich nie anders gelebt, als gebe es weder ein Tweebargen noch ein Lübeck. Meine Gedanken drehten sich im Kreis, und wenn ich abends für die viel zu kurzen Stunden der Nachtruhe die Augen schloß, drehte es sich wie eine Mühle weiter in meinem Kopf, so daß ich kaum einzuschlafen vermochte: Ora pro nobis ... Te deum laudamus ... Gloria patri et filio et spiritu sancto ...

Zwei Stunden nach Mitternacht ging es los mit den Vigilien. Dieser Gottesdienst war nach meiner Empfindung der längste, das Wechselspiel von Psalmen, Lektionen und Kantikeln nahm kein Ende. Am Sonntag, dem Tag des Herrn, waren die Vigilien so ausgedehnt, daß auf sie unmittelbar die Matutin, auch Laudes genannt, folgte. Die Matutin schloß bei Tagesanbruch und bestand aus vier gleichbleibenden und zwei täglich wechselnden Psalmen.

Während der Woche war zwischen den Vigilien und der Matutin allerdings eine Pause, die zu Andacht und Meditation genutzt werden sollte. In jenen ersten Klostertagen war ich indes viel zu schläfrig, um an irgend etwas zu denken. Später nutzte ich die Zeit, um über die Umsetzung von Onkel Alberts Plan nachzugrübeln.

Mein Novizenmeister, ein rundgesichtiger, gutmütiger, aus Sachsen stammender Mönch namens Anselmus redete mir in diesen ersten Tagen ständig gut zu, damit ich nur ja die Klosterzucht und -ordnung wahrte. Er suchte mich aufzumuntern, indem er mir erklärte, daß ich wahrlich unverdientes Glück hätte, am ersten November in den Konvent eingetreten zu sein, denn nur von November bis Januar durften wir die Zeit so nutzlos verschlafen (wie er sich ausdrückte), in den übrigen Monaten begännen die Vigilien schon eine Stunde nach Mitternacht!

Langsam begann in mir ein Groll gegen den Oheim zu wachsen, der mir bei aller Gründlichkeit diese kleinen, entscheidenden Informationen vorenthalten hatte. Ich hoffte, bis Februar meinen Auftrag erfüllt zu haben.

Es war nicht so, daß ich meinen Wunsch, für Gott ein frommes Werk zu verrichten, auf einmal vergessen hatte. Nur schien es mir, seit ich im Kloster war, nicht mehr so leicht, dieses Werk zu vollbringen und den Verdacht der Fälschung von der Reliquie abzuwenden, wie es mir vorschwebte.

Die armen Mönche! Wüßten sie nur, welch ungeheuerlicher Verdacht auf dem Kloster und der Blutreliquie lastete – sie hätten meine Unrast sicher verstanden und diese nicht einfach der Ungeduld des Novizen zugeschrieben. Anselmus sprach zu mir stets mit großer Nachsicht vom Ungestüm des jungen Glaubens, der wie ein gutes Pferd gleichsam zugeritten und in gezügelte Bahnen gelenkt werden müßte. Celle, woher er stammte, war bekannt für seine guten Pferde, und offensichtlich trug er nur zu gern das während seines weltlichen Lebens gesammelte Wissen in sein Leben als ordinierter Mönch hinein. Mir war's recht – das war jedenfalls eine Sprache, die ich verstand.

Überhaupt verstanden wir uns recht gut. Anselmus, wie ich ein Kind vom Lande, verglich mich gerne mit sich selbst als jungem Novizen, und da er viele Gemeinsamkeiten zu erkennen glaubte, trug mir das seine ungeteilte Sympathie ein – denn nichts liebt der Mensch mehr als sich selbst, und auf das, was er sich selbst ähnlich glaubt, fällt stets ein Abglanz dieser Liebe.

Damals war mir die Ursache für Anselmus' väterliche Zuneigung natürlich verborgen; ich hatte das Wesen des Menschen noch nicht verstanden, fragte auch nicht danach, warum mir der eine mehr, der andere weniger gewogen war. So nahm ich Anselmus' Zuneigung als das hin, was es unmittelbar für mich bedeutete: ein unverhofftes Geschenk menschlicher Zuwendung. Und die konnte ich in den ersten Cismarer Wochen wahrlich gebrauchen – mehr als alles andere.

Ich habe nun von den Vigilien und der Matutin berichtet, aber das war nur der Auftakt. Das Morgengebet, die Prim, sollte eigentlich bei vollem Tageslicht, um sechs Uhr morgens, abgehalten werden. Das ließ sich in der dunklen Jahreszeit natürlich nicht bewerkstelligen, und so saßen wir in jenen Herbsttagen auch noch zur Prim im Dunkeln, und ich schwöre, es waren die längsten Nächte meines Lebens!

Natürlich sollte ich mich auch in den Stunden zwischen Matutin und Prim nicht wieder aufs Ohr legen, sondern fromme Lektionen und Bibeltexte studieren. Anselmus pflegte mich nach der Prim gewissenhaft zu befragen, und so blieb mir in der Tat nichts anderes übrig, als die aufgegebenen Texte aufmerksam mit meinen müden Augen zu lesen und ihren Sinn zu erfassen.

Nach der Prim kamen um neun Uhr die Terz, um zwölf Uhr mittags die Sext, gefolgt von der Non um drei Uhr nachmittags. Zu all diesen Chorgebeten wurden ein Hymnus und drei Psalmen gesungen. Binnen einer Woche hatte ich jeden der hundertfünfzig Psalmen mindestens einmal gesungen. Vor Sonnenuntergang, also in dieser Jahreszeit etwa gegen fünf Uhr abends, wurden die Vesper und um sechs Uhr unser Nachtgebet, die Komplet, gebetet.

Wenn ich auch, was den Beginn der Vigilien und die Dauer des Nachtschlafs anging, Glück mit dem Zeitpunkt meines Eintritts gehabt hatte, so war doch das Gegenteil der Fall, was die Mahlzeiten anlangte – oder besser: die Mahlzeit, denn es gab nur eine am Tag.

Anselmus erläuterte mir geduldig, daß es nur in der großen Freudenszeit zwischen Ostern und Pfingsten zwei Mahlzeiten täglich gebe. Zwischen Pfingsten und Mitte September gab es dann immerhin außer mittwochs und freitags zwei Mahlzeiten täglich. Danach begann der kärgliche Winter, in dem wir nachmittags aßen, nach der Non, – während der Fastenzeit sogar noch später: nach der Vesper, kurz vor Sonnenuntergang.

So lernte ich, still und ohne Aufmerksamkeit zu erregen, im Refektorium möglichst viel und schnell zu essen und dabei noch den Worten des Tischlesers zu lauschen, der, allwöchentlich wechselnd, während der Mahlzeit aus der Bibel vorlas. Denn Anselmus pflegte auch nach der Mahlzeit zu prüfen, ob ich aufmerksam zugehört hatte oder etwa gedankenabwesend gewesen war. Zum Glück war er selbst ein kräftiger Esser und versäumte häufig Teile der Lesungen, so daß wir über Inhalt und Sinn der gelesenen Texte stets Übereinstimmung erzielten.

Ja, so sahen meine Tage in jenem Herbst aus, und bald schon war mir der Rhythmus des Klosterlebens in Fleisch und Blut übergegangen. Zwischen den einzelnen Gebeten, natürlich nur zu den Stunden, die nicht der Andacht, der Betrachtung oder dem Lesen vorbehalten waren, verrichteten die Mönche leichte Tätigkeiten, die aber in nichts mit der schweren körperlichen Arbeit zu vergleichen war, wie ich sie aus Tweebargen kannte; dafür waren ausschließlich die Laienbrüder da; zum Kochen, Schlachten, Brauen und Brotbacken, zum Käsen, Buttern, Räuchern und Fischefangen, zur Viehzucht und zur Feldbestellung.

Meine frommen Patres beschäftigten sich hingegen mit dem Kopieren alter Schriften, mit Kalligraphie, mit Heil- und Kräuterkunde, mit Lehren und Lernen – und ich hatte, da mein Glauben geschult werden sollte, vor allem zu lernen und immer wieder zu lernen ...

Auch hier war mein Glück, daß gerade Anselmus der Novizenmeister von Cismar war, denn er liebte es, an milden Tagen in einer windgeschützten Ecke des Klosterhofes mit mir draußen zu sitzen, oder, als das Wetter zusehends kälter und schlechter wurde, stundenlang im Kreuzgang auf und ab zu gehen, während er mich befragte, mich anwies, mich lehrte. So blieb mir jedenfalls das düstere Gemach neben der Sakristei erspart, wo die Novizen normalerweise unterrichtet wurden.

Wenn ich jetzt, nach so langen Jahren, an diese erste Zeit in Cismar zurückdenke, kommt sie mir fast wie ein Traum vor, als wäre nicht ich derjenige gewesen, der dies erlebte, sondern als hätte ich alles nur gehört. Und in der Erinnerung scheint mir das, was in Wirklichkeit Wochen und Monate waren, nur wenige Tage gedauert zu haben. Ich will nicht verhehlen, daß ich mich jetzt, da ich ein alter

Mann bin, dem der beißende Westwind tief ins schmerzende Knochenmark dringt, manchmal nach der Geborgenheit des Klosters sehne, nach der Gemeinschaft mit den Brüdern, nach dem gordneten Tagesablauf. Auch schlafe ich jetzt weniger, es würde mir nicht mehr so schwer fallen wie vor fast fünfzig Jahren, mich zu den Vigilien zu erheben, und die Gebete, die ich damals schlaftrunken mit den anderen mitsprach, würden mir jetzt in der Einsamkeit meiner Nächte vielleicht wirklich Trost spenden – wer weiß ...

Aber heute fallen mir nicht einmal mehr die alten Worte ein, die ich damals so gut kannte, als mir ihr Inhalt wenig bedeutete. Doch auch das gehört zu dem Preis, den ein Mensch zu zahlen hat, wenn er mit Gott bricht, denn erst wenn man den Glauben verloren hat, ist man wirklich allein und ohne Worte. Aber ich schweife ab, deshalb genug davon! Ich will fortfahren in meiner Erinnerung an die Zeit in Cismar.

Das Refektorium, der Speiseraum der Mönche, war eigentlich mein liebster Raum im Kloster; natürlich nicht nur deshalb, weil wir hier zu den Mahlzeiten zusammenkamen. Es hatte vielmehr eine eigene, geradezu heitere Atmosphäre im Gegensatz zum Kapitelsaal und dem Dormitorium, unserem Schlafsaal. Vielleicht trug dazu auch bei, daß unter dem Refektorium das Kellergewölbe war, in welchem sich nicht nur die heilige Johannisquelle befand, sondern auch der gewaltige Backofen des Klosters. Vom Backofen aus wurde nämlich die vom Feuer erwärmte Luft durch Hohlräume unter den Fußboden des Refektoriums geleitet, so daß der Speiseraum an den kalten Tagen jenes Herbstes und an den noch viel kälteren des Winters immer behaglich warm war, und das täglich gebackene Brot sorgte dafür, daß das Refektorium stets anheimelnd, um nicht zu sagen: appetitanregend roch. Wenn wir dort unsere Mahlzeit des Tages einnahmen, die immer gut und reichlich war, und der Südwestwind draußen den Regen gegen die beiden hohen, verglasten Fenster peitschte, während wir beim Schein einiger Kerzen drinnen in der Wärme saßen, dann fühlte ich mich stets geborgen. Auch wenn Sturm und Regen gegen die Klostermauern wüteten, die graue, aufgewühlte See steile, kurzkämmige Wellen über das Wiek bis an die Klostermauern jagte, wenn Gischt und Regen an die Fenster des Refektoriums prasselten – das Kloster stand felsenfest und unerschütterlich, ein Ort des Lichtes und der Wärme in all der Dunkelheit und Wildnis.

Es erschien mir damals geradezu gleichnishaft für die Festigkeit und Stärke, die der menschliche Geist allein durch die Gnade des Glaubens erfährt. Als ich Anselmus von diesen Gedanken berichtete, lächelte er mir gütig zu und sagte, man dürfe gewisse Hoffnungen auf mich setzen, wenn ich bereits in jungen Jahren einen so tiefen und einsichtigen Geist zeigte.

So lebte ich mich nach und nach im Kloster ein. Die herrliche Cismarer Kirche sah ich jeden Tag achtmal, wenn wir dort zu den vorgeschriebenen Stunden unsere Chorgebete und Gesänge verrichteten. Der prachtvolle, holzgeschnitzte Altar, den Onkel Albert für altmodisch und etwas grob hielt, hatte von Anfang an meine Aufmerksamkeit erregt.

Bisher hatte ich ihn nur verschlossen erlebt, denn er hatte zwei Seitenflügel, die wie zwei Schranktüren vor den mittleren Teil geklappt wurden; nur die Außenseiten waren zu sehen. Diese waren aber wahrlich sehenswert! Sie wurden von dem prächtigen Bild einer Marienkrönung geziert, so kunstvoll ausgeführt, daß die Augen der Muttergottes stets auf dem Betrachter zu ruhen schienen, wo immer er sich auch befand. Gleichwohl konnte ich kaum den Tag erwarten, an dem ich das Chorgebet vor dem geöffneten Altar verrichten würde – Anselmus hatte mir dies auf mein hartnäckiges Fragen hin für die Christnacht angekündigt. Die Tage wurden unmerklich kürzer und kürzer, und wie kurz sie waren, fiel mir erst auf, als es an einem trüben Dezembermorgen sogar zur Terz noch so düster war, daß im Kreuzgang die Lichter brannten, um uns den Weg in die Kirche zu erhellen, und kurz nach unserer Mahlzeit zur Non bereits wieder angezündet werden mußten.

Die Zeit der langen Nächte, in deren dunkelster und längster Gott der Welt das Licht geschenkt hat, war herangekommen, und das Weihnachtsfest stand endlich vor der Tür. Am Tag der Geburt des Herrn wurden die Vigilien endlich vor dem weitgeöffneten Flügelaltar abgehalten.

Als wir durch Mönchspforte und Lettner nacheinander in den Chorraum traten, spürte ich trotz meines gesenkten Blickes, daß das Innere der Kirche in einem ungewohnt goldenen Glanz erstrahlte. Auch schien die klamme Kälte zu fehlen, die uns sonst beim Eintritt in die Kirche in Empfang nahm, in kürzester Zeit die Füße in Eisklumpen verwandelte und selbst durch unsere dicken Wollkutten bis ins Mark vordrang. Nein, heute war es anders, und als ich das gedämpfte Raunen vieler Stimmen aus der Laienkirche hörte, wußte ich auch, warum: es waren viele, viele Pilger anwesend, die heute im Angesicht der heiligen Blutreliquie auf Erlösung von ihren Leiden oder Vergebung ihrer Sünden hoffen.

Als unsere Kirchenglocken verstummten und das Chorgebet begann, bemühte ich mich, so klar und rein wie möglich zu singen, damit die armen Seelen in der Laienkirche den rechten Eindruck bekamen von der Frömmigkeit und der Gottesfurcht der Mönche – auch wenn ich noch nicht zu ihnen gehörte: Anselmus, der wie üblich neben mir stand, mußte mit seinem geschulten Ohr den Unterschied zu meinen sonst eher verhalten vorgebrachten Tönen erkannt haben, denn er lächelte mir milde zu, als wollte er mich für meinen Eifer loben. Dann konnte ich endlich meinen Blick vom Boden lösen und zum Altar richten.

Ich glaubte zu träumen. Die beiden Seitenflügel waren weit geöffnet, wie die Arme des Herrn, der seine Kinder willkommen heißt, und die Innenseiten waren, genau wie der mittlere Teil, aufs wunderbarste versehen mit geschnitzten Figuren, die Szenen aus der Heiligen Schrift oder dem Leben unseres Ordensgründers, des heiligen Benedikt von Nursia, wiedergaben. Die Figuren waren alle in leuchtenden Farben bemalt, doch die beherrschende Farbe war Gold, und das Schnitzwerk leuchtete und strahlte beinahe ebenso wie die vielen Kerzen, Ampeln und Leuchter, die heute nacht geradezu üppige Wärme und Licht in der Kirche verbreiteten. Es schien, als sei der Altar selbst Mittelpunkt dieses Glanzes, als erhelle er all die anderen Lichtquellen im Chorraum und nicht umgekehrt.

Und dort, im Mittelpunkt all diese Lichter, in der Mitte des Altars, erblickte ich sie zum erstenmal: die Blutreliquie. Sie stand vor dem Holzrelief einer grausamen Geißelungsszene, direkt vor den Beinen eines blutüberströmten Christus, anklagend, mahnend, als Beweis dafür, daß Christi Blut tatsächlich vergossen wurde und mehr als die rote Farbe eines geschickten Künstlers auf seinem Schnitzwerk.

Als ich die Reliquie in all ihrer Erhabenheit dort stehen sah, kamen mir wieder Zweifel an der Geschichte meines Onkels. Ich hing deshalb meinen Gedanken nach und folgte Chorgebet und Psalmen fast mechanisch, denn Worte und Melodie waren mir inzwischen mehr als vertraut. Als die Vigilien in die Matutin übergingen, wurde die Reliquie von Bernwardus, unserem Abt, vom Altar genommen und dem ältesten Mönch übergeben, der sie auf einem kleinen Altartisch im Torbogen der Lettnerwand, genau zwischen Chorraum und Laienkirche, aufstellte. Wir folgten der Reliquie gemessenen Schrittes und nahmen zu beiden Seiten des Torbogens entlang der Lettnerwand Aufstellung, um mit den Gesängen und Gebeten der Matutin die Anbetung der Reliquie durch die Pilger zu begleiten.

Dabei fiel mir ein ganz in Grau gekleideter alter Mann auf; er stand gebeugt, die Kapuze seines Umhangs weit ins Gesicht hineingezogen. Auch er wollte die Reliquie sehen und vor ihr sein Gebet verrichten, und als die Reihe an ihm war, schlurfte er schwerfällig zum Opferstock. Dort blieb er stehen und wühlte in seinem Beutel nach einer Gabe.

Er fand sie nicht gleich und sein Blick streifte wie geistesabwesend die Reihe der an der Wand stehenden Mönche. Obwohl ich das Gesicht des Alten nicht gut erkennen konnte, schien mir, daß seine Augen sich ausgerechnet auf mich hefteten. Ich beobachtete ihn vorsichtig unter halb gesenkten Lidern, denn es war streng verboten, mit Pilgern oder sonstigen Laien – und sei es auch nur durch einen Blick – Kontakt aufzunehmen.

Für die Dauer eines Wimpernschlages kreuzten sich unsere Blicke. Die Augen des Alten schienen unter der Vermummung kurz aufzuleuchten; dann hielt er plötzlich inne und holte aus seinem Beutel einen kleinen silbernen Ring hervor.

»Hab' ich dich, hab' ich dich«, murmelte er dazu und hob den Silberring zwischen Daumen und Zeigefinger bis in Augenhöhe der Opferwächter. Diese und der Rest des Konvents sahen nur, daß der Ring stark beschädigt war; ich sah hingegen etwas ganz anderes: ich sah die andere Hälfte meines Halbrings, hell glänzend im Licht der Kerzen vor dem versammelten Konvent.

Vor soviel Kühnheit erstarrte mir das Blut in den Adern. Was konnte ich tun? Was durfte ich tun? Aber der alte Pilger enthob mich im selben Moment meiner Verlegenheit: kummervoll das Haupt schüttelnd, ließ er den Ring wieder in den Beutel gleiten.

»Nicht der richtige, nicht der richtige! Will dem Herrn nichts Halbes geben, gehört sich nicht! Wo ich ihn nur hab' ... Hier steckt er ja!« schloß er und man hörte seiner Stimme die Erleichterung an.

Aus den Falten seines abgegriffenen Beutels förderte er einen anderen Silberring zutage, glänzend, schön ziseliert und völlig unbeschädigt. Der Opferwächter ließ den Alten mit einem Lächeln an den Reliquienaltar herantreten, wo dieser auf die Knie fiel und laut zu beten begann. Er war so gebrechlich, daß zwei Laienbrüder ihm aufhelfen mußten.

Langsam schlurfte und humpelte er an der Lettnerwand vorbei, mir und den anderen Mönchen zum Greifen nah. Um jede Aufmerksamkeit zu vermeiden, hatte ich meinen Blick fest auf den Boden geheftet, und so kam es, daß ich in aller Muße seine Füße betrachten konnte. Erstaunlich breit und kräftig waren sie für einen so schwachen Greis – und ich fragte mich, weshalb er in dieser Jahreszeit in offenen Sandalen ging, während er seinen übrigen Körper so dick verhüllt hatte, als liege Schnee in unserer Kirche.

Noch bevor der Alte in der Menge der Pilger verschwunden war, wußte ich es. Natürlich hatte ich diese kräftigen braunen Füße in den offenen Sandalen schon einmal gesehen – und zwar weder im Kloster noch im Haus des Oheims oder gar in Tweebargen, sondern auf dem von Menschen wimmelnden Lübecker Marktplatz, als mir ein völlig unbekannter Wandermönch ein Stück Sackleinen in die Hand gedrückt hatte, damit ich Onkel Alberts Domhut verbergen konnte. Und dann hatten sie noch einmal meinen Weg gekreuzt, diese Füße: als eine dunkle Gestalt im Klosterwald mir den Weg nach Cismar gewiesen hatte!

An diesem finsteren, regnerischen Weihnachtsmorgen waren Anselmus' Sorgen, ich könne zwischen Matutin und Prim ein Schlummerstündchen einlegen, überflüssig. Ich lag die ganze Zeit hellwach auf dem Bett in meiner Nische im Dormitorium und zerbrach mir den Kopf, wie ich dem Unbekannten eine Nachricht zukommen lassen konnte. Daß mein Grübeln so überflüssig war wie Anselmus' Sorgen wegen meiner Schläfrigkeit, ahnte ich an jenem Morgen nicht, denn da kannte ich ihn noch nicht, den Mann vom Markt, den Mann aus dem Wald.

So verbrachte ich die Weihnachtstage im Kloster in einer gewissen Unruhe und dachte zum erstenmal intensiver über die Erfüllung meiner Aufgabe nach, und je mehr ich das tat, desto mehr plagten mich Zweifel. Nachdem ich die wunderbare Reliquie gesehen hatte, glaubte ich fest daran, daß sie echt war, und es erschien mir sündig und frevelhaft, den Gegenstand aufrichtiger Verehrung so vieler Menschen auf seine Echtheit hin zu überprüfen. Dann jedoch hatte mein Oheim recht: Im Falle der Echtheit war es unsere Pflicht, die Reliquie von dem Fälschungsverdacht zu befreien und die Vorwürfe jenes Raphaelus aufzuklären. Wie ich dies allerdings bewerkstelligen sollte, vermochte ich mir nicht vorzustellen.

Der Zufall kam mir zu Hilfe. An einem dunklen, feuchtkalten Tag kurz nach dem Fest der Heiligen Drei Könige schlug Anselmus vor, unsere täglichen Unterrichtsstunden in die Bibliothek zu verlegen, die sich über dem Refektorium befand und von dessen Wärme noch profitierte. Auch war die Bibliothek nach Süden gelegen, so daß die wenigen spärlichen Sonnenstrahlen, die in dieser düsteren Jahreszeit auf unser einsames Kloster an der Ostsee fielen, die kalten Mauern des Südflügels gleichfalls erwärmten.

Die Bibliothek hatte einen kleinen, abgetrennten Vorraum, in dem der Bruder Bibliothekar saß. Er bewachte seine Bücher wie eine Krähe ihre Beute, und mit ähnlich heiserem Geschrei stürzte er sich auf jeden Eindringling: das war im Grunde jeder, der etwas in der Bibliothek zu verrichten hatte, und mochte Bernwardus, unser Abt, dies auch selbst angeordnet haben.

Anselmus und ich wurden besonders mißtrauisch beäugt. »Novizen haben zur Bibliothek keinen Zutritt!« schnarrte er. Mein Novizenmeister gab seiner Stimme indes einen besonders warmen Klang: »Lieber Bruder Theophilus, nie würde ich einem Novizen den Zutritt zu der von dir so trefflich gehegten und gepflegten Klosterbibliothek gestatten! Es ist nur so: Wir sind in Verlegenheit um einen Raum, in dem wir unsere Stunden abhalten können. Die Sakristei, der kleine Vorraum und der Kapitelsaal sind zu kalt und zu dunkel. Das Dormitorium kommt nicht in Betracht, durch unseren geschätzten Kreuzgang geht stets ein Wind, und wir brauchen dort zur Zeit sogar am hellichten Tage Lampenlicht! Allerdings könnte ich ja noch den Bruder Cellerar fragen, ob dieser uns ausnahmsweise gestatten würde, das Refektorium …«

Das Wort genügte. Eines duldete der krähenhafte Bibliothekar offenbar noch weniger als die Entweihung seines Reichs: daß jemand anders es besser haben könnte als er. Und das Refektorium, geheizt und freundlich, die Küche gleich daneben: das gönnte er uns offensichtlich nicht! Also nickte er mißmutig, nahm eine Schrift von seinem Pult und bedeutete uns mit einer Handbewegung, näherzutreten. Er selbst, sagte er, wolle es sich ersparen, den erbaulichen Reden des Novizenmeisters und den laienhaften Antworten des Novizen zu lauschen, er ziehe es daher vor, seine Arbeit in der eigentlichen Bibliothek, gleich neben dem Eingang, fortzuführen. Sein Novizenmeister habe seinerzeit keineswegs auf das leibliche Wohlergehen seiner Zöglinge geachtet – früher sei ein zugiger Kreuzgang auch im Winter ein durchaus angemessener Ort zur Verabreichung der Lektionen gewesen. Dann ging er davon, mit den weiten Ärmeln seiner Kutte tatsächlich wie mit Flügeln schlagend.

»Es ist doch nur bis zur Non!« rief Anselmus ihm nach. Das mochte eine gute Stunde sein. Theophilus wandte sich in der bereits geöffneten Tür noch einmal um. »Das dürfte ja wohl genug sein, Bruder Novizenmeister!«

Sein Verharren auf der Schwelle gestattete mir einen kurzen Blick ins Innere der Bibliothek. Einige Mönche standen in völligem Stillschweigen an ihren Schreibpulten, die Köpfe über dicke Bücher oder Schriftrollen gebeugt. Sechs hohe Bogenfenster ließen das trübe Tageslicht ein und an schönen Tagen sicher auch wärmende Sonnenstrahlen.

Auch unser kleiner Vorraum war mit einem derartigen Bogenfenster versehen. Ich trat näher und konnte zu meiner großen Freunde jenseits von Graben, Wällen und kahlen Baumwipfeln einen schmalen Streifen glitzerndes Wasser erkennen: das Klosterwiek, an dessen gegenüberliegendem Ufer ich vor noch gar nicht so langer Zeit gestanden und nach Cismar hinübergeschaut hatte.

Anselmus ermahnte mich jedoch gleich und forderte mich auf, den Blick nicht nach außen, sondern nach innen zu richten: »Wir wollen die begrenzte Zeit, in der wir das Domizil des Bruders Bibliothekar freundlicherweise in Besitz nehmen dürfen, auch nach Kräften nutzen! Also, Martinus, sage mir, was bezweckt unser heiliger Namensgeber, der weise Benediktus, deiner Meinung nach mit dem fünften Kapitel der Regel unseres Ordens?«

Die Lektion nahm ihren Lauf. Anselmus sprach zu mir vom Gehorsam gegenüber dem Abt. Ich dachte an den Bruder Bibliothekar und ließ meinen Blick unauffällig durch den Raum wandern. An den Wänden standen dicke Folianten auf hohen, hölzernen Regalen bis unter die Decke. Diese dienten aber offensichtlich nicht der theologischen Bildung und Erbauung, sondern enthielten alle denkbaren Arten von Verzeichnissen: über die zum Kloster gehörenden Ländereien, die Gehöfte, die Mühlen, die Einnahmen, die Ausgaben, die in Cismar geschehenen Wunder, die Reliquien, die Laienbrüder und die ordinierten Mönche. Plötzlich hatte ich eine Eingebung. Genau das war es, was ich brauchte! In dem betreffenden Verzeichnis mußte wohl auch der Name dieses Raphaelus zu finden sein. Unbedacht verzog ich das Gesicht zu einem befriedigten Lächeln, das mir freilich nicht gut bekam.

»Ich habe zwar davon gehört, daß eine Lektion über das fünfte Kapitel unserer Ordensregel Betroffenheit, Reue oder gar Angst bei einem Novizen auslösen kann, doch ist mir kein Gefühl bekannt, das im Zusammenhang mit diesem so wichtigen Kapitel einen Novizen zufrieden lächeln läßt! Woran hast du gerade gedacht, Martinus?«

»An … an Vater Theophilus!«

»So, und warum?«

»Verzeiht, Vater Anselmus, aber er schien mir so wenig demütig und gehorsam ...«

»Und das veranlaßt dich zu einem Lächeln? Statt daß du Gebete für die Seele eines Mitbruders sprichst, wenn du ihn eines so schweren Vergehens für schuldig hältst! Nun, das werden wir nachholen: Du begibst dich sofort in die Kapelle und betest auf der Stelle fünfzig Paternoster, und zwar sowohl für den vermeintlichen Mangel unseres Mitbruders als auch für deine eigenen, viel größeren Mängel – die Überheblichkeit und die Respektlosigkeit! Die Gebete wiederholst du bis zur Vesper noch einmal und ein drittes Mal bis zur Komplet. Das soll dir helfen, über unsere Ordensregel und die Schwächen von Mitbrüdern zu schmunzeln!«

Betreten zog ich von dannen und merkte mir: auch mein gutmütiger Novizenmeister verstand in einer Sache keinen Spaß – wenn er sich nicht ernstgenommen fühlte.

Am nächsten Tag setzten wir unsere Exerzitien im Vorraum der Bibliothek fort, und ich war wieder ein vorbildlicher Novize. Da ich durch nichts meine Ungeduld und mein Interesse an dieser Umgebung verriet, hatte Anselmus keinen Grund, erneut über ungebührliches Betragen zu klagen.

Nach zwei, drei Tagen mustergültigen Benehmens meinerseits überkam ihn die Lust, selbst den einen oder anderen Text in der Bibliothek nachzulesen. Pater Theophilus, dessen anfängliches Mißtrauen durch mein bescheidenes und tadelloses Verhalten etwas besänftigt war, gestattete Anselmus, mich allein zu lassen, um, wie er sagte, »für den jungen Anwärter noch ein paar weitere passende und lehrreiche Lektionen auszuwählen«.

Anselmus ermahnte mich, ernsthaft zu studieren, und legte mir drei weitere Kapitel der Ordensregel vor, die ich zur besseren Rekapitulierung abschreiben sollte. Ich schrieb wohl die ersten drei Sätze des neunzehnten Kapitels der Regel ab, »Von der Zucht beim Chorgebete«, aber als dann noch immer niemand erschienen war, um mich zu kontrollieren, machte ich mich ans Werk.

Inzwischen wußte ich genau, wo das Verzeichnis mit den Namen der ordinierten Mönche stand. Ich rückte meinen Schemel an das Regal und entnahm einem der oberen Fächer ein schweres, schön in Leder gebundenes Buch. Aber als ich an mein Pult zurückgekehrt war, den Schemel wieder an seinen Platz gestellt hatte, entdeckte ich enttäuscht, daß dies Verzeichnis erst im Jahre des Herrn 1418 begann. Also kletterte ich erneut auf den Schemel, denn ich dachte, daß sich in der Nähe sicher auch die anderen, vorangegangenen Verzeichnisse befinden mußten. Und so war es.

Ich fand das erste Verzeichnis, beginnend im Jahre 1238, endend 1322, dann zog ich den nächsten Band aus dem Regal, der mit dem Jahre 1370 begann und bis 1417 reichte.

Es fehlte also ein Band, und zwar für die Jahre 1323 bis 1369 – Raphaelus' Zeit! Ich war ratlos.

Noch einmal zog ich alle drei Bücher heraus und untersuchte auch die danebenstehenden Bände, die aber nur die Namen der Laienbrüder enthielten.

Da entdeckte ich plötzlich, daß an dieser Stelle ein Buch hinter die übrigen gerutscht war.

Tatsächlich war es das richtige: Verzeichnis der ordinierten Mönche und Novizen des Klosters Cismar – beginnend im Jänner 1323, endend mit dem letzten Tag des Jahres 1369. Das waren die Jahre, in denen Cismar Wallfahrtsort geworden war, die Jahre des Aufblühens und des wachsenden Wohlstandes. Viele junge Männer waren gerade in diesen Jahren in den Konvent eingetreten, und es dauerte eine Weile, bis ich das Jahr 1337 gefunden hatte.

Zu Ostern sollte Raphaelus eingetreten sein. Mein Finger flog über die teilweise verblichenen und schwer lesbaren Zeilen. Es waren zu Epiphanias zwei Novizen eingetreten. Ein weiterer am Tag vor Mariä Lichtmeß, am ersten Februar. Kurz darauf hatte schon die Fastenzeit begonnen, in der – wie ich inzwischen wußte – keine Novizen im

Kloster aufgenommen wurden. Einer der ordinierten Mönche war allerdings in jenen Wochen gestorben, und ein schwarzes Kreuz kennzeichnete die Zeile mit der traurigen Eintragung. Die folgende Zeile war mit einem dicken schwarzen Balken unleserlich gemacht worden – so, als wäre eine fälschliche Eintragung im nachhinein korrigiert worden. Das nächste Datum war schon das Pfingstfest, zu dem drei junge Lübecker als Novizen aufgenommen worden waren.

Enttäuscht ging ich die Eintragungen des ganzen Jahres durch, ohne einen Hinweis auf einen Raphaelus Burmester aus Neustadt zu finden. Ich kontrollierte die Eintragungen der nachfolgenden Jahre und sodann die der vorangegangen ohne Erfolg. Wenn es je einen Novizen namens Raphaelus gegeben hatte, mußte sich dessen Name unter dem dicken, schwarzen Tintenstrich verbergen.

Zunächst begriff ich nicht, weshalb im Verzeichnis des Klosters der Name unkenntlich gemacht worden war, während der Bischof eine Liste erhalten hatte, in welcher der rätselhafte Raphaelus sehr wohl aufgeführt war.

Das konnte nur bedeuten, daß man dem Bischof wie üblich zum Jahresende das Verzeichnis aller im Kloster lebenden Mönche und Novizen übersandt und die Eintragung in den klösterlichen Annalen später gelöscht hatte – als habe es nie einen Mönch dieses Namens gegeben!

Gestorben war er ja offensichtlich nicht, sonst hätte sich ein entsprechender Vermerk gefunden. Auch war in dem Verzeichnis kein anderer Name auf diese Weise getilgt worden.

Ich schlug die betreffende Seite abermals auf und hielt sie gegen das Licht, um vielleicht Spuren der ursprünglichen Eintragung zu entdecken. Während ich auf meinem Schemel stand und mit zusammengekniffenen Augen den schwarzen Balken untersuchte, öffnete sich die Tür zur Bibliothek, und Anselmus und Theophilus traten in den Vorraum, ausnahmsweise einmal in ein friedliches Gespräch vertieft.

Im ersten Moment nahmen sie mich gar nicht wahr. Ich stand auf meinem Schemel wie angewurzelt und betete, daß sie mich einfach übersähen. Aber dafür gab es keinen Grund. Ich stand, durchaus erkennbar in meiner neuen schwarzen Kutte, auf dem Sitzschemel des Bibliothekars am Regal, das Verzeichnis mit den Cismarer Mönchen der Jahre 1323 bis 1369 fest in der Hand. Es gab keine Tarnkappe, kein Schlupfloch, keine Erklärung – nur betroffenes Schweigen auf beiden Seiten. »Steig vom Schemel, Martinus«, sagte Anselmus endlich, »und zeig uns, was so interessant ist, daß du darüber das neunzehnte Kapitel unserer Ordensregel beiseite legst, denn, wie ich sehe« – er warf einen prüfenden Blick auf meine kümmerlichen Zeilen –, »bist du damit nicht sehr weit gekommen!«

Pater Theophilus war unterdessen vor unterdrücktem Zorn rot angelaufen.

»Ich habe dir ja gesagt, Anselmus, Novizen gehören nicht in die Nähe der Bibliothek! Stöbert hier hinter unserem Rücken in unseren Klosterannalen herum!« Eine Hand mit gichtkrummen Fingern schoß aus seiner Kutte hervor und riß mir das Buch aus den Händen.

Er betrachtete es nun von allen Seiten, blätterte es durch, strich über den Einband, und erst als er sicher war, daß ich dem Buch keinen Schaden zugefügt hatte, stellte er es unendlich vorsichtig in das Regal zurück, mir über die Schulter noch einen bitterbösen Blick zuwerfend. Anselmus hatte nun auch gesehen, was ich da in der Hand gehalten hatte und schüttelte bekümmert den Kopf.

»Was, um alles in der Welt, hast du mit dem Verzeichnis der Mönche aus dem vorigen Jahrhundert anfangen wollen, Martinus?«

In der Zwischenzeit hatte ich mir eine Antwort zurechtgelegt: »Vater Anselmus, ich habe wieder gesündigt. Meine Eitelkeit hat in mir den Wunsch erweckt, meinen eigenen Namen in einem dieser Bücher zu lesen, und ich suchte das Verzeichnis mit den Eintragungen aus diesem

Jahr. Dabei ist mir als erstes jener Band in die Hände gefallen, und meine Neugier ließ mich in ihm blättern. Ich erfreute mich an den Namen all der vielen seligen Patres, die vor mehr als hundert Jahren zum Konvent gehörten und die für alle Zeit in den Annalen verzeichnet sind. So vergaß ich die Zeit und meine Aufgabe, und ich bitte nun in aller Demut um eine Bestrafung!«

Mit diesen reuigen Worten hatte ich Anselmus schon halb besänftigt. Theophilus war aber noch nicht ganz zufrieden.

»Eins verstehe ich nicht«, sagte er nachdenklich, »ich wollte kürzlich die Reihenfolge der Bücher in diesem Regal neu ordnen und suchte gerade nach diesem Verzeichnis lange, ohne es zu finden. Die anderen drei oder vier Bände standen alle an ihrem Platz, nur dieser, in dem du gerade geblättert hast, hat gefehlt. Hast du ihn wirklich dort oben gefunden, wo ich ihn jetzt hingestellt habe?«

Seine flinken, wachen Augen ruhten aufmerksam auf mir.

»Ich meine schon, Vater Theophilus, obwohl ich jetzt im nachhinein nicht mehr genau angeben kann, an welchem Platz das Verzeichnis gestanden hat. Vielleicht war es auch im Fach darunter!«

Ich spürte, wie mir unter den forschenden Vogelaugen des Bibliothekars langsam das Blut in den Kopf stieg.

»Auch dort habe ich gesucht, junger Freund, aber da du dich ja doch nicht mehr genau erinnern kannst, müssen wir die Sache wohl auf sich beruhen lassen – ich hoffe nur, daß unser Novizenmeister eine wirksame Strafe findet, die dich deine Neugier demnächst bezähmen läßt!«

O ja, ich bekam meine Strafe. Zwar sah Anselmus davon ab, den Abt zu unterrichten oder bei der täglichen Versammlung im Kapitelsaal den ganzen Konvent über meine Strafe abstimmen zu lassen, aber auch so traf es mich hart: an diesem Tag sollte ich zur Stunde der gemeinsamen

Mahlzeit in der Kapelle beten und über meine Sünden nachdenken.

Das Ergebnis wollte er nach der Vesperandacht von mir hören. Eine Mahlzeit und die gemütliche Wärme des Refektoriums würde es für mich erst wieder am nächsten Tag geben. Ich beschloß auf der Stelle, von nun an sehr, sehr vorsichtig zu sein.

Vielleicht lag es an meinem knurrenden Magen, vielleicht an dem hellen Mondschein, der durch die Bogenfenster fiel oder auch einfach nur an der klammen Kälte des Dormitoriums, daß ich in dieser Nacht leicht und unruhig schlief; immer wieder wachte ich auf. Deshalb war ich sofort hellwach, als jemand kaum hörbar meinen Namen wisperte. Gleichzeitig legte sich eine Hand auf meinen Mund, so daß ich keinen unbedachten Laut von mir geben konnte.

Mein nächtlicher Besucher hielt mir etwas vor die Augen, und als es im Mondschein kurz aufblinkte, sah ich, daß es die andere Hälfte von Onkel Alberts Ring war. Dann ließ er mich los, legte zum Zeichen des absoluten Stillschweigens den Finger an die Lippen und bedeutete mir, ihm zu folgen.

Lautlos huschte er die Treppe hinunter, in den Kreuzgang, der um diese Zeit nur von wenigen Lampen beleuchtet wurde. Selbst in ihrem trüben Lichtschein erkannte ich den Mann wieder, der jetzt schnell und völlig geräuschlos vor mir um eine Ecke bog und in eine fast gänzlich verborgene Nische zwischen Kapelle und Kirche schlüpfte, in die kein Lichtstrahl fiel.

Er war es wieder; auch wenn er diesmal an den Füßen dicke Wollsocken statt der offenen Sandalen trug – und so geräuschlos durch die Gänge glitt wie eine Erscheinung. Er trug die Kutte eines Cismarer Laienbruders.

»Wer bist du?« flüsterte ich.

»Ich bin Bruder Vincent, der Franziskaner, im Dienste unseres Herrn Bischof in Lübeck! Mußte leider meine braune Kutte mit diesem wenig ehrenhaften Gewand vertauschen und ein Benediktiner Laienbruder werden – und alles nur, damit jemand ein Auge auf dich hat, Marten! Aber schnell, die Zeit drängt, was hast du in der Zwischenzeit herausbekommen?«

Ich erzählte ihm, so knapp es mir möglich war, von meinem Abenteuer in der Bibliothek, und er hörte aufmerksam zu. Meine Augen hatten sich inzwischen auf die uns umgebende Dunkelheit eingestellt, und ich sah, daß er längst nicht so alt war, wie er in der Gestalt des Pilgers zur Christmette gewirkt hatte.

»So so, durchgestrichen ist eine Eintragung, und gerade in der fraglichen Zeit – das muß der Name jenes unglücklichen Raphaelus gewesen sein! Aber natürlich ist das noch kein Beweis, vor allem, wenn man von der ursprünglichen Eintragung nichts mehr erkennen kann. Höre, Marten, du solltest noch versuchen, einen Blick in die anderen Verzeichnisse zu werfen, zum Beispiel das Verzeichnis der dem Kloster dargebrachten Schenkungen oder auch das Verzeichnis der Wunder – vielleicht taucht ja der gute Raphaelus durch ein Wunder selbst darin auf! Aber du mußt vorsichtiger sein; niemand darf dich bei deinen Nachforschungen erwischen, kein Verdacht darf aufkommen!«

»Ich habe nicht die geringste Ahnung, wie ich an diese Verzeichnisse herankommen soll! Mein Novizenmeister wird mich nun erst recht nicht mehr aus den Augen lassen!«

»Es wird sich schon eine Gelegenheit ergeben. Wir müssen eben Geduld haben. Wenn der Herr will, daß diese alten Schandtaten aufgedeckt werden, wird er uns dabei schon behilflich sein!«

Vincent schien offenbar – im Gegensatz zu mir – von der Geschichte meines Oheims gänzlich überzeugt zu sein.

»Noch eins, Marten, die Notwendigkeit, uns zu treffen, besteht nur, wenn wir einander etwas mitzuteilen haben. Wir dürfen kein unnötiges Risiko eingehen. Ich bin als

Bruder Vincent dem Koch in Küche, Keller und Backstube behilflich und habe dadurch auch Zutritt zum Refektorium, so daß es nicht schwer sein wird, einen Kontakt herzustellen. Will ich dich sprechen, lege ich dir einfach den halben Ring in deinen Trinkbecher, willst du mich treffen, läßt du deine Hälfte im Becher zurück – da ich den Tisch abräume, werde ich den Halbring gleich entdecken. Wir treffen uns dann hier, in dieser Nische, und zwar zur gleichen Stunde wie jetzt: zur Mitternacht. Los jetzt, zurück mit dir ins Dormitorium, und falls sich unsere Wege hier im Kloster mal kreuzen sollten, laß dir bloß nichts anmerken!«

Er blieb noch zurück, nach allen Seiten in den Kreuzgang spähend, während ich schnell und unbemerkt wieder in mein Bett schlüpfte, das seine Wärme inzwischen allerdings verloren hatte. Ich rieb meine eiskalten Füße aneinander. Das Licht war jetzt viel dunkler; Wolken waren vor den Mond gezogen. Ich schlief überraschend schnell ein, und mir schienen kaum ein paar Minuten vergangen zu sein, als die Glocke uns zu den Vigilien wachrief.

Als wir, wie immer in langer Reihe, durch den Kreuzgang in die Klosterkirche zogen, gestattete ich mir einen winzigen Seitenblick, als wir an der Nische vorbeigingen. Fast erwartete ich, darin noch den Franziskaner zu entdecken, aber es herrschte dort nur dunkle Leere.

Mariä Lichtmeß bescherte uns nach den trüben, regnerischen Wochen das Januars endlich wieder einen sonnigen Tag. Doch der Wind hatte nach Osten gedreht und wehte mit einem eisigen Hauch über die offene See. Die Baumwipfel, die ich draußen über den Dächern der Klostergebäude erkennen konnte, hatten sich in der letzten Zeit stets schwarz und tropfnaß vom grauen Himmel abgehoben. Jetzt waren sie von Rauhreif überzogen und strahlten in leuchtendem Weiß wie feines Zuckerwerk vor einem tiefblauen Firmament. An diesem Tag brauchten wir zur Mahlzeit keinen Kerzenschein mehr. Die Wärme des Refektoriums, das die Strahlen der Nachmittagssonne erhellten, erschien mir so köstlich und wohltuend wie selten.

Mir selbst bescherte Mariä Lichtmeß zudem eine Neuigkeit: eine Person, die in der Rangordnung des Klosters noch unter mir stand – einen neuen Novizen. Zunächst war ich begeistert, erhoffte ich mir doch etwas Auflockerung bei den täglichen Lektionen und die nicht mehr uneingeschränkte Aufmerksamkeit des Vaters Anselmus. Aber dann standen wir uns Auge in Auge gegenüber, der Neue und ich, und meine Begeisterung schwand.

Rupertus hieß er und kam aus der Nähe von Braunschweig. Es hieß, der Abt des dortigen Ägidienklosters habe ihn unserem Abt Vater Bernwardus direkt anempfohlen, und als ich ihn sah, konnte ich das verstehen. Er mußte die Freude jedes Novizenmeisters sein! Ein Gesicht, bar jeglicher Regung, und Augen ohne Wärme – das Glitzern, das sie dann und wann belebte, schien mir ein Zeichen religiösen Übereifers.

Rupertus schlief nun im Dormitorium neben mir, er stand bei den Chorgebeten neben mir, er saß im Refektorium neben mir und auch während der Lektionen, Lesungen und Übungen unseres Novizenmeisters, der wohl hoffte, daß dieser neue Ausbund an Frömmigkeit, Fleiß und Gelehrigkeit meinen Ehrgeiz anstachelte. Rupertus fügte sich so problemlos ins Klosterleben ein, als habe er nie anders gelebt – wenn ich mir zu den Vigilien noch die Augen rieb, stand er bereits völlig angekleidet neben seinem Lager, wenn ich bei einem Kapitel ins Stocken geriet, sprach er es zu Ende.

Ich muß zugeben, daß ich mir mehr Mühe gab, seit er bei uns war, denn ganz zurückstehen mochte ich auch nicht. Anselmus konnte sich also nicht beklagen; er hatte jetzt einen Musternovizen und einen zweiten, der beinahe mustergültig war – vorbei waren die Tage des Aus-dem-Fenster-Sehens, des In-Büchern-Blätterns …

In diesen kalten Februartagen schien der Frühling so fern wie nie. Ich hatte fast den Eindruck, daß die Kälte sich in dem Maß verstärkte, wie die Sonne Tag für Tag höher stieg – fast wie zum Hohn. Unser Klosterwiek war längst zugefroren, und im Dormitorium konnte man hören, wie in der Klosterbucht das Eis knirschte, wenn es sich in den eisigen Nächten ausdehnt.

Vater Anselmus meinte, gerade jetzt müsse jedenfalls der Geist etwas haben, woran er sich erwärmen könne, und deshalb sollten wir uns bis zum Beginn der Fastenzeit mit den Wundern unseres heiligen Ordensgründers befassen. Er hatte recht; die Wundertaten des heiligen Benediktus wirkten auch bei uns Wunder: die Flamme des Glaubens verstärkte sich, die Bewunderung und die Liebe zu unserem Ordensgründer wuchsen, und die schönen, erbaulichen Geschichten ließen uns zeitweise tatsächlich den eisigen Februar mit allen Unannehmlichkeiten vergessen, auch wenn uns bei den Gesprächen häufig kleine weiße Atemwölkchen vor dem Mund standen.

Irgendwann, kurz vor dem Beginn der Fastenzeit, schlug ich vor, wir könnten doch auch einiges aus den Wundern lernen, die sich in diesem Kloster ereignet hatten. Anselmus hielt das für eine gute Idee, und am nächsten Tag holte er aus dem Regal (wir waren inzwischen wieder im Vorraum der Bibliothek zugelassen) – natürlich mit Theophilus' ausdrücklicher Genehmigung – das Verzeichnis hervor, in welchem man über alle Wunder seit der Gründung des Klosters, beginnend mit der Entdeckung der heiligen Johannisquelle, Buch geführt hatte, und zwar jeweils unter Benennung des Ereignisses, der Betroffenen und der Zeugen.

Anselmus las uns aus dem Buch vor, beantwortete unsere Fragen und kommentierte die Geschehnisse. So hörten wir zunächst von vielen Wunderheilungen durch das Wasser aus der heiligen Quelle, die sich zwei Stockwerke unter uns, im Keller unter dem Refektorium befand. Die Wunder häuften sich, nachdem das Kloster in den Besitz der heiligen Blutreliquie gekommen war, und ich staunte über die Anzahl sehend gewordener Blinder, wieder gehender Lahmer und über Nacht geheilter Geschwüre.

Wir arbeiteten uns langsam durch das Verzeichnis, bis wir in die Nähe der Jahre kamen, die für meinen Auftrag so bedeutsam waren. Mit der ihm eigenen bedächtigen Art las Anselmus mit gleichmäßiger Stimme jedes der verzeichneten Wunder vor und legte ab und zu eine Pause ein, um sich zu vergewissern, daß seine beiden Zöglinge angesichts all dieser Zeichen der auf dem Kloster ruhenden Gunst des Herrn auch angemessen beeindruckt waren. Wir waren es.

Schließlich kam er zum Pfingstfest des Jahres 1336, nannte zunächst ein, zwei Ereignisse, die ich der Kürze halber, wenn auch mit einer gewissen Respektlosigkeit als »das Übliche« bezeichnen möchte, bis er schließlich las: »Jungfer Kathrine Lebereit aus Grömitz, leidend an der Auszehrung, Erscheinung unseres Herrn Jesus während der Anbetung der heiligen Blutreliquie, Ankündigung der Heilung von ihrer Krankheit, am dritten Tage Erlösung von ihren Leiden auf dem Pilgerweg bei Grömitz, bezeugt und mitgeteilt von Raphaelus Burmester aus Neustadt, am Tage seines Eintritts ins Kloster Cismar, Ostern 1337.«

Für einen Moment dachte ich, mein Herzschlag setze aus, und bemühte mich krampfhaft, mir meine Aufregung nicht anmerken zu lassen. Im Grunde rettete mich nur der Umstand, daß Anselmus dem Vorfall keine besondere Bedeutung zumaß, sondern lediglich »Gelobt sei Gott! Gelobt sei Jesus Christus!« murmelte und zum nächsten Wunder überging, das sich nur wenig später, nämlich am Tag des heiligen Johannes, ereignet hatte, als ein Trunk vom Wasser der Heilquelle gleich drei Pilger vor aller Augen von ihren Gebrechen geheilt hatte.

Anselmus nahm dies zum Anlaß, auf den Schutzpatron unseres Ordens, den heiligen Johannes, einzugehen und von einigen von ihm vollbrachten Wundern zu berichten, so daß ich mir schon sicher war, daß man meine Betroffenheit nicht bemerkt hatte, als ich einen Blick aus Rupertus' kühlen Augen auffing, die äußerst nachdenklich auf mir ruhten. Ich bekenne, daß mir der sündige und unchristliche Gedanke durch den Kopf ging, der Teufel möge ihn holen.

Natürlich mußte ich Vincent von meinen neuen Erkenntnissen berichten. Es war dies der letzte Tag, an dem wir zur Non speisten. Morgen begann die Fastenzeit, und wir würden unsere Mahlzeit dann in der letzten Stunde des Tageslichts einnehmen, etwa gegen sechs Uhr abends.

Ich ließ bereits zu Anfang der Mahlzeit den Halbring aus meinem Ärmel in die Hand und aus der Hand in den vollen Trinkbecher gleiten. Niemand bemerkte etwas, nicht einmal der neben mir sitzende Rupertus, der in seinem Essen herumstocherte, als sei die Fastenzeit jetzt schon angebrochen, konnte etwas gehört haben.

Nach der Komplet begab ich mich mit den anderen ins Dormitorium und suchte dort unruhig meine Schlafnische auf. Um die Stunde unseres Treffens nicht zu verpassen, versuchte ich, wach zu bleiben. Und doch hätte ich einige Stunden später die zwölf Glockenschläge, die mich aus einem unruhigen Halbschlaf rissen, fast überhört. So geräuschlos wie möglich zog ich meine Kutte über den Kopf und schlich mich aus dem Dormitorium.

Als ich mich unserem Treffpunkt im Kreuzgang näherte, dachte ich zunächst, Vincent sei noch nicht da, und spürte Angst in mir aufsteigen. Vielleicht hatte er meine Nachricht gar nicht erhalten, und was war, wenn man mich entdeckte, während ich hier auf ihn wartete? Aber dann konnte ich im Dunkel der Nische seine Umrisse ausmachen. In der schwarzen Kutte hob er sich kaum von der finsteren Umgebung ab. Erleichtert trat ich zu ihm. Als erstes gab er mir meinen Halbring wieder, und dann fragte er mich nach den Neuigkeiten.

»Vincent, es hat den Mönch Raphaelus tatsächlich gegeben«, begann ich meine Schilderung. Im Gegensatz zu mir schien Vincent äußerst erbaut von meiner Entdeckung.

»Ich werde dem Bischof gleich eine Nachricht zukommen lassen. Nun, da sich unser Verdacht erhärtet hat, müssen wir aber mit aller Kraft danach streben, herauszufinden, was mit jenem Raphaelus geschehen ist, warum man seinen Namen im Klosterverzeichnis gelöscht hat und warum sich niemand mehr an ihn erinnern konnte. Wie wir das anstellen sollen, weiß ich allerdings auch nicht – aber der Herr wird uns schon den Weg weisen. Vielleicht ist es das beste, wir kümmern uns jetzt erst einmal um die Reliquie, obwohl das fast genauso schwierig sein dürfte. Marten, du mußt versuchen in die Klosterkirche und an den Altar zu kommen – am besten nachts –, um die Phiole zu öffnen. Denke dir möglichst schon vorher eine glaubwürdige Erklärung aus – für den Fall, daß man dich bei deinem Tun erwischt! Und – achte auf deinen Trinkbecher, falls ich eine Nachricht für dich habe!«

Mit diesen wenig beruhigenden Worten entließ er mich, und ich huschte auf Zehenspitzen ins Dormitorium zurück. Als ich mich am Treppenaufgang noch einmal umwandte, sah ich, daß Vincent besorgt hinter mir herblickte, bevor er sich selbst aus dem Dunkel der Nische löste und im Kreuzgang verschwand.

Raphael

Raphael hatte das Gefühl, er sei nach langen Irrwegen endlich heimgekehrt, und lebe jetzt zum erstenmal wirklich und gemäß seiner wahren Bestimmung.

Sein Novizenmeister war begeistert von dem hingebungsvollen, gläubigen, fleißigen und bescheidenen jungen Mann, und als das Jahr der Probezeit um war, verlangte Raphael nach der Tonsur und wurde vom Konvent nur zu gern als ordinierter Mönch aufgenommen. Von da an nannte er sich Raphaelus.

Der junge Mann, der sich endlose Wortgefechte mit seinen Eltern und Freunden geliefert hatte, der keiner

Auseinandersetzung aus dem Wege gegangen war, gehörte im Kloster Cismar zu den gehorsamsten und sanftmütigsten. Er wurde von allen geschätzt und führte ein stilles und glückliches Leben, erfüllt von innerem Frieden. Weil er weitaus reifer wirkte, als ihm dies aufgrund seiner Jugend zukam, übertrag man ihm bald kleine, aber verantwortungsvolle Aufgaben, und er enttäuschte das ihm entgegengebrachte Vertrauen nie. So war Raphaelus in kürzester Zeit zu einer Stütze der Gemeinschaft geworden, und es schien keineswegs ausgeschlossen, daß er in gesetzterem Alter dem Kloster eines Tages als gewählter Abt vorstehen würde.

Als sich einmal wieder der Johannistag näherte, der als Gedenktag des Schutzpatrons der Benediktiner im Kloster besonders gefeiert wurde, erbat Raphaelus auf der Kapitelversammlung die Gnade, bei den Vorbereitungen in der Kirche, die zu dem Festtag in ihrem schönsten Glanze strahlen sollte, helfen zu dürfen. An sich waren die Reinigung und das Schmücken der Klosterkirche Aufgaben der Laienbrüder, aber Raphaelus' demütige Bitte wollte man nicht abschlagen, und so gehörte er zu der Schar derjenigen, die in froher Stimmung das Gotteshaus auf den großen Tag vorbereiteten.

Unendlich liebevoll polierte er die geschnitzten Figuren des Altars mit einem weichen Tuch, das von Zeit zu Zeit mit einem hellen, duftenden Öl getränkt wurde, wodurch der Glanz der goldenen Heiligenscheine, Engelsflügel und Gewänder noch stärker hervortrat und die bunten Farben eine wunderbare Leuchtkraft entfalteten. Ganz in seine meditativen Gedanken versunken, zog Raphaelus jede Falte, jeden Winkel in den Zügen der heiligen Gesichter und Gestalten mit seinemÖlläppchen nach und erfreute sich am Glanz der Engel und Heiligen, die den Altar zierten. Sogar die bösen Gestalten auf den Altarbildern polierte er hingebungsvoll: der gerade ausgetriebene Teufel und der Mönch, der den heiligen Benedikt vergiften wollte, strahlten und leuchteten beinahe genauso hell wie die Heiligen und die Himmlischen. Wie vertraut, wie unendlich lieb waren sie ihm alle, die sie den Altar schmückten!

Erst als es dämmerte, beendete Raphaelus seine Arbeit, und in seinen Träumen tauchten in dieser Nacht all die von ihm polierten Gesichter wie liebe alte Freunde wieder auf. Daß sich darunter auch dann und wann die Fratze eines Teufels mischte, konnte niemand verhindern, denn das Böse folgt seinen eigenen Regeln.

Am nächsten Tag ging die Arbeit weiter. Raphaelus polierte nun die vergoldeten Einlegeböden des Altarschreins, auf denen die kostbarsten der Reliquien vor den jeweils zu ihnen passenden Schnitzbildern standen. Und dann waren die Reliquien selbst an der Reihe: all die vielen verschiedenen Fläschchen, Kästchen und Phiolen mußten sorgfältig gereinigt und poliert werden, ohne sie auch nur im geringsten zu beschädigen, denn das wäre ein unvorstellbares Vergehen gewesen. Raphaelus liebkoste sie alle mit seinem Öllappchen, machte stumpfes Holz wieder glänzend, mattes Gold und Silber schimmernd und blindes Kristall funkelnd. Die heilige Blutreliquie, angesichts derer das Wunder an Kathrine geschehen war, hob er sich bis ganz zum Schluß auf.

Wieder neigte sich der Tag dem Abend zu. Die Laienbrüder hatten inzwischen ihre Arbeiten vollbracht und die Quartiere aufgesucht, bis auf zwei, die weit entfernt hinter der Lettnerwand in der Laienkirche noch zwei Standleuchter auf Hochglanz brachten. Zum erstenmal, seitdem er im Kloster war, hatte Raphaelus die Heiligkeit von Altar und Chorraum ganz für sich allein, und dazu befand sich noch die kostbare alte Phiole mit der wunderbarsten aller Reliquien, der Reliquie des heiligen Blutes, in seinen Händen. Raphaelus wurde plötzlich von frommer Rührung übermannt, kniete vor dem Altar nieder und pries mit heißem Herzen Gottes Gnade und Jesu Liebe.

Wie es eigentlich geschah, konnte er sich auch später nie ganz erklären. Ob er in seinem gläubigen Eifer die Phiole zu heftig poliert hatte oder ob sich im Laufe der Zeit irgend etwas gelockert hatte – er wußte es nicht. Fest steht jedenfalls, daß Raphaelus auf einmal die Phiole in der linken Hand und deren goldenen Verschluß, noch mit den Resten einer alten Wachsversiegelung, in der rechten Hand hielt.

Fast hätte er aufgeschrien vor Schreck, denn im gleichen Augenblick fürchtete er, das Blut des Erlösers, diese so unendlich kostbaren Tropfen, zu verschütten oder gar seine eigenen, unwürdigen Hände damit zu benetzen. Aber obwohl die Phiole flach in seiner Hand lag, sickerte nichts aus ihr; es war ihm nur, als nehme er auf einmal einen unendlich süßen und schweren Duft wahr, ganz anders, um vieles köstlicher als alle Düfte, die er kannte.

Es mochte nach Manna und Ambrosia duften oder nach allen Blumen des Gartens Eden, nur nach einem roch es gewiß nicht: nach Blut, Tränen, Schmerzen, Qualen und Verzweiflung. Aber vielleicht hatte der Herr in seiner Güte Jesu Blut mit diesem unwiderstehlichen Duft versehen, so, wie er aus seinem Leib Brot und aus seinem Blut Wein machte? Dann war er, Raphaelus, Zeuge eines neuen Wunders!

Raphaelus strahlte vor Glück. Er hob die Phiole an sein Gesicht, um nur noch ein einziges Mal den köstlichen Duft einzuatmen, den er sein ganzes Leben nicht vergessen wollte. Sodann würde er den Abt, Vater Remigius, über das Wunder unterrichten, und dieser mochte dann den Konvent daran teilhaben lassen oder die Phiole gleich wieder verschließen – er, Raphaelus, hatte ausgiebig den Duft des Göttlichen eingesogen und würde sich für alle Zeiten daran erinnern.

Da entdeckte er, daß sich in der Phiole anstelle von Blut ein kleiner, vielleicht fingerhutgroßer Gegenstand befand. So hatte die alte Legende doch recht, die besagte, daß Maria, die Mutter des Johannes, mit einem Zipfel ihres leinenen Tuches Jesu Blut nach der Geißelung aufgenommen hatte. Der alte Braunschweiger Haudegen, Herzog

Heinrich, hatte vor rund hundertfünfzig Jahren die Reliquie, angeblich durch Einwirkung der Gottesmutter selbst, von einem Kreuzfahrer aus dem Morgenland erhalten. So paßte eins zum anderen, und bevor er Vater Remigius alles berichten würde, hatte er nur einen einzigen Wunsch: einmal den Leinenstreifen vom Tuche der Maria, getränkt mit dem Blut Jesu und ihren eigenen Tränen, zu küssen – und da Gottes Vorsehung ihn dies Wunder hatte entdecken lassen, durfte er sich zu dieser Geste der Liebe und Verehrung sicherlich hinreißen lassen, ohne eine Sünde zu begehen.

Mit Hilfe einer langen Nadel, die er wie jeder Benediktiner stets am Gürtel trug, beförderte Raphaelus das kleine, weiche Päckchen zitternd vor Aufregung durch den engen Hals der Phiole. Der unwiderstehliche Duft verstärkte sich prompt. Und dann lag es in seiner Hand, ein schmaler, zarter, zusammengerollter Stoffstreifen. Unendlich behutsam, fast zärtlich, entrollte ihn Raphaelus und neigte seinen Kopf, um das Stückchen Stoff mit den Lippen zu berühren.

In der Klosterkirche herrschte das matte, goldene Licht eines Sommerabends. Trotz der gedämpften Beleuchtung hatte Raphaelus sofort das Gefühl, daß mit der Reliquie etwas nicht stimmte. Er hielt inne und trat neben einen in einer Mauernische brennenden Leuchter. Obwohl die Kerzen in einem kühlen Hauch flackerten und kein helles Licht spendeten, konnte Raphaelus doch genügend erkennen, daß ihm vor Entsetzen das Blut in den Adern gefror.

Das war kein blutbefleckter Leinenstreifen, den er da in der Hand hielt, es war ein Streifen feinster Seide, inzwischen zwar etwas brüchig, aber immer noch von satter, purpurroter Farbe und so fleckenlos, als sei der Stoff gerade frisch gewaschen. Mit Blut hatte er gewiß nicht mehr als die tiefrote Farbe gemein.

Raphaelus setzte sich, kreidebleich, auf das Chorgestühl. Über seine Entdeckung mochte er gar nicht nachdenken. Aber die Gedanken kamen von selbst, und die Erkenntnisse stiegen wie flüchtige Bilder vor seinem inneren Auge auf. Die heilige Blutreliquie war gar keine Reliquie! Die Phiole barg nur ein einfaches Stückchen Stoff, der zwar von einem kostbaren Gewand stammen mochte, das aber gewiß nicht Jesus oder eine der Marien getragen hatten. Und er – und alle anderen – hatten die Knie gebeugt vor einem Streifen Seide … Alle waren getäuscht worden – der Abt, der Braunschweiger Herzog, die Bischöfe, die die Echtheit beglaubigt hatten … Was für ein gräßlicher Skandal! In dem heiligen Altar eines Klosters hatte man diesen belanglosen Stoffstreifen aufbewahrt, Pilger waren gekommen zu Tausenden, und Wunder waren geschehen! Letzteres war allerdings ein Ding der Unmöglichkeit. Stoffstreifen vollbringen keine Wunder.

An dieser Stelle unterbrach er seine Gedankenkette. Weiter durfte er nicht denken, sonst kam er zu dem Schluß, daß die Wunder – einschließlich des von ihm bezeugten an der kleinen Kathrine – gar keine waren, und das wäre wahrlich eine Gotteslästerung!

Aber übermorgen, in der Johannisnacht, würde die Phiole wieder aus dem geöffneten Altar genommen, den Pilgern zur Anbetung gezeigt und zum Lobe Gottes aufgestellt werden. Das mußte er verhindern! Es durfte nicht geschehen, daß weiterhin ein Stoffstreifen verherrlicht wurde wie ein heiliger Gegenstand! Er mußte sofort mit dem Abt darüber sprechen.

Raphaelus steckte die Phiole in den Ärmel seiner Kutte, um dem Abt die Richtigkeit seiner Entdeckung zu beweisen. Er rief den beiden Laienbrüdern einen kurzen Gruß zu und stellte fest, daß sie immer noch dieselben Leuchter polierten und von seiner skandalösen Entdeckung nicht das Geringste bemerkt hatten. Nein, dieses erhabene Gotteshaus, dieser herrliche Altar, sie sollten nicht länger durch die Beherbergung eines profanen Gegenstandes entweiht werden!

Raphaelus löschte die Leuchterkerzen und durchquerte den Chorraum entschlossenen Schrittes. Doch als er an der Mönchspforte noch einmal über die Schulter zum Altar zurückblickte, da war ihm, als leuchteten die Teufelsfratzen im schwindenden Licht viel heller als die mit soviel Liebe polierten Heiligengesichter. Raphaelus erschauerte und bekreuzigte sich.

Pater Remigius, der Abt, empfing ihn in seinem Gemach neben dem Kapitelsaal mit freundlichem Wohlwollen.

»Gott mit dir, Raphaelus, und was gibt es so Dringendes, das nicht Zeit bis morgen hat?«

Raphaelus war von seinem schnellen Gang noch außer Atem. »Vergebt, Vater Abt, daß ich Euch bei Euren Studien störte, aber mein Anliegen duldet keinen Aufschub – auch nicht bis zu unserer nächsten Kapitelversammlung! Ach, es ist so schrecklich, ich weiß gar nicht, wo ich beginnen soll!«

Diese atemlose Rede sah dem sonst eher bedächtigen und stillen Raphaelus gar nicht ähnlich, so daß der Abt sofort begriff, daß sich etwas Ungewöhnliches ereignet haben mußte.

»Faß dir ein Herz, Raphaelus und sprich – und am besten beginnst du mit dem Anfang!«

So schluckte Raphaelus seine Erregung hinunter und begann. Nichts ließ er aus, und im Laufe seines Berichtes gewann seine Stimme an Festigkeit. Hier, in dem hell erleuchteten Zimmer des Abtes, hörte sich seine Entdeckung gleich viel unwahrscheinlicher und phantastischer an – aber er hatte ja sein Beweisstück dabei.

Während Raphaelus noch sprach, war nach und nach die Leutseligkeit aus dem Gesicht des Abtes verschwunden und seine Miene wurde eisig – Raphaelus gelangte schließlich ans Ende seiner Schilderung, stellte die Phiole nebst dem abgefallenen Verschluß auf ein Pult und bat Vater Remigius, sich nun selbst von der Richtigkeit der Darstellung zu überzeugen.

Der Abt rührte indes die Phiole nicht an, ja, er blickte nicht einmal zu ihr hin, sondern starrte statt dessen mit gefurchter Stirn in die Flammen des an diesem kühlen Sommerabend brennenden Kaminfeuers. Schließlich wandte er sich Raphaelus zu:

»Das ist eine ungeheuerliche Anschuldigung, Raphaelus! Du bezichtigst da nicht nur ein gutes Dutzend Bischöfe des Betruges, sondern auch einen hochberühmten Herzog und letztlich die Muttergottes selbst, die ihm diese kostbare Reliquie zugeführt hat! Von den unzähligen Mönchen und ihren Äbten, die alle dieses Kleinod behütet und bewacht haben, will ich erst gar nicht sprechen! Bist du dir darüber auch im klaren?«

»So habe ich das gewiß nicht gemeint«, erklärte Raphaelus eingeschüchtert. »Ich will nur das Kloster davor bewahren, weiterhin eine falsche Reliquie der Verehrung und der Anbetung anheimzugeben!«

»Du scheinst zu vergessen, daß diese angeblich falsche Reliquie wahre Wunder vollbracht hat, und wie sollte das wohl der Fall sein, wenn es sich dabei nur um ein profanes Stückchen Stoff handelte?«

»Darüber habe ich mir auch schon Gedanken gemacht«, sagte Raphaelus immer kleinlauter. »Vielleicht wollte der Herr die Gebete der Pilger ja trotzdem erhören!«

»Mag sein, mag sein«, entgegnete der Abt und strich die Falten seiner Kutte glatt. »Und du bist dir also ganz sicher, daß du in der Phiole einen Streifen purporroter Seide gefunden hast?«

»Gewiß, Vater Remigius, bis an mein Lebensende werde ich den gräßlichen Anblick nicht vergessen!«

»Soso, bis an dein Lebensende ... Nun gut, Raphaelus, ich werde mir die Angelegenheit heute nacht durch den Kopf gehen lassen und morgen dem Konvent darüber berichten. Laß einstweilen die Phiole bei mir, bis zur Klärung der Sache soll sie nicht auf dem Altar stehen. Du kannst jetzt gehen – halt, warte noch: daß du mit keiner Menschenseele über deine Entdeckung redest; Klatsch und

Gerüchte würden jetzt nur schaden, und der Johannistag steht vor der Tür!«

Raphaelus entfernte sich, einerseits erleichtert, weil ihm der Abt keine weiteren Vorwürfe wegen seiner Neugier gemacht hatte, andererseits aber auch etwas enttäuscht, weil seine Empörung über die unechte Reliquie offensichtlich nicht geteilt wurde. Nun, sein erstes Ziel war erreicht: die falsche Reliquie war aus dem Gotteshaus entfernt worden, und morgen würde man auf der Kapitelversammlung alles Weitere besprechen. Er mußte eben noch lernen, geduldiger zu werden.

Am nächsten Tag, zur Terz, befand sich die Reliquie wieder an ihrem Platz, vor der Geißelungsszene in der Mitte des Flügelaltars. Auf der Kapitelversammlung hatte man zwar über sie gesprochen, jedoch in einem ganz anderen Zusammenhang, als Raphaelus sich hätte träumen lassen. Das konnte ihn aber nicht erstaunen, weil er an diesem Morgen nicht mehr unter den ordinierten Mönchen weilte, die sich nach der Prim im Kapitelsaal versammelten. Jedoch geduldiger zu werden – dies sollte er in der Tat erlernen, und zwar in endlosen Tagen und Nächten im Klosterkerker.

Pater Remigius hatte noch eine ganze Weile ins Feuer gestarrt, nachdem Raphaelus ihn verlassen hatte. Schließlich trat er an sein Pult, beförderte aus der Phiole den Seidenstreifen ans Licht, glättete ihn mit dem Zeigefinger, roch daran, schüttelte den Kopf und seufzte das Seufzen eines vielbeschäftigten Mannes – als wollte er sagen: Auch das noch!

Dann rief er Pater Justus, den Cellerar des Klosters, mit den Büchern über die Einnahmen der letzten Jahre zu sich. Er bat den Cellerar, einen betagten Mönch mit weißen Haaren und rosigem, rundem Gesicht, Platz zu nehmen, und schenkte ihm schweigend einen Becher Wein ein; auch sich selber genehmigte er einen vollen Becher. In seinem Gemach pflegte der Abt die Regeln zu setzen, denn nach der Ordensregel des heiligen Benedikt stand den Mönchen täglich nicht mehr als ein Viertel Wein zu.

Der Abt trank seinen Becher erst bis zur Hälfte leer, bevor er sein Schweigen brach. Pater Justus wartete geduldig, das Güterverzeichnis auf den Knien.

»Justus«, hob der Abt an, »wir kennen uns, seit ich als Novize ins Kloster gekommen bin. Damals hattet Ihr mir hier schon einige Jahre voraus, es gab noch keinen Schnitzaltar, und die Laienkirche war auch nicht umgebaut. Uns verbinden an die drei Dutzend gemeinsame Jahre in Cismar, und stets haben wir einander beigestanden. Noch nie mußte ich in einer Sache wie dieser Euren Rat einholen, sie ist so außergewöhnlich, so delikat und doch von so großer Bedeutung für unser aller Wohlergehen.«

Justus setzte bei dieser feierlichen Vorrede überrascht seinen Becher ab.

»Ich muß Euch bitten, über alles, was ich Euch jetzt berichte, strengstes Stillschweigen zu bewahren, und ich vertraue Euch in dieser Sache vollkommen. Es geht um nichts Geringeres als um die Zukunft unseres Klosters!«

Die letzten Worte hatte Remigius leiser als alles andere ausgesprochen und bei dem Knistern der Flammen im Hintergrund hatte Justus sie kaum hören können. Er rückte seinen Holzstuhl näher an den des Abtes, um besser zu verstehen, denn er war sich nicht ganz sicher, ob er die schicksalsträchtigen Worte richtig vernommen hatte. Aber ein Blick auf Remigius' tiefernste Miene enthob ihn sofort aller Zweifel.

Der Abt schenkte beide Becher wieder voll und gab dann den Bericht des Raphaelus wieder, ohne seine Stimme über das Knistern der Flammen zu erheben. Justus hörte schweigend zu, die Augen vor Staunen weit aufgerissen.

»Das darf doch nicht wahr sein!« rief er schließlich aus. »Habt Ihr die Phiole überprüft? Muß man deren Inhalt denn tatsächlich als … als profan bezeichnen?«

»Urteilt selbst!«

Remigius schob ihm die offene Phiole und den Stoffstreifen zu. Selbst der an die Düfte von Keller und Küche gewohnte Cellerar sog den Wohlgeruch begierig ein und meinte dann, er habe nie einen ähnlich köstlichen Duft wahrgenommen.

»Die Phiole riecht nach allen Wonnen des Elyseums!«

Remigius nickte säuerlich.

»Ja, aber gerade danach sollte sie nicht riechen!«

»Oh, wer weiß, wer weiß, warum sollte göttliches Blut nicht mit allen himmlischen Wohlgerüchen gesegnet sein?« Justus unterzog nun den Stoffstreifen einer gründlichen Prüfung und ließ ihn schließlich, indem er ihn mit Daumen und Zeigefinger festhielt, in der von einem Leuchter aufsteigenden Warmluft sachte hin- und hertanzen. Remigius beobachtete ihn schweigend und führte abermals den Becher zu den Lippen.

»Eure Meinung?«

Justus lächelte verschmitzt. »Ein Streifen feinster Purpurseide – vielleicht geeignet, das Gewand eines Kaisers oder gar eines Papstes zu zieren, aber sicher kein blutbeflecktes Linnentüchlein einer bescheidenen Frau! Nein, ehrwürdiger Abt, da hat sich der Braunschweiger Herzog einen schändlichen Streich erlaubt – oder er ist selbst betrogen worden, wer weiß! Dieses Stückchen Seide ist sowenig eine heilige Blutreliquie wie mein Schnupftuch!« Er lachte in sich hinein.

»So sprich doch leise, Justus, die Wände haben Ohren! Und es besteht gewiß kein Anlaß, darüber zu scherzen – unsere Lage ist ernst! Auch ich bin der Meinung, daß die Blutreliquie nicht echt ist, aber begreifst du denn nicht, was das für Cismar bedeutet?«

Justus betrachtete nachdenklich das immer noch auf seinem Schoß ruhende Verzeichnis der Güter und Einnahmen.

»Doch, ich fürchte, ich weiß, was das bedeutet ...« Und er machte eine drastische Daumenbewegung nach unten, die an Deutlichkeit nichts zu wünschen übrigließ und die düstere Stimmung des Abtes nicht hob. Dieser sprach: »Lest mir aus Eurem Verzeichnis vor, und zwar beginnend mit dem Anfang unseres Jahrhunderts!«

Justus blätterte in dem dicken Buch viele Seiten zurück. Die heilige Blutreliquie, vom Konvent aus dem Lübecker Johanniskloster mitgebracht, befand sich bereits in Cismar. Fromme Bürger hatten dem Kloster dann weitere wertvolle Reliquien vermacht, teils ganze Sammlungen, teils spektakuläre Einzelstücke. Hinzu waren Schenkungen und Erbschaften gekommen: Grund und Boden, Mühlen und Gehöfte, ja manchmal sogar ganze Siedlungen.

Cismar hatte sich prächtig entwickelt – nur rund fünfzig Jahre, nachdem die Benediktiner nach Beilegung ihrer Streitigkeiten mit Bischof und Landesherrn überhaupt erst angefangen hatten, das Kloster ernsthaft auszubauen. Kurz nach 1300 war der Konvent schon reich genug gewesen, um drei der besten Lübecker Schnitzerwerkstätten den Auftrag für den teuren und kostbaren Altar zu erteilen, der zugleich als Reliquienschrein fungieren sollte. Diese enorme Ausgabe hatte das Kloster einiges an Wäldern und Fischteichen gekostet, und Remigius sträubten sich noch jetzt, rund zwanzig Jahre nach der Bezahlung des Auftrages, die Haare, als Justus ihm mit unbeteiligter Stimme die Ausgaben für den Schreinaltar vorlas. Er schnalzte mißbilligend mit der Zunge. Diese Kundgebung des Mißfallens ließ Justus seine Lektüre kurz unterbrechen.

»Ehrwürdiger Abt, ich weiß gar nicht, was Ihr habt! Erstens ist kein Preis zu hoch, um dem Herrn und den Seinigen einen würdigen Altar zu errichten, zweitens bedurften all unsere wertvollen Reliquien –«, bei diesen Worten warf er einen schrägen Blick auf die Phiole, »– und wir hatten damals schon weit über siebenhundert – eines angemessenen Aufbewahrungsortes, und drittens – nun, drittens hat sich die Ausgabe gelohnt! Hört doch: Unser

Kloster wurde im Jahre 1320, gerade nach der Fertigstellung des Altarschreines, vom Bischof offiziell zum Wallfahrtsort geweiht, und danach ging es erst richtig bergauf mit Cismar, denn mit den Pilgern flossen auch die Einnahmen: im Jahre 1321 waren sie schon doppelt so hoch wie 1320, und nur fünf Jahre später hatten sie sich verzehnfacht! Je mehr Pilger kamen, desto reicher wurde der Konvent, und die Laienkirche wurde deswegen doch um ein weiteres Joch verlängert, damit sie noch mehr Gläubige fassen konnte. Wir haben beide als junge Mönche die Weihe zum Wallfahrtsort miterlebt und wissen, wie schnell sich der Reichtum des Klosters mehrte, der Herr sei gepriesen!«

»Ja, und Ihr wißt auch, daß es gerade die heilige Blutreliquie ist, die uns die vielen, vielen Pilger ins Kloster bringt! Was wird denn wohl aus Cismar, wenn es die Reliquie nicht mehr gibt? Und, viel schlimmer noch, wenn sich erst einmal herumspricht, daß sie gar nicht echt gewesen ist! Cismar würde doch auf der Stelle zum Gespött der Leute werden, und wir müßten uns dann auch die Frage gefallen lassen, ob unsere übrigen Reliquien echt sind! Und wie sollen wir diesen Beweis antreten? Und wenn die Pilger schließlich ausbleiben, dann bleibt auch das Geld aus – und was das für uns bedeutet, sollte gerade Euch klar sein!«

Justus nickte kummervoll. Er brauchte nur an die ersten Seiten des Güterverzeichnisses zu denken, als Cismar nicht mehr besaß als die vom Schauenburger Grafen gestifteten Wälder. Da hatte es noch keine Klosterkirche mit hochgeschwungenen Spitzbögen gegeben, keine Bibliothek mit verglasten Fenstern, keinen Prunkaltar und vor allem keine Laienbrüder, die den Betrieb aufrechterhielten, so daß sich die Patres wirklich nur um ihre schönsten Aufgaben zu kümmern brauchten: das Studium, die Auslegung der Heiligen Schrift, die Einhaltung der Ordensregel.

Wenn die Pilger ausblieben, würde es nach einer kurzen

Zeit mangelnder Einkünfte unweigerlich wieder zu solch unbequemen Zuständen wie in der Anfangszeit des Klosters kommen, als die Patres noch überall selbst mit Hand anlegen mußten, ja, auch Wein gäbe es nicht mehr. Bei diesem Schreckensgesicht leerte Justus erst seinen Becher, bevor er zu sprechen begann.

»Vater Remigius, ich kann Euren traurigen Ausführungen nichts entgegenhalten, schlimmer noch, ich stimme in der düsteren Prognose, was die Zukunft Cismars betrifft, völlig mit Euch überein. Noch ist kein Schaden angerichtet, und es gilt deshalb, zwei Fragen zu beantworten. Die erste lautet: Wollen, ja müssen wir nicht sogar den Niedergang des Klosters, dieses Bollwerks christlichen Glaubens in der heidnischen Wildnis, verhindern? Die zweite Frage ist kürzer, gleichwohl aber schwieriger zu beantworten. Sie lautet schlichtweg: Wie?«

Der Abt nickte bedächtig. »Die erste Frage will ich Euch auf der Stelle beantworten«, sagte er. »Dieses Kloster ist in langen, entbehrungsreichen Jahren herangewachsen zu einer Perle in der Krone des Benediktinerordens. Wir haben in weniger als hundert Jahren wahre Wunder vollbracht: Wagrien ist so gut wie christianisiert, im Klosterdorf selbst, das vorher aus nicht mehr als ein paar Schweinekoben des Schauenburgers bestand, herrschen Wohlstand und Zufriedenheit. Bis nach Neustadt im Süden, zum Bungsberg im Westen und bis Oldenburg im Norden blüht das Land unter dem Patronat Cismars. Soll die ganze Gegend etwa wieder in das heidnische Dunkel versinken, das wir erst erhellt haben?

Und die Gebete wie vieler Menschen sind hier erhört worden, Justus, wie viele Wunder haben sich – gerade angesichts jener Phiole – erreignet! Nein, Gottes Segen ruht auf uns und im übrigen auch auf der Reliquie, die wir seit wenigen Stunden als falsch bezeichnen, sonst hätte er sie nie Wunder vollbringen lassen. Unser Auftrag ist eindeutig: Wir müssen den segensreichen Weg, den der Herr uns vorgezeichnet hat, weiter beschreiten; beten, lehren, taufen, segnen – denn sonst fiele dies alles, das ganze Werk, das wir mit Gottes Hilfe vollbracht haben, dem Teufel anheim! Die Wagrier würden wieder ihren Gottheiten opfern, Cismar in Vergessenheit versinken und das Grün der Wälder alles überwuchern.«

»Ihr sprecht wahr und weise, Vater Remigius, wie es sich für einen glaubensstarken und gottestreuen Abt gehört, und wieder kann ich Euch nur bestärken. Doch wie lautet Eure Antwort auf die zweite Frage, auf das Wie?«

Der Abt hatte sich unterdessen erhoben und war näher an das Feuer getreten. Die Nächte waren auch Ende Juni in dieser Gegend oft noch erstaunlich kühl, anders als in seiner Heimatstadt Lübeck. Remigius streckte seine Hände mit weit gespreizten Fingern über die Flammen, um sie zu wärmen. Ohne den Cellerar anzusehen, der inzwischen neben ihn getreten war, sprach er leise in die Flammen: »Es gibt nur eine Lösung!«

Justus schwieg. Er wußte, was der Abt als nächstes sagen würde, aber er wollte es ihm überlassen, die Worte auszusprechen. Und Remigius zögerte nicht. Er sah den Weg, der einzuschlagen war, jetzt klar vor sich.

»Zunächst muß die Reliquie so schnell wie möglich wieder in die Kirche, und von ihrem Inhalt darf niemand erfahren!«

»Ihr wißt, daß das nur die halbe Antwort auf unsere Frage ist. Die andere Hälfte betrifft den jungen Raphaelus. Was soll denn mit ihm geschehen?« Und listig fügte Justus hinzu: »Wird er schweigen?«

Remigius nahm seine Hände aus dem warmen Luftstrom und rieb sie aneinander. Wie Pontius Pilatus, der sich die Hände in Unschuld wäscht, dachte Justus, ich glaube, ich weiß auch, wen er opfern wird … Und so war es.

»Ich will nicht verhehlen«, sprach der Abt, »daß ich natürlich gewisse menschliche Bedenken habe, aber ich fürchte, wir werden unseren jungen Pater sofort und bis auf weiteres aus dem Konvent ... entfernen müssen. Man weiß nie, wann sich die Zunge eines Menschen löst. Wir beide« – und die beiden alten Männer sahen sich einen Moment in die Augen – »wir beide kennen einander aus vielen Jahren, wie jeder von uns sich selbst kennt, und wissen, daß wir unverbrüchliches Schweigen einhalten werden. Aber ein junger Mann ... Oder würdet Ihr für ihn die Hand ins Feuer legen, Justus?«

Jetzt hat er mir wieder die Entscheidung zugeschoben, der alte Fuchs, dachte Justus, und er äußerte sich umständlich, daß Raphaelus zwar ein geradezu vorbildlicher Mönch von tadelloser Führung sei, allerdings, man könne ja nie wissen ... Da hakte Remigius schon wieder ein:

»Ja, ganz richtig, man kann tatsächlich nie wissen, und wir dürfen kein Risiko eingehen, wenn wir hier Gottes Werk weiterführen wollen. Ich sage Euch folgendes: Noch vor der Prim muß der Junge im Kerker sein, und dann sehen wir weiter! Ihr, Justus, habt doch unter den Laienbrüdern, die in Küche und Keller helfen, diese beiden großen, starken Kerle, von denen der eine taubstumm, der andere jedenfalls stumm ist. Sorgt dafür, daß sie Raphaelus ins Klostergefängnis bringen, bevor es zur Prim läutet!«

»Aber was soll ich ihnen sagen? Er muß sich ja irgendeines schweren Vergehens schuldig gemacht haben. Wie soll ich das alles sonst erklären?«

»Ja, da habt Ihr recht, und auch dem Konvent werden wir zur Kapitelversammlung erläutern müssen, warum der geschätzte Raphaelus im Kerker sitzt, ohne daß der Konvent über diese Maßnahme und das zugrundeliegende Vergehen unterrichtet worden ist und beraten hat. Wartet, ich habe da eine Idee ...«

Beide Mönche hatten wieder Platz genommen, und Justus lauschte aufmerksam den Ausführungen des Abtes, von Zeit zu Zeit zustimmend mit dem Kopfe nickend. Dann war es auch schon höchste Zeit, auseinanderzugehen und die Vorbereitungen zu treffen.

Ein heftiger Sommersturm peitschte Regen und Hagel

gegen die Mauern des im Dunkeln liegenden Klosters. Im Dormitorium schlief Raphaelus unruhig, und als er zum wiederholten Male aufwachte, fragte er sich, ob es wirklich nur das Heulen des Sturmes war, das ihn nicht friedlich schlummern ließ …

Sie nannten ihn den Löwen

Sie nannten ihn den Löwen. Und dieser Name war trefflich gewählt. Im Äußeren seinem rotbärtigen Vetter, dem Kaiser, nicht unähnlich, kämpfte der mächtige Braunschweiger Herzog mit allen Mitteln, wenn es seinen Zielen dienlich war. Er war ein stolzer Herr; seine Mutter war die Tochter eines deutschen Kaisers, seine Gattin Tochter des englischen Königs. In nichts stand er an Geblüt seinem Vetter, dem Rotbart, nach, und sein Leben lang haderte er mit dem Schicksal, das diesen zum Kaiser gemacht hatte und nicht ihn.

So blieb ihm nichts anderes übrig, als nach der Verwirklichung seiner eigenen Pläne zu trachten, und die gipfelten alle in der Vermehrung der Macht seines welfischen Stammhauses. Und der Braunschweiger Herzog Heinrich ging seine Sache furchtlos an, scheute auch einen mächtigeren Gegner nicht und legte sich mit allen an, die seinen ehrgeizigen Zielen im Wege standen. Er biß und schlug nach allen Seiten um sich, schuf sich ein wahres Heer von Gegnern unter den deutschen Fürsten und wurde von diesen dennoch als der herausragendste unter ihnen bewundert – und das trug ihm letztlich seinen Beinamen ein. Und wie das Leben eines Löwen war auch das seine geprägt von unzähligen Auseinandersetzungen, Schlachten, Kämpfen, Fehden, und immer, wenn die Gegner meinten, sie hätten ihn in die Knie gezwungen, erhob er sich wieder und ließ sein Brüllen von neuem ertönen.

Sein Zorn darüber, daß die Staufer seinen Vater und das

Haus der Welfen um die Kaiserwürde betrogen und durch Entzug der ererbten Ländereien gedemütigt hatten, verebbte nie. Sein Vetter, Friedrich Barbarossa, hatte wegen dieser alten Geschichte insgeheim stets ein schlechtes Gewissen, und das mochte auch erklären, warum er den Löwen in den ersten Jahren seiner jungen Kaiserwürde noch gegen die Fürsten unterstützte und mehrmals schlichtend zu Heinrichs Gunsten eingriff. Hinzu kam, daß Heinrich ihm einmal bei einem Gemetzel auf der Engelsbrücke in Rom das Leben gerettet hatte, und seitdem glaubte Friedrich, daß das Schicksal das Leben der beiden mächtigen Vettern irgendwie miteinander verwoben hätte. Das war vielleicht mit ein Grund für die überraschende Milde, die er gegenüber dem Braunschweiger Herzog walten ließ. Bis auf ein einziges Mal.

Inzwischen waren aus den beiden jungen Fürsten längst gestandene Männer geworden. Friedrich stand in seinem siebenundfünfzigsten Jahr, Heinrich immerhin im fünfzigsten. Da überspannte der Löwe den Bogen: er kündigte dem Kaiser die Vasallentreue auf, woraufhin Friedrich prompt die anstehende Schlacht verlor; danach weigerte er sich, der Aufforderung Folge zu leisten, am Reichsgerichtshof zu erscheinen.

Diese offenkundige Mißachtung der kaiserlichen Gewalt konnte Friedrich nicht hinnehmen, ohne im ganzen Reich sein Gesicht zu verlieren. Er schob daher alle persönlichen Motive beiseite und verhängte die Acht über seinen Vetter. Als der Löwe daraufhin erst recht wütend brüllte und für alle erkennbar zeigte, daß er sich keinen Deut um die Befehle des Kaisers scherte, mußte Barbarossa ihm endgültig die Stirn bieten: die Oberacht wurde verhängt, Heinrich bis auf Braunschweig und Lüneburg aller Güter und Länder entsetzt und in die Heimat seiner Gattin Mathilde, nach England, verbannt.

Niemand kann ermessen, wieviel innere Kraft und Überwindung es Friedrich kostete, den Vetter, dem er sich in vielerlei Weise verbunden fühlte, des Reiches zu verweisen und in die Verbannung zu schicken. Für den Rest seines Lebens quälte er sich mit Selbstvorwürfen wegen dieser Entscheidung, die doch im Interesse der Staatsräson unvermeidbar gewesen war.

Aber es war ihm, als gehe ein Teil von ihm selbst in die Verbannung, und er erinnerte sich schmerzlich der glücklichen Tage gemeinsamer Waffenbrüderschaft und Abenteuer, denen Tage des Lachens und des Feierns gefolgt waren. Nun war er alt und einsam und hatte sich den Gefährten so vieler Jahre, den Freund seiner Jugend, durch seine eigene Handlung zum unversöhnlichen Feind gemacht.

Der Löwe raste und tobte in England, schwor bittere Rache – aber an den Küsten des Reichs war man wachsam, und er wollte nicht seinen Fuß auf die heimatliche Erde setzen, nur um gleich darunter begraben zu werden. Inzwischen war er einundfünfzig Jahre alt; und das war eigentlich kein Alter, in dem man noch überraschende Änderungen im Leben erwarten durfte. Aber Friedrich war bereits achtundfünfzig, und eins hatte der Löwe sich in den Kopf gesetzt: diesen Vetter, der ihm zeitlebens im Wege gestanden hatte, zu überleben – und dann in die Heimat zurückzukehren ...

Also durchmaß er mit rastlosen Schritten die Flure der Burg, die Wege der Gärten und jagte auf seinem Roß bis zur Erschöpfung durch die englischen Wälder, während er sich mit jedem Tag seinem Ziel näher wähnte. Aber erst gute acht Jahre später erreichte ihn die lang ersehnte und im Grunde unfaßbare Botschaft: Friedrich, der wohl auf seine alten Tage etwas unvorsichtig geworden war, hatte tatsächlich dem Reich den Rücken gekehrt, um zu einem Kreuzzug aufzubrechen!

Der Löwe konnte sein Glück nicht fassen. Um nichts auf der Welt hätte er sich, wäre er Kaiser gewesen, den Gefahren eines Kriegszuges ins Heilige Land ausgesetzt. Sicher, der Alte ließ das Reich in der Obhut seines vierundzwanzigjährigen Sohnes zurück, der nach dem Braunschweiger Oheim Heinrich benannt war, – und dennoch:

unvernünftig! Wozu noch in späten Jahren sich auf einen Kreuzzug einlassen? Heinrich erinnerte sich noch zu gut der drückenden Hitze Italiens in den Tagen seiner Jugend. Daß Friedrich all diese Qualen vergessen hatte!

Nun, sei's drum, der Kaiser war unterwegs, inzwischen wahrscheinlich schon in Ungarn, und er, Heinrich, würde auch bald unterwegs sein – Richtung Heimat! Und so geschah es, daß im Spätsommer des Jahres 1189 der Löwe wieder im alten Revier brüllte; mehr noch, er hatte bereits ganz Sachsen an sich gerissen, und seine Fahnen und Wimpel wehten stolz von den Türmen des Braunschweiger Palastes.

Natürlich zog diese Unverfrorenheit den Zorn der anderen Fürsten auf sich: Kampf folgte auf Kampf, wie in den alten Tagen. Heinrichs Schwerthand hatte nichts von ihrer Kraft eingebüßt und sein Geist nichts von seiner Schärfe. Um sich eine Atempause zu verschaffen und um neue Verbündete zu gewinnen, erklärte sich der Löwe im Sommer des folgenden Jahres gegenüber seinem jungen Neffen Heinrich huldvoll zu einem Frieden bereit.

Die Hälfte aller Einnahmen der Stadt Lübeck, die ihm einst gehört hatte, war Heinrichs Gewinn – was machte es da aus, wenn er zwei seiner jungen Söhne dem Staufer als Geiseln daließ! Der würde an den jungen Löwen noch seine helle Freude haben ...

Die Parteien wollten sich gerade trennen, als eine Nachricht über sie hereinbrach, mit der sie kaum gerechnet hatten: die Nachricht vom Tod des Rotbarts.

Der Löwe weinte seinem Vetter keine Träne nach, und der junge Heinrich hatte sich schon daran gewöhnt, selbst zu herrschen, und war ungeduldig, nach Italien aufzubrechen und von dort als Kaiser zurückzukehren. So gingen sie bald auseinander, der eine nach Süden, der andere nach Norden und beide ganz in Anspruch genommen von ihren Plänen.

Kurz vor dem Weihnachtsfest suchte ein staufischer Ritter die Höhle des Löwen in Braunschweig auf und ließ den Herzog um ein Gespräch bitten. Heinrich, in Erwartung einer neuen, interessanten Intrige gegen seinen Neffen, ließ den jungen Mann gastlich aufnehmen und bat ihn dann zu sich. Der Ritter bedankte sich artig für den freundlichen Empfang.

»Herr Herzog, ich komme in einer sowohl traurigen als auch schönen Angelegenheit«, leitete der junge Mann sein Anliegen ein.

Heinrich schwieg. Mit einer Handbewegung ermunterte er den Gast weiterzusprechen.

»Traurig ist die Angelegenheit, weil sie in schmerzlicher Weise mit dem Tod unseres teuren Kaisers Friedrich verbunden ist; schön ist sie wiederum, weil sie als wahres Beispiel christlicher Liebe zwischen zwei hohen Herren gelten dürfte!«

Er hielt inne, um seine Worte wirken zu lassen. Heinrich dachte bei sich, der Ritter müsse ein Höfling sein – diese geschliffene Sprache, diese Kunst, in wohlgesetzten Worten nichts, rein gar nichts zu sagen! Weil er aber nicht recht wußte, wie er die Worte des jungen Mannes auslegen sollte, gab er ein Brummen von sich, das sowohl Zustimmung als auch Ablehnung bedeuten konnte.

Der Ritter fuhr fort: »Wir alle bedauern den Tod unseres alten Kaisers, dem der Herr es nicht vergönnt hat, daß sein Herzenswunsch sich erfüllte und er der Mauern Jerusalems ansichtig wurde. So überraschend der Tod für uns auch kam, Friedrich selbst hat doch einige Vorkehrungen auf sein Ableben hin getroffen, insbesondere hinsichtlich einiger … äh … Personen, die seinem Herzen besonders nahestanden.«

Und du, junger Schwätzer, willst mir doch wohl nicht weismachen, daß ich dazugehöre! dachte Heinrich grimmig. Doch der junge Mann sprach ungeachtet der unwilligen Miene des Herzogs weiter; die nächsten Worte las er von einem zerknitterten Stück Pergament ab.

»Für Euch, Herr Herzog, hat er folgende Botschaft hinterlassen: ›Meinen geliebten Vetter Heinrich, der nie geahnt hat, wie nah er meinem Herzen stand, und der fern in der englischen Verbannung weilt; sendet Wort, er möge ins Reich zurückkehren, sein altes Herzogtum Sachsen wiedereinnehmen und sein Leben in Frieden in seiner Heimat beschließen. Dazu soll er hundert Scheffel Gold und zweihundert Scheffel Silber erhalten, um sein Herzogtum in Würde antreten zu können. Und schließlich, zur Zierde seiner Kirchen, zum Lohn für seinen gottesfürchtigen Lebenswandel und zur ewigen Erinnerung an seinen Vetter Friedrich, vermache ich ihm die größte Kostbarkeit für einen gläubigen Christenmenschen: eine Phiole mit einigen Tropfen von Christi Blut, vergossen bei seiner Geißelung, aufgenommen von des Johannes Mutter mit ihrem leinenen Brusttuch, und mir von Gott auf meinem Kreuzzug gegen die Ungläubigen in einem thrakischen Kloster in die Hand gegeben.‹«

Bei diesen Worten stellte der junge Mann vorsichtig ein kleines, mit schönen Intarsien gearbeitetes Holzkästchen orientalischen Ursprungs auf ein Tischchen zur Linken des Herzogs. Der Löwe war wider Willen gerührt. So eine versöhnliche und großzügige Geste hatte er von dem alten Rotbart nicht erwartet! Hundert Scheffel Gold, zweihundert Scheffel Silber, was konnte er damit für Männer kaufen, um gegen Heinrich ins Feld zu ziehen! Das nannte er wahrhaftig eine schöne Nachricht! Gerade wollte er den Mund öffnen, um seinem Dank Ausdruck zu verleihen, da hob der Ritter die Hand, zum Zeichen, daß er noch etwas vorzutragen habe.

»Das Vermächtnis geht, sofern es Euch betrifft, noch weiter, Herr Herzog! So hört: ›Sollte mein geliebter Vetter schon vor Erhalt dieser Nachricht, von Sehnsucht übermannt, in die Heimat zurückgekehrt sein, so bedarf es des Goldes und des Silbers nicht, da er ja schon in Würden zurückgekehrt ist, und beides soll beim Erbteil meines Sohnes verbleiben.‹«

Der Löwe umklammerte vor Erregung mit beiden Händen krampfhaft die Armlehnen seines hohen Sessels.

Dem staufischen Gesandten war, als vernehme er das Knirschen mahlender Zähne. Er unterdrückte ein boshaftes Lächeln und beeilte sich, die Botschaft zu Ende vorzulesen.

»›Auch brauche ich ihn nicht wieder in sein Herzogtum einzusetzen, weil er das sicher selbst besorgen wird – oder schon besorgt hat!‹«

Dem Löwe entfuhr ein gotteslästerlicher Fluch. Der junge Mann las mit gleichmütiger Stimme weiter.

»›Die kostbarste meiner Gaben, die heilige Blutreliquie, soll Heinrich aber auch dann erhalten, wenn er diese Botschaft nicht in England, sondern im Reich empfängt. Möge sie ihn stets an meine Liebe erinnern und ihn bedenken lassen, daß über allen irdischen Reichen das himmlische steht, um das allein es sich zu streiten lohnt. Gott mit dir, Vetter!‹«

Hier ließ der Ritter das Schriftstück sinken und erhob sich, denn er fühlte, daß gleich der ganze Zorn des Löwen hervorbrechen würde, und den wollte er nicht am eigenen Leibe erleben.

»Ich lasse Euch jetzt allein, Herr Herzog, allein mit der heiligen Blutreliquie. Einige von Friedrichs Knappen haben sie erst diesen Monat, zusammen mit anderer Habe des Kaisers, aus dem Morgenland zurückgebracht. Sicher seid Ihr voll Rührung über das Vermächtnis des Kaisers und möchtet die nächsten Minuten ungestört seinem Gedenken weihen!

Ehe Heinrich etwas erwidern konnte, hatte sich der Ritter mit einigen flinken Schritten aus dem Gemach entfernt. Aber selbst durch die geschlossene dicke Eichentür konnte der junge Mann hören, wie sich drinnen eine gewaltige Schimpfkanonade entlud und irgendein Gegenstand krachend zu Bruch ging, der das Pech hatte, sich nicht mittels zweier Beine aus dem Bereich der herzöglichen Wut entfernen zu können. Es dauerte eine Weile, bis sich der Löwe über das listige Vermächtnis beruhigt hatte.

»So lacht der Staufer noch im Tode über den Welfen«,

murmelte Heinrich, immer noch ärgerlich im Raum auf und ab schreitend. Die Reliquie hatte er ganz vergessen, und wer weiß, ob sie sonst nicht auch zu Bruch gegangen wäre wie die schöne kristallene Karaffe, die nun in Scherben auf dem Steinboden vor dem Kamin lag. Aber schließlich fiel sein unruhiger Blick doch auf das Holzkästchen mit der letzten Gabe seines Vetters. Ärgerlich schnaubend wandte Heinrich sich gleich wieder ab; dann jedoch siegte die Neugier über den Zorn. In seiner Ungeduld gelang es ihm zunächst nicht, das Kästchen zu öffnen, und er war schon drauf und dran, seinen Vetter auch dafür zu verfluchen, doch schließlich ließ sich ein helles Stückchen Holz der Intarsien beiseite schieben. Darunter befand sich eine gleichfalls hölzerne Zunge, und als er darauf drückte, sprang eine kleine Schublade auf, deren Umrisse vorher nicht zu erkennen gewesen waren. Und dort ruhte sie, in rubinroten Samt gebettet, von dem sich das dunkle Gold ihrer Verzierungen prachtvoll abhob.

Er nahm die Phiole aus ihrem Behältnis. Schwer und kalt lag sie in seiner Hand, und er sah, daß sie von altertümlicher Machart war. Heinrich schüttelte sie, und als er sie ans Ohr hielt, war ihm, als könnte er darin ein leises Rascheln hören. Die Phiole selbst war von tiefer, dunkelroter Farbe, so daß man durch die geschliffenen Facetten nichts von ihrem Inhalt erkennen konnte.

Einen Augenblick lang war Heinrich versucht, die Phiole zu öffnen, doch er sah, daß die Wachsversiegelung uralt sein mußte und wohl nicht so leicht zu öffnen war; deshalb gab er sein Vorhaben auf. Ohnehin war es gleichgültig, was sich darin befand – an die Echtheit der Reliquie konnte man nur glauben. Auch wenn tatsächlich ein altes, blutbeflecktes Stückchen Stoff in der Phiole war, gab es doch keinen Beweis dafür, daß die Flecken tatsächlich von Jesu Blut stammten.

Was ihn viel mehr ärgerte, waren die Worte seines Vetters: die Phiole solle ihn stets an dessen Liebe erinnern und – o Hohn – ihm, dem Löwen, zu bedenken geben, »daß über allen irdischen Reichen das himmlische steht, um das allein es sich zu streiten lohnt«!

Ihm war, als fühle er plötzlich, wie Friedrichs spöttische blaue Augen auf ihm ruhten – das war ihm sehr unbehaglich: es war, als hätte der Rotbart ihm noch aus dem Grabe heraus eine deutliche Warnung zukommen lassen, nicht nach Dingen zu trachten, die ihm nicht zustanden, insbesondere nicht nach dem Reich. Mochten Friedrichs Knochen irgendwo im Morgenland vermodern, er, der Löwe, hatte nicht vor, seine Handlungen von den Ermahnungen eines Toten bestimmen zu lassen, und vor allem wollte er weder an den Vetter noch an die Vergänglichkeit des Irdischen erinnert werden. Auf einmal wußte Heinrich, wie er seine Erbschaft verwenden konnte. Ja, es gab einen Weg, sie loszuwerden und gleichzeitig noch großes Lob für seine Frömmigkeit und Großzügigkeit einzuheimsen. Dann war ihm die Reliquie aus den Augen und erinnerte ihn nicht mehr an die schmachvollen Momente des heutigen Tages, in denen ein junger Laffe Zeuge der Demütigung gewesen war, und außerdem – wenn er dem Kloster einen Preis machte, der in den Augen der Welt für diese Kostbarkeit von einer Reliquie äußerst mäßig und bescheiden war, dann konnte er zum einen seine Kasse ein wenig auffüllen, ja, und zum anderen würde das Volk ihn loben ... Und drittens würde dieser verdammte Friedrich – Gott möge ihn und die Seinen strafen – nicht die Freude haben, noch über den Tod hinaus durch ein mahnendes Vermächtnis Einfluß auf seine Handlungen zu nehmen.

Nach dieser Entscheidung kehrte die gute Laune des Herzogs wieder zurück. Noch heute wollte er dem Abt des Ägidienklosters in Braunschweig eine Botschaft schicken und diesem in Anbetracht des nahenden Christfests ein durchaus selbstloses, großzügiges, für das Kloster höchst segensreiches Angebot unterbreiten ... Und morgen, morgen wollte er damit beginnen, über die Vernichtung dieses jungen staufischen Hundes, seines Neffen Heinrich, nachzudenken.

Die weißen Flocken eines ersten vorweihnachtlichen Schneefalls legten sich draußen sachte auf die Dächer der Stadt.

Im Kloster zu Braunschweig

Im Kloster zu Braunschweig war man höchst erbaut über das herzögliche Angebot, für eine vergleichsweise bescheidene Summe eine Reliquie von unschätzbarem Wert erwerben zu können. Odo, der Abt, überlegte nicht lange und erleichterte mit Zustimmung des Konvents die Geldsäcke des Klosters um einen erheblichen Betrag. »Durch die vielen Pilger werden wir diese Summe in Kürze wieder ausgleichen können und noch ein Vielfaches dazu einnehmen!« belehrte er die ängstlichen Brüder, die schon um ihre reichlich gedeckte Tafel fürchteten.

Das Leben der Mönche im Ägidienkloster war in den letzten zwanzig Jahren höchst bequem und beschaulich geworden. Damals war ihr ehrgeiziger Abt Heinrich als Bischof in das neugegründete Lübeck berufen worden und hatte sich mit dem Segen des Löwen auf den Weg gemacht. Fünf Jahre später holte der neue Lübecker Bischof seinen ehemaligen Schützling aus der Braunschweiger Abtei, einen Mönch namens Arnold, nach Lübeck.

Arnold sollte dort einen Benediktinerkonvent aufbauen, und als das Johanniskloster gegründet war, folgten zahlreiche Mönche und auch Nonnen dem Ruf des Abtes nach Norden. Viele junge Eiferer gingen nach Lübeck, beseelt von dem Wunsch, die Wenden zu bekehren, und im Mutterkonvent zu Braunschweig kehrten nach und nach Ruhe und Beschaulichkeit ein.

Gewiß, sie hatten zwar kaum noch Novizen, aber Gläubige und Pilger zogen wie eh und je in hellen Scharen zur

Klosterkirche, und eine derart bedeutungsvolle Reliquie würde das Ansehen des ehrwürdigen Braunschweiger Konvents nur weiter mehren. Nachdem so viele ihrer Brüder nach Lübeck gegangen waren, machten die übriggebliebenen Mönche es sich in den Räumen des Klosters bequem. Sie unterteilten das Dormitorium in geräumige Zellen, in denen jeder für sich komfortabel und ungestört leben konnte, lesen, studieren und sich der Kontemplation hingeben.

Was wurde aus den religiösen Eiferern und Bekehrern im Norden? Anfangs führten die Lübecker Brüder über diese Aufweichung der klösterlichen Zucht heftige Klage. Doch dieser Zustand dauerte nicht einmal zwanzig Jahre, dann hatten sie sich dem lasterhaften Lebenswandel in der florierenden Stadt Lübeck bestens angepaßt. Sie lebten auf großem Fuß in großzügig ausgestatteten Räumlichkeiten, vergnügten sich im Kloster mit den Schwestern des Nonnenkonvents und fanden sogar noch Zeit, den Töchtern der Stadt nachzustellen. Hinter vorgehaltener Hand erzählte man sich so manche deftige Geschichte aus dem Lübecker Johanniskloster, und jetzt waren die Braunschweiger an der Reihe, in christlicher Empörung die Häupter zu schütteln und gegen den unzüchtigen Konvent zu wettern – zumal Herzog Heinrich das Ägidienkloster durch den günstigen Verkauf dieser unermeßlich kostbaren Reliquie auszeichnete: darüber würden sich die Lübecker Rivalen um die herzögliche Gunst nicht wenig ärgern! Abt Odo war also höchst zufrieden mit der Entwicklung der Dinge, und die heilige Blutreliquie hielt zum Christfest 1190 Einzug im Braunschweiger Kloster.

Jahre vergingen. Längst weilte der mächtige Braunschweiger Herzog nicht mehr unter den Lebenden; ein neues Jahrhundert war angebrochen, und Friedrich II., der Staufer aus Sizilien, erfüllte die Welt mit Staunen. Für die Kirche begannen Jahre der Unruhe. Der Papst stritt sich mit dem Kaiser um die Vormachtstellung, und die sich schon seit Jahrzehnten ausbreitende Reformbewegung, die ihren Anfang einst in der Benediktinerabtei Cluny genommen hatte, machte mehr und mehr von sich reden.

Immer wieder wurden Stimmen laut und schließlich unüberhörbar, die von den Mönchen mehr Askese, Gehorsam und Armut verlangten, und neben den mächtigen Benediktinern hatten sich zahlreiche neue Orden gebildet, die sich wachsender Beliebtheit erfreuten. Diese Entwicklung gab natürlich denjenigen Nahrung, denen der wenig geistliche Lebenswandel der Lübecker Benediktiner ein Ärgernis war, und bittere Beschwerden gingen beim Lübecker Bischof ein.

Diesem war die nach Macht und Reichtum strebende Abtei seit längerem ein Dorn im Auge, und er wünschte nichts sehnlicher, als den Johanniskonvent in die holsteinischen Sümpfe zu schicken und das Lübecker Kloster statt dessen mit weniger dem Weltlichen, sondern mehr dem Geistlichen zugetanen Zisterziensern oder Prämonstratensern zu füllen.

Die besonders empörte Beschwerde eines angesehenen Kaufmanns, dessen Tochter Opfer der Nachstellungen zweier Mönche geworden war, gab schließlich den Ausschlag: dem Johanniskonvent wurde der Auszug aus dem Stadtkloster befohlen. Nach dem Wunsch des Bischofs sollte statt dessen irgendwo in der Wildnis ein Kloster neu gegründet werden, und die Benediktiner sollten ihre Energien nicht mehr auf das Verfolgen von Weiberröcken, sondern auf die Errettung heidnischer Seelen verwenden.

Der Abt nahm den bischöflichen Befehl mit höflicher Miene zur Kenntnis, dachte sich seinen Teil, blieb mit dem Konvent nichtsdestotrotz in Lübeck und vertröstete den Bischof mit immer neuen Ausreden. Der Streit um die Verlegung der Benediktiner begann, und er dauerte fast ein halbes Jahrhundert …

Nachdem sich der Bischof gut zehn Jahre von den Mönchen hatte hinhalten lassen, suchte er beim Bremer Erzbischof um Unterstützung in dieser Angelegenheit nach. Dieser war an sich nicht sonderlich geneigt, sich in Zwistigkeiten in seinem Erzbistum einzumischen, andererseits war das Fehlverhalten der Lübecker Patres so eklatant, daß er nicht umhin konnte, Stellung zu beziehen. Und so erging ein erneuter Befehl zum Umzug, diesmal versehen mit dem Siegel des Erzbischofs. Doch die Benediktiner ließen sich davon nicht im geringsten beeindrucken. Sie blieben auch weiterhin in ihrem behaglichen Stadtkloster, genossen die Annehmlichkeiten, die das Leben in einer Großstadt zu bieten hatte, und harrten der Dinge, die da kommen würden.

Nachdem wieder einige Jahre mit dem Austausch von Botschaften und weiterem schriftlichem Geplänkel vergangen waren, ohne daß der standhafte Konvent Anstalten traf, aus dem Johanniskloster auszuziehen, wurde der Landesherr, Graf Adolf IV. von Schauenburg, auf den Plan gerufen. Dieser heckte mit bischöflicher Unterstützung nun eine Strategie aus, die eines Feldherrn und des Siegers von Bornhöved würdig war.

Er machte dem Konvent ein huldvolles Geschenk: ausgedehnte Ländereien in den Wäldern und Sümpfen Wagriens an der Ostseeküste. Die großzügige Gabe war allerdings mit der kleinen Auflage verbunden, dort ein Kloster zu gründen und sich mit allem gebotenen Ernst der Missionierung der dort ansässigen wagrischen Stämme zu widmen. Der Konvent nahm das gräfliche Geschenk zwar an, sah aber in schöner Gelassenheit davon ab, der Auflage Folge zu leisten. Lediglich ein paar abenteuerlustige Patres, die des Stadtlebens überdrüssig waren, brachen nach Norden in die neuen Ländereien auf und bauten dort eine kleine Kirche und angemessene Unterkünfte für sich selbst. Im übrigen verbrachten sie ihre Zeit höchst angenehm mit Jagen und Fischen.

Der Schauenburger, der ein sittenstrenger und durchaus nicht zu Scherzen aufgelegter Herr war, sah dem großstädtischen Lebenswandel der Lübecker Benediktiner einerseits, dem sportlichen Treiben in den Wäldern andererseits noch eine Zeitlang mit knirschenden Zähnen zu. Dann riß ihm schließlich der Geduldsfaden. Ein neuer Befehl zur Verlegung des Konvents erging: der Graf schickte ihn mit seinen Truppen, und den lebenslustigen Mönchen blieb nichts anderes übrig, als tatsächlich in die Wildnis zu weichen. Der Lübecker Nonnenkonvent, der ebenfalls Gegenstand des Unmuts war, wurde hingegen nach Plön verbannt. In das schöne Lübecker Stadtkloster zogen statt dessen frömmelnde Zisterzienserschwestern ein.

Im Braunschweiger Kloster hatte man die Entwicklung der Dinge zunächst amüsiert, dann voller Schadenfreude, schließlich aber mit wachsender Besorgnis beobachtet. Am Anfang war man gespannt, wie sich die alten Lübecker Rivalen aus der Zwickmühle herausmanövrieren würden. Nachdem diese aber – wenn auch erst nach fast zwanzig Jahren – tatsächlich in den unwegsamen Wäldern Wagriens verschwunden waren, wurden die Braunschweiger nachdenklich. Auch das Ägidienkloster zu Braunschweig war ein weltoffener Großstadtkonvent, und die einsamen Schluchten des Harzes lagen reichlich nah – sogar Wölfe gab es dort! So schlugen die Sympathien allmählich zugunsten der armen Lübecker Brüder um, die in der finsteren heidnischen Wildnis nun ein menschenunwürdiges Dasein fristen mußten. Entsetzlich, wenn diese grausame Umsiedlung unter den anderen Landesherren Nachahmer fände! Von dieser Stunde an unterstützten die Patres des Ägidienklosters die aus Lübeck vertriebenen Benediktiner.

Diese begnügten sich damit, ihren Verbannungsort für ihre eigenen Bedürfnisse auszubauen. Die Kirche wurde vergrößert, auch die Nebengebäude des Klosters nahmen zu, denn den Mönchen war daran gelegen, jedenfalls anständige Unterkünfte und Gemeinschaftsräume zu besitzen, wenn schon der alte Lübecker Standard nicht wieder zu erreichen war. Ansonsten blieben sie unnachgiebig; sie bauten keine Schule, kein Krankenhaus, nichts, wovon die armseligen Bewohner der abgelegenen Gegend hätten profitieren können.

Der neue Lübecker Bischof, dem jetzt, nachdem er die

Benediktiner los war, nichts daran lag, weiter mit ihnen in Unfrieden zu leben, versuchte alles, um den Konvent zu versöhnen – ebenso wie der Landesherr, der der Abtei weitere Ländereien zukommen ließ. Nichts half. Die Lübecker Mönche lebten bereits zehn Jahre in der Wildnis, doch ihr Groll gegen Bischof und Grafen hatte um nichts abgenommen. Kühl wiesen sie alle Versöhnungsangebote zurück: so die Heiligsprechung der Quelle, die während der Ausschachtungsarbeiten für ein schönes neues Refektoriumsgebäude entdeckt worden war, – eine Geste, mit welcher der Bischof dem neuen Kloster mehr Bedeutung zu verleihen suchte. Aber sie half nichts, die Mönche blieben unter sich und gaben weder Glauben noch Wissen weiter.

Schließlich konnte sich der Bischof das renitente Verhalten der Cismarer Benediktiner nicht länger bieten lassen und traf eine Entscheidung von überraschender Härte: er exkommunizierte kurzerhand den ganzen Konvent! Dieses noch nie dagewesene Ereignis wurde landauf, landab erregt diskutiert. Viele Stimmen wurden laut, die das Vorgehen des Bischofs richtig fanden, und von neuem erscholl der Ruf nach mehr Askese in den Klöstern, so daß auch die Braunschweiger ihre Privilegien schon dahinschwinden sahen …

Zudem hatte der Landesherr dem Kloster die geschenkten Ländereien wieder entzogen – die Cismarer hätten allen Grund gehabt, Trübsal zu blasen. Die Mönche jedoch, erprobt im jahrzehntelangen Kleinkrieg, gaben nicht auf. Sie riefen die höchste Instanz, nämlich den Papst, um Beistand und Entscheidung an, wohlwissend, daß diesem die Reformbewegung ein Dorn im Auge war.

Die kirchliche Welt hielt den Atem an: die päpstliche Entscheidung würde auf Jahre hinaus die Lebensumstände aller Mönche und Kleriker bestimmen. Die Entscheidung wurde ein Meisterwerk der Diplomatie: der Papst söhnte die drei streitenden Parteien aus, indem er jedem ein wenig Recht und ein wenig Unrecht gab.

Der Konvent mußte in Cismar bleiben und dort alle üblichen klösterlichen Tätigkeiten entfalten. Dafür wurde er wieder in die Kirche aufgenommen und erhielt seine Ländereien zurück. Und das Wichtigste: die Mönche durften auch weiterhin nach ihren Gewohnheiten leben und brauchten sich nicht dem Postulat der Armut zu unterwerfen. Die Cismarer atmeten auf, die Braunschweiger atmeten auf und mit ihnen alle Konvente, die von der Reformbewegung nichts hielten und lieber ihr bisheriges angenehmes Leben fortsetzen wollten. Cismar entfaltete nun eine rege Bau-, Kolonisations- und Missionstätigkeit und erblühte in kürzester Zeit zu Wohlstand und Ansehen.

Als Dank dafür, daß die Cismarer Mönche eine für alle Konvente so wichtige Entscheidung ertrotzt hatten, wollten die Braunschweiger Benediktiner im Überschwang der Gefühle ihren hartnäckigen Ordensbrüdern im Norden gern etwas Gutes tun und erkundigten sich beim Cismarer Abt nach etwaigen Wünschen. Dieser überlegte nicht lange. Der Weg zum Wohlstand war vom Papst freigegeben worden; jetzt hieß es nur noch, diesen Weg erfolgreich zu beschreiten.

Was das Kloster brauchte, waren Pilger, Massen von Pilgern, die Geld und Ruhm brachten. Zwar war die heilige Johannisquelle durchaus ein Anziehungspunkt, aber es gehörte ein wenig mehr dazu, um aus dem unbekannten Kloster in den einsamen Wäldern einen angesehenen und florierenden Wallfahrtsort zu machen. Cismar brauchte Reliquien, und zwar möglichst spektakuläre und möglichst viele.

Daher antwortete der Abt auf das Braunschweiger Angebot wie folgt: Man habe mit großer Freude den Wunsch des hochberühmten Ägidienkonvents zur Kenntnis genommen, dem Kloster Cismar ein Geschenk zu machen. Dabei müsse es sich natürlich um einen sakralen Gegenstand handeln, auf dem Gottes Segen ruhe, und so wünsche sich das Kloster Cismar aus dem ganzen Reichtum der Braunschweiger Brüder eine Reliquie, nur eine einzige.

Der Ägidienkonvent sei doch so reich an wunderbaren Reliquien, daß man sich erlaube, in aller Demut um eines der bedeutenderen Stücke, nämlich um die heilige Blutreliquie, zu bitten. Dem Braunschweiger Kloster bliebe ja immer noch das Stück vom Leichentuch des Herrn und verschiedene andere Gegenstände von großer Kraft. Cismar hingegen besitze keinerlei Reliquien, und wie sehr würde eine Besonderheit wie die Blutreliquie dabei helfen, den päpstlichen Missionsauftrag zu erfüllen! Das Ägidienkloster sei dadurch an der Umsetzung des päpstlichen Wunsches unmittelbar beteiligt und somit seines Segens gewiß.

In Braunschweig war man über diesen Wunsch bestürzt, ja empört, denn man hatte mit mehr Bescheidenheit gerechnet. Dennoch mußte ein Weg gefunden werden, das offensichtlich vorschnelle Angebot an die Cismarer Mönche zu erfüllen, nicht wortbrüchig zu werden und dennoch keiner bedeutenden Reliquie verlustig zu gehen. Und so ließ der praktisch denkende Braunschweiger Abt einfach ein Stück vom Stück Leichentuch des Herrn abschneiden und schickte dieses mit vielen Glück- und Segenswünschen auf die Reise nach Cismar.

Über diesen Versuch, die ursprünglich angebotene Großzügigkeit zurückzunehmen und sich der Erfüllung ihres Wunsches zu entziehen, konnten die Cismarer nur lächeln. Gewohnt, ihren Kopf durchzusetzen, legten sie den gesamten Schriftwechsel dem Bremer Erzbischof vor und baten ihn, dafür zu sorgen, daß die Braunschweiger ihr Wort hielten.

Dieser wandte sich wiederum an den Bischof von Hildesheim, und gemeinsam machten sie dem Ägidienkonvent klar, daß ein – zumal schriftlich – gegebenes Versprechen eingelöst werden müsse. Auch sei zu bedenken, daß man den jungen Cismarer Konvent bei seiner bedeutungsvollen Christianisierungstätigkeit in Wagrien unterstützen müsse. Eine so heilkräftige Reliquie, an Hand derer den armen Heiden das Leiden Christi sozusagen direkt vor

Augen geführt werden könne, sei hierfür besser geeignet als alles andere. Schließlich sei das alteingesessene, wohlhabende Ägidienkloster noch im Besitz vieler anderer höchst wertvoller Reliquien, und so sei es nur recht und billig und entspreche dem Gebot christlicher Nächstenliebe, den armen Brüdern in den finsteren, heidnischen Gefilden das beste Stück zu überlassen …

Da mußte der Ägidienkonvent wohl oder übel nachgeben, aber es waren keine frommen Wünsche, die die Blutreliquie begleiteten, als diese im Spätsommer des Jahres 1266 von einer Abordnung der Braunschweiger Patres nach Cismar gebracht und dort in einer feierlichen Messe dem Konvent übergeben wurde.

Der sorgenvolle Blick

Der sorgenvolle Blick meines Mitverschwörers hätte mich eigentlich etwas behutsamer vorgehen lassen müssen. Aber die Jugend ist unbedacht und sieht oft nicht die drohende Gefahr, die sich dem Blick des Älteren um so deutlicher offenbart.

Inzwischen hatten wir Fastenzeit. Es herrschte immer noch die eisige Kälte, die in dieser Gegend im Winter vom Ostwind herangetragen wird, aber nun gab es keine erbaulichen Berichte mehr über Wunder, die uns von kalten Füßen und roten Nasen hätten ablenken können, denn in den sechs Wochen bis Ostern lernten wir von den Leiden Christi, von Christenverfolgung und Märtyrertod.

Wir sprachen über die Nachempfindung der Leiden Christi, über Flagellationen und andere Selbstzüchtigungen, wie sie vor allem im letzten Jahrhundert in Mode gewesen waren, und Rupertus ergötzte sich an dem für mich eher schaurigen Thema über alle Maßen und wollte von Anselmus die kleinsten Einzelheiten von Bestrafungen und Selbstgeißelungen wissen.

Schließlich mahnte sogar der Rupertus sonst so wohlgesonnene Novizenmeister, die Selbstzüchtigung bezwecke die Läuterung der eigenen sündigen Seele, das Zufügen von Schmerzen sei keinesfalls das Ziel, sondern lediglich das Mittel zum Zweck. Rupertus nahm diesen Tadel mit unterwürfig gesenktem Kopf hin, aber ich konnte mich des Eindrucks nicht erwehren, er bedauerte nach wie vor, daß Selbstzüchtigungen heutzutage in den Klöstern nicht mehr in dem Maße an der Tagesordnung waren wie früher.

Ja, so war Rupertus, und ich will mit der Schilderung dieser Episode eigentlich nur zeigen, warum ich mich täglich aufs neue über ihn ärgerte und ihm keine brüderliche Liebe entgegenbringen konnte, wie es hätte sein sollen.

An diesem endlosen Februartage dachte ich in jeder freien Minute darüber nach, wie ich eine Gelegenheit finden konnte, meine grausige Aufgabe zu erfüllen und den Inhalt der Reliquie zu überprüfen, aber es fiel mir nichts ein. Und was sollte ich erst sagen, wenn man mich bei meinem Treiben erwischte? Meine Anwesenheit im Chorraum mochte ich ja vielleicht noch erklären können, was aber konnte ich sagen, wenn man mich dabei ertappte, wie ich meinen Finger in die heilige Blutreliquie steckte, um festzustellen, was darin war?

So vergingen die Tage, ich kam und kam nicht weiter, und hätte ich nicht selbst den Namen Raphaelus Burmester aus dem Verzeichnis der Wunder gehört, ich wäre weniger als je geneigt gewesen, die Echtheit der Reliquien in Zweifel zu ziehen und irgendwelche alten Schandtaten in diesen ehrwürdigen Mauern zu vermuten.

Da fand ich eines Tages bei unserer täglichen Mahlzeit Vincents Halbring in meinem Trinkbecher. Vincent hatte es bisher geschickt vermieden, daß unsere Wege sich auch nur einmal kreuzten, und ich war sicher, daß niemand, nicht einmal der überschlaue Rupertus, uns beide miteinander in Verbindung brachte.

Ich nahm den Ring, ängstlich jedes Geräusch vermeidend, mit einem großen Schluck in den Mund und hätte mich fast noch verschluckt, was mir natürlich einen mißbilligenden Blick von Anselmus eintrug. Vorsichtig, um ihn ja nicht hinunterzuschlucken, behielt ich den Ring im Mund; zum Glück sah die Regel vor, daß wir beim Essen absolutes Stillschweigen wahrten. Ich war nur so unüberlegt gewesen, den Ring gleich zu Beginn der Mahlzeit in den Mund zu nehmen, so daß ich jetzt das gut gebutterte Gemüsegericht kaum schlucken konnte. Rupertus sah natürlich sofort, daß mein Appetit heute nicht so glänzend war wie sonst, und ich fing einen erstaunten Blick auf meinen Teller auf, den ich, für mich ganz ungewöhnlich, mit einem guten Rest Essen stehen ließ – in der Fastenzeit kam mich das wahrlich hart an.

Anselmus schien zu glauben, sein strafender Blick habe sich lähmend auf meinen Appetit ausgewirkt, denn als wir zur Komplet in die Kirche gingen, sagte er, ich sei doch ein guter Junge, und er sei mit meinen Fortschritten durchaus zufrieden. Zu diesem Zeitpunkt hatte ich den Halbring längst in meinem Ärmel verborgen, so daß ich gefahrlos murmeln konnte, mein gütiger Novizenmeister messe meinen bescheidenen Bemühungen soviel Bedeutung bei. Solche demütigenden Worte waren Balsam für sein schon von so vielen Novizen strapaziertes Gemüt, und er ließ sich dazu hinreißen, mir väterlich auf den Rücken zu klopfen, was Rupertus mit offensichtlichem Mißfallen beobachtete.

In dieser Nacht traf ich mich wieder ungesehen mit Vincent in der dunklen Wandnische des Kreuzgangs. Er berichtete, daß mein Onkel die Nachricht über Raphaelus Burmester erhalten habe und uns dringlich ermunterte, unsere Untersuchungen abzuschließen, da ihn neulich ein Visitator des Benediktinerordens aufgesucht und seine Absicht angekündigt habe, die Benediktinerabteien im Lübecker Bistum zu besuchen und zu überprüfen.

Der Visitator sei ein ziemlich strenger Herr gewesen, der uns womöglich bei der Erfüllung unserer Aufgaben

Schwierigkeiten machen konnte. Zunächst werde dieser allerdings den Plöner Nonnenkonvent aufsuchen, so daß uns noch ein wenig Zeit bliebe. Ich erläuterte Vincent, ich sei in den letzten beiden Wochen mit meinen Nachforschungen nicht vorangekommen und wisse auch nicht so recht weiter.

»Wir können bezüglich der Reliquie nicht jahrelang warten, bis uns irgendwann einmal ein Zufall hilft, Marten. Jeden Moment kann unsere falsche Identität entdeckt werden, und das Wenigste, was dann geschieht, ist ein ungeheurer Skandal, der deinen Oheim wenn nicht ums Amt, dann doch sicher um die Würde bringt! Ich fürchte, es führt kein Weg daran vorbei, du mußt einmal nachts in der Kirche den Altar öffnen und die Reliquie an Ort und Stelle untersuchen. Ich kann dir das nicht abnehmen, Marten, denn als Laienbruder habe ich nicht einmal Zutritt zum Chorraum, und das würde unser Risiko im Falle des Entdecktwerdens nur noch erhöhen!«

Ich nickte ergeben. Bis hierher war ich in meinen eigenen Gedanken auch schon gekommen.

»Aber was soll ich sagen, wenn sie mich erwischen, Vincent?«

»Du sagst am besten, du hättest einen Traum gehabt, in dem dir unser Herr Jesus erschienen sei und dich ermahnt habe, bei der heiligen Blutreliquie zu wachen und um Vergebung deiner Sünden zu beten – und außerdem kannst du ja noch sagen, du wüßtest selbst nicht, wie du in die Klosterkirche gekommen seist. Dann kann dir eigentlich keiner etwas übelnehmen, und glaubhaft klingt's auch! Aber beeile dich, in Gottes Namen, denn wenn wir hier erst einmal den Ordensvisitator im Haus haben, weiß ich nicht, was wir zu erwarten haben – vielleicht schleichen dann noch andere Patres nachts durch das Kloster, um ihre Geheimnisse in Sicherheit zu bringen …«

Vincent lachte bei diesem Gedanken belustigt in sich hinein, aber mich erheiterte die Vorstellung nicht sonderlich, auf meinen geheimen Wegen im Kreuzgang vielleicht den Bibliothekar oder gar unseren Abt zu treffen – mit wer weiß was unter der Kutte. Denn nichts wird einem mehr angelastet, als wenn man – egal, ob verschuldet oder nicht – zum Mitwisser der Sünden anderer wird, besonders höherstehender Personen.

Diesmal war ich derjenige, der mit sorgenvollem Gesichtsausdruck davonging. Das Gespräch mit Vincent hatte mir in aller Deutlichkeit vor Augen geführt, daß ich die Erledigung meines unangenehmen Auftrages nicht länger vor mir herschieben durfte, wenn ich nicht das Gelingen des ganzen Unternehmens gefährden wollte. Und in diesem Fall graute mir vor dem Zorn meines Oheims weitaus mehr als vor allem, was der Abt mit mir anstellen konnte.

Vincent hatte mir für den schlimmsten Fall, die Entdeckung, nun mit einer plausiblen Erklärung ausgeholfen, gegen die sich wenig einwenden ließ. Nachdem ich die Erkenntnis gewonnen hatte, daß längeres Abwarten eher noch alles verschlimmern würde, entschloß ich mich endlich zum Handeln.

Es war in einer bitterkalten Nacht Ende Februar. Da ich etwas Zeit benötigen würde und längst wieder unschuldig in meinem Bett liegen mußte, wenn wir zu den Vigilien geweckt wurden, erhob ich mich sicherheitshalber schon eine halbe Stunde vor Mitternacht aus meinen wärmenden Decken. Die kalte Luft, die mich gleich außerhalb meines Bettes in Empfang nahm, hätte mich fast laut mit den Zähnen klappern lassen. Ich zitterte am ganzen Körper, aber nicht allein von der Kälte: mein Herz schlug mir vor Aufregung bis zum Halse.

Zunächst ging alles gut. Ich hatte mir nach Vincents Vorbild dicke wollene Socken über die Füße gezogen, so daß ich völlig lautlos aus dem Dormitorium und die Treppe hinunter in den Kreuzgang glitt – dazu noch auf annähernd warmen Füßen. Als ich an unserer Nische vorbeikam, warf ich einen sehnsüchtigen Blick hinein, ja fast erwartete ich, Vincents mir inzwischen vertraute Umrisse dort zu erkennen, um mir den nötigen Mut und die innere Ruhe für mein Vorhaben zu geben. Aber das war natürlich nur ein Hirngespinst; Vincent kannte weder den Zeitpunkt meines Besuchs in der Klosterkirche, noch hätte er sich hier ausgerechnet im gefährlichsten Moment aufgehalten und unnötig in Gefahr begeben.

Dennoch, muß ich sagen, beruhigte mich der Anblick unseres geheimen Treffpunktes ein wenig. Er schien mir zu bedeuten, daß ich vielleicht nur noch diesen unangenehmen Gang heute und ein, zwei geheime nächtliche Treffen vor der Heimkehr nach Tweebargen (Tweebargen im Frühling!) zu überstehen hatte. Diese erfreuliche Aussicht ließ mich meine Schritte beschleunigen, und ich schlüpfte durch Mönchspforte und Lettnertor in den Chorraum.

Diesen Weg war ich nun schon so viele Male gegangen, jeden einzelnen Tag meines Aufenthalts im Kloster sieben- oder achtmal hin und zurück. Doch diesmal erschien mir die vertraute Umgebung auf seltsame Weise fremd und anders. Das lag sicher daran, daß ich mich sonst in der langen Reihe der Mönche in die Klosterkirche begab und mehr auf den richtigen Abstand zu Anselmus, meinem Vordermann, achten mußte als auf alles andere. Auch war die Kirche zu allen Chorgebeten stets schön erleuchtet; jetzt aber lag sie, nur von fünf, sechs Lichtern erhellt, fast völlig im Dunkeln, und mir war dieses finstere Gotteshaus recht unheimlich. Ich scheute mich, wie sonst durch den Mittelgang direkt auf den Altar zuzugehen, und bahnte mir statt dessen meinen Weg an der rechten Wand entlang, die von Zeit zu Zeit eine alte Grabplatte barg, was mein Unbehagen nur noch erhöhte.

Auch war die Kirche, die mir sonst immer so totenstill vorkam, erfüllt von allerlei seltsamen Geräuschen. Gegen die hohen, wie bei allen christlichen Kirchen nach Osten gelegenen Fenster des Chors warf sich der Winterwind, der vom Meer herkam, und sein eisiger Atem drang durch die kleinste Ritze, den winzigsten Spalt. Erschaudernd zog ich meine Kutte fester um mich und trat aus dem Schatten der Wand heraus vor den Schreinaltar.

Er war verschlossen, wie an jedem Tag, der kein Feiertag war. Der Altartisch, ein gemauerter Unterbau, auf dem der schwere hölzerne Reliquienschrein ruhte, war nur vom Ewigen Licht schwach beleuchtet. Die Kerzen der prunkvollen großen Altarleuchter würden erst zur Vigil angezündet werden, ebenso wie all die anderen Ampeln und Kerzen, die die Kirche zur gegebenen Zeit in warmes, goldenes Licht tauchen würden.

Ich nahm nun sehr vorsichtig beide Leuchter vom Altartisch und stellte sie auf dem Steinfußboden des Chorraumes ab. Genauso verfuhr ich – Gott möge mir verzeihen – mit der Heiligen Schrift, die aufgeschlagen auf dem Altartisch lag. Dann stieg ich auf die kostbare Altardecke und versuchte, im Knien den Riegel zu bewegen, der die beiden Flügeltüren des Schreins verschloß.

Bei meiner Tätigkeit vermied ich es ängstlich, einen Blick auf das Gesicht der Muttergottes auf dem Altarflügel zu werfen, denn ich fürchtete den Ausdruck ihrer Augen, die einem stets direkt ins Herz zu schauen schienen. Der eiserne Riegel bewegte sich überraschend leicht zur Seite, fast wie von selbst. Immer noch auf dem Altartisch kniend, ließ ich erst die eine, dann die andere Flügeltür langsam aufschwingen. Auch die schweren Türen bewegten sich völlig lautlos. Die Hände vieler Laienbrüder hatten Angeln und Scharniere durch die Jahrzehnte hindurch wohl immer hingebungsvoll gepflegt.

Und dann, während ich noch auf dem Altartisch vor dem geöffneten Schrein kauerte, überfiel mich plötzlich wieder jähe, heiße Angst, ja fast Panik. Im Schein des kleinen Ewigen Lichts blickten viele geschnitzte Augenpaare unendlich kummervoll auf mich, den Eindringling, herab, und die vielen Blicke vereinigten sich in meiner Vorstellung zu einem einzigen, tieftraurigen, der mich wie ein Keulenschlag traf. Am liebsten hätte ich alles stehen-

und liegenlassen, wie es war, wäre durch die Kirche hinaus durch den Kreuzgang gestürmt, die Treppe hinauf ins Dormitorium, direkt in mein Bett, hätte mir die Decke über den Kopf gezogen und alles vergessen ... Aber das durfte ich nicht. Ich bezwang den Impuls, davonzurennen, und begann, leise ein Gebet zu sprechen, an das sich nacheinander alle Gebete reihten, die ich kannte, und dann untersuchte ich Stück für Stück jedes einzelne Fach. Alle Reliquien waren hier aufgereiht, in ihrer ganzen Pracht und Heiligkeit, Hunderte von Phiolen, Fläschchen, Kästchen und sonstige kostbare Behältnisse, alle jeweils den auf den Schnitzbildern dargestellten Heiligen oder Märtyrern zugeordnet, von denen ihr Inhalt stammte.

Mir schwindelte bei all diesen Kostbarkeiten, es war, als seien die hölzernen Figuren vor meinen Augen Fleisch und Blut geworden, manifestiert in all den vielen hundert heiligen Reliquien. Eins der Fächer des Schreines war aber gänzlich leer. Ein kummervoller, schmächtiger Christus, die Arme um einen Pfahl geschlungen, seinen beiden brutalen, mit Rute und Kugelpeitsche zuschlagenden Peinigern hilflos ausgeliefert, die nackten weißen Waden von herabrinnendem Blut befleckt. Und genau hier, auf einem kleinen Sockel vor den blutigen Beinen unseres Herrn, sollte sie stehen und stand doch nicht: die Blutreliquie.

Ich war höchst überrascht; die Reliquie mußte hier im Altarschrein sein, kein anderer Aufbewahrungsort wäre ihrer würdig gewesen. Aber sosehr ich auch suchte, die Blutreliquie war nicht unter den versammelten Schätzen. Enttäuscht und ratlos stieg ich vom Altartisch, setzte mich eine Weile auf die sich zum Chor erhebende Stufe und dachte nach.

Schließlich sah ich ein, daß ich mein Unternehmen erst einmal abbrechen und mich mit Vincent beraten mußte. Im übrigen war es allerhöchste Zeit, den Schrein zu schließen und den Altar wieder herzurichten, denn es ging sicherlich schon auf ein Uhr zu, und in Kürze würden einige Laienbrüder erscheinen, um die Kirche für die bald beginnenden Vigilien vorzubereiten.

Hastig kletterte ich wieder auf den Altartisch, verriegelte die Flügeltüren, sprang herab, strich die Altardecke glatt und setzte Leuchter und Bibel wieder an ihren Platz. Ich schlich aus der Kirche, diesmal durch eine kleine Seitentür des Chorraums in die direkt daneben liegende Kapelle und von dort durch die Sakristei zum Treppenaufgang: den Kreuzgang wollte ich vermeiden, falls jetzt doch schon der eine oder andere Bruder unterwegs war; hier indes konnte ich meine Anwesenheit eher erklären. Aber niemand kreuzte meinen Weg, und ungesehen und ungehört konnte ich wieder in mein Bett kriechen. Trotz meiner aufregenden Stunde in der Klosterkirche schlief ich sofort ein.

Ich weiß nicht, wieviel Zeit vergangen war, als Rupertus mich wie üblich wachrüttelte, denn auch das war eine Tätigkeit, die ihm Vergnügen bereitete. Ich erhob mich schwerfällig und todmüde wie immer, wurde aber schlagartig hellwach, als mein guter Mitnovize voll Interesse fragte: »Was trägst du nur für dicke Wollsocken im Bett, lieber Martinus?«

Schweigend zog ich sie aus, und als mir eine Erklärung eingefallen war, murmelte ich etwas von kalten Füßen. Aus Rupertus' hellen Augen traf mich jedoch nur ein verächtlicher Blick, der dann auffallend lange auf den gewiß nicht sehr sauberen Sohlen der Strümpfe ruhte.

In der Klosterkirche, die jetzt im hellen, warmen Kerzenschein so anheimelnd wie immer wirkte, ließ ich meinen Blick möglichst unauffällig über Altartisch und Reliquienschrein gleiten, aber nichts verriet meine nächtliche Tätigkeit, und der gütige Blick der Gottesmutter ruhte auf mir wie auf allen anderen.

Am Abend schickte ich meinen Halbring wieder im Trinkbecher auf die Reise zu Vincent, und obwohl ich sehr müde war, fand ich mich pünktlich an unserem geheimen Treffpunkt ein und berichtete ihm alles. Auch Vincent wußte keinen Rat, und ich versicherte ihm immer wieder, daß ich Altar und Reliquien äußerst sorgfältig überprüft hatte. »Das ist sehr merkwürdig«, meinte Vincent, »aber sicherlich gibt es eine Erklärung. Ich werde mich darum kümmern und dir dann Nachricht geben. Und nun wieder ins Bett mit dir, du fällst mir hier ja noch vor Müdigkeit um!«

Einige Zeit verging; als mich Vincents Halbring wieder zu einem Treffen rief, hatten wir März. Die Tage wurden jetzt zusehends länger und das Wetter etwas milder. Der Wind hatte von Osten auf Norden gewechselt, der strengste Frost war vorbei, aber es war immer noch so kalt, daß das Eis in Wiek und Klosterbucht nicht abtaute, sondern sich nun mit wäßrigem Schnee und Graupel bedeckte, ein Mitbringsel der schweren grauen Wolken, die sich über den Himmel schoben. Die Baumkronen, die ich über die Klostermauern ragen sah, waren jetzt wieder schwarz vor Nässe wie im Herbst, und kein Anflug von Grün war irgendwo zu erkennen. Mir schien, dieser fürchterliche Winter würde nie ein Ende nehmen, und die klamme Feuchtigkeit machte selbst vor unseren Betten im Dormitorium nicht halt.

Viele Mönche hatten sich erkältet und ließen sich in der Krankenstation pflegen. Rupertus äußerte sich abfällig über sie: in seinen Augen seien sie alle Simulanten, die die schmale Kost der Fastenzeit und die Ungemütlichkeiten des Winters lieber mit den opulenteren Speisen und den geheizten Räumen der Krankenstation vertauschten. »Eine Sünde und eine Schande für das Kloster!« meinte er mit der ihm eigenen, für einen jungen Mann so befremdlichen Strenge.

Endlich, eines Abends Mitte März, entdeckte ich den Halbring wieder in meinem Trinkbecher, und des Nachts eilte ich hinunter in den Kreuzgang zu unserer Nische. Kurze Zeit später erschien auch Vincent. »Leider hat es einige Zeit in Anspruch genommen, die Sache mit der

Blutreliquie zu klären«, begann er. »Ich mußte zunächst unauffällig Kontakte zu den Helfern des Sakristans knüpfen.«

Der Sakristan war ein ordinierter Mönch namens Pater Aemilius, und seine Aufgabe war es, streng über alle sakralen Gegenstände zu wachen und dafür zu sorgen, daß sie gehegt und gepflegt wurden und zu den jeweiligen Anlässen und Zeremonien stets bereit waren, deren Einhaltung wiederum von Pater Gregorius, unserem Ceremoniar, überwacht wurde. Selbstverständlich reinigte und polierte Pater Aemilius all die vielen Kostbarkeiten nicht selbst, sondern beschäftigte gut zwei Dutzend Laienbrüder damit, sämtliche sakralen Gegenstände in Kirche und Kapelle auf Hochglanz zu bringen und zu halten. Dies war ein angesehenes und verantwortungsvolles Amt im Kloster, und für mich als Novizen wäre es unmöglich gewesen, ungefragt das Wort an einen so wichtigen Mann zu richten. Vincent war es indes ohne weiteres gelungen, durch geschicktes Herbeiführen von »Zufällen« die nähere Bekanntschaft zweier Laienbrüder zu machen, die zu der von Pater Aemilius befehligten Schar gehörten.

»Ich habe mir gleich gedacht, daß es nur von Nutzen sein kann, im Refektorium zu arbeiten, denn jeder sucht eine nähere Beziehung zu denjenigen, die in Küche und Keller zu Hause sind und immer den einen oder anderen guten Bissen oder gar Tropfen organisieren können. Nachdem wir uns kennengelernt hatten, schlug ich den beiden vor, uns an einer Stelle zu treffen, wo wir ungestört sind, und so kamen wir in dem Raum zusammen, wo sie ihre Lappen, Bürsten und Öle aufbewahren. Außerdem befinden sich dort noch der gesamte Kerzenvorrat, all die zusätzlichen Leuchter und Lampen, Kelche und Kreuze und alte, ausgediente Reliquiengefäße, die durch neue ersetzt worden sind. Ich sage dir: eine Fundgrube!

Wir drei saßen auf Kisten und Tüchern bei Kerzenlicht, ich hatte einen Krug Wein mitgebracht und frisches

Weißbrot, und meine beiden neuen Freunde fielen hungrig darüber her. Es entspann sich ein vertrauliches Gespräch, ich erzählte ihnen von den Eigenarten unseres Cellerars, und sie schilderten mir ihren Sakristan. Wir kamen bald auf ihre Arbeit zu sprechen und die Pflege der Reliquien. Der Wein hatte ihnen die Zungen merklich gelockert, so daß sie ohne Argwohn auf meine Fragen antworteten: wie oft die Reliquienbehältnisse geputzt würden, welche Reliquien neue Hüllen erhalten hätten und welches die kostbarsten Behälter seien.

Die beiden schwatzten froh und bereitwillig. Schließlich fragte ich, ob die Reliquien eigentlich immer in ihren Fächern im Altarschrein stünden, auch wenn er geschlossen sei. Sie bejahten, und ich hakte unverfroren nach, ob das auch für die allerallerkostbarsten gelte. Eine Ausnahme gebe es, sagte da Josephus, der jüngere der beiden, und das sei die Blutreliquie!

Ich schenkte ihnen ein letztes Mal ein und ermunterte sie, weiterzusprechen. Sie zögerten, aber ich gab mich ganz unbefangen, trank ihnen fröhlich zu und tat so, als sei das Thema für mich schon erledigt. Daraufhin wollten sie ihr Geheimnis prompt mit mir teilen, wie ich es gehofft hatte, und Josephus sprach: ›Vincentus, dir, guter Freund, wollen wir es wohl verraten. Wisse, vor vielen, vielen Jahren wurde in diesem Kloster einmal ein Mönch vom Satan versucht und von dem Wahn übermannt, er müsse die heilige Phiole aufbrechen und den Inhalt verzehren, damit er Gott ähnlich werde. Glücklicherweise konnte diese gräßliche Schandtat noch im letzten Moment verhindert werden, aber die Furcht blieb, Luzifer könne abermals versuchen, dem Kloster einen so bösen Streich zu spielen und die Blutreliquie vernichten. So ließ der damalige Abt im Altar zwischen dessen Rückwand und dem Bild der Geißelung ein Geheimfach einbauen. Dieses Fach ist sowohl von der Rückwand des Altars her zugänglich als auch von der Vorderseite aus. Dort befindet sich nämlich eine kleine Geheimtür, die so kunstvoll gearbeitet ist, daß sie gar nicht auffällt, und dahinter, im sicheren Hort, ruht unsere Blutreliquie. Nur an den Feiertagen wird sie hervorgeholt, und wie gut sie dann bewacht wird, weißt du ja selbst! Nein, dem Verderber der Welt wird es kein zweites Mal gelingen, unsere heilige Reliquie in Gefahr zu bringen!‹ Ich zeigte mich beeindruckt und wechselte das Thema, wir unterhielten uns noch eine Weile und trennten uns dann im allerbesten Einvernehmen.«

Vincent lachte kurz auf. »So, und nun bist du wieder am Zuge, Marten! Sieh zu, daß du das geheime Fach im Altar findest und daß wir endlich Gewißheit über die Reliquie erlangen!« Er legte mir beide Hände auf die Schultern und sah mich ernst an: »Gott mit dir, Junge!«

Darauf trennten wir uns, und ich ging, in Gedanken versunken, langsam und leise ins Dormitorium zurück. Kaum hatte ich mich in meine Decke eingerollt und bemühte mich, nach Vincents aufregenden Neuigkeiten wieder einzuschlafen, als mich der Klang von Rupertus' Stimme, kaum hörbar, aber für mich deutlich genug, vor Schreck auffahren ließ.

»Wo warst du, Martinus?«

»Ich mußte meine Notdurft verrichten!«

»Was, so lange?«

»Ja, so lange, und ich wäre froh, wenn ich jetzt wieder schlafen könnte!« antwortete ich unwirsch.

»Aber sicher, sicher; ich dachte nur, du wärest plötzlich erkrankt, und war besorgt um dich, als ich erwachte und dich weder in deinem Bett vorfand noch im Lavatorium, das ich nämlich selbst aufsuchen mußte ... Aber nun schlaf gut, möge dir der Herr schöne Träume bescheren!«

Und damit drehte er sich auf die andere Seite und war nach kürzester Zeit eingeschlafen, denn ich konnte seine tiefen, ruhigen Atemzüge hören, während ich mich schlaflos hin- und herwälzte und über seine tückische letzte Bemerkung nachdachte, mit der er mir ganz deutlich gezeigt hatte, daß er wußte, daß ich nicht im Lavatorium gewesen war. Gleichviel, dachte ich, morgen nacht kümmere ich mich um die Reliquie, und dann bin ich hoffentlich bald wieder in Freiheit! Aber trotz dieses beruhigenden Gedankens dauerte es lange, bis ich endlich Schlaf fand.

Am nächsten Tag schlug das Wetter endlich um. Mit einem letzten Wirbel von Schnee und Graupel drehte der Wind mittags auf Südwest, dann zeigten sich erste kleine blaue Löcher in der grauen Wolkendecke, und innerhalb weniger Stunden wurde es spürbar milder. Auch schien auf einmal ein süßerer Geruch in der Luft zu schweben. Wir öffneten die Türen und Fenster zum Klosterhof, um den nahenden Frühling einzulassen. In zwei Wochen, Anfang April, war Ostern. Anselmus meinte, jetzt weiche der Frost aus dem Boden, auch die Bucht taue im Nu, und für einige Zeit seien wir von der Außenwelt abgeschnitten, weil alle Wege zum Kloster sich in bodenlosen Morast verwandelten. Ich dachte an den Visitator und den weiten Weg von Plön nach Cismar und hoffte, daß wir ein wenig Zeit gewonnen hatten.

Mit der Temperatur stieg meine Laune; mein Auftrag würde ebenso wie der Winter sein Ende finden, und bald würde ich daheim über unsere Wiesen galoppieren und wieder Herr meiner Wege sein. So ging ich mit neuer Zuversicht an den letzten Teil meiner Aufgabe heran.

Ich wartete in dieser Nacht ein wenig länger, bis ich mich erhob, weil ich sichergehen wollte, daß Rupertus nicht hinter mir herschlich; aber dann war es soweit, und eine Stunde nach Mitternacht stand ich wieder vor dem Altar.

Dieses Mal hatte ich mir eine kleine, tragbare Laterne mitgenommen, die ich an einer der wenigen brennenden Kerzen entzündete. Mit einigen schnellen Griffen räumte ich wieder den Altartisch ab und öffnete die Flügel des Reliquienschreins.

Im Schein meiner Lampe betrachtete ich eingehend die

hölzernen Figuren auf den vielen Bildtafeln, aber ich entdeckte kein Anzeichen eines Geheimfachs. Da fiel mir ein, daß nach der Beschreibung der Laienbrüder das Geheimfach ja auch von der Rückseite aus zugänglich sein mußte, und so stieg ich vom Altartisch herunter und ging um den Altar herum.

Die Rückseite war mit zwei Darstellungen des heiligen Johannes und des heiligen Benedikt geschmückt; sie waren direkt auf die dicken Eichenbretter gemalt, die die Rückwand bildeten. Langsam ließ ich den Schein meiner Lampe über die beiden Heiligen wandern – und entdeckte eine Klappe, etwa zweimal zwei Spannen groß. Als ich näher trat, sah ich jedoch, daß ihre beiden eisernen Riegel mit Schlössern versperrt waren, und dazu hatte sicher nur der Pater Sakristan den Schlüssel.

Dennoch war meine Entdeckung wertvoll. Jetzt wußte ich jedenfalls, wo die Geheimtür auf der Vorderseite des Altars liegen mußte: ziemlich genau in der Mitte des Altars. Mit der Hand nahm ich von der Seite und vom unteren Rand des Altars her Maß, übertrug das Ergebnis auf die Vorderseite und gelangte genau zu dem Schnitzbild, das die Geißelung unseres Herrn darstellt, wo sich eigentlich die Reliquie hätte befinden müssen.

Hier mußte die vordere Öffnung des Geheimfachs sein. Ich hob meine Lampe höher und suchte nach einer ebenfalls quadratischen Klappe auf der Vorderseite des Altars, doch ich fand etwas anderes: um die am Pfahl hängende Figur unseres Erlösers verlief exakt ein haarfeiner Spalt. Mit dem Finger fuhr ich ihn nach und entdeckte an der rechten Seite der geschwungenen Tür ein winziges Scharnier.

Die Geheimtür war so geschickt in den nachtblauen Hintergrund und in die beiden Figuren der Peiniger unseres Herrn eingearbeitet, daß man sie nur entdecken konnte, wenn man wußte, wo sie sich befand. Jetzt mußte ich das Türchen nur noch öffnen. Ich drückte erst an verschiedenen Stellen, aber es tat sich nichts. Dann zog ich an einer kleinen hölzernen Stufe, auf der die Christusfigur stand, und damit hatte ich Erfolg: erstaunlich leicht schwang die Klappe auf; dahinter lag das Geheimfach. Und dort stand sie – die heilige Blutreliquie, der Gegenstand so vieler Verdächtigungen und soviel Kopfzerbrechens.

Auf dem Altartisch knieend holte ich sie vorsichtig aus dem Geheimfach. Ihre Schönheit überwältigte mich. Die geschliffenen Facetten des Kristallflakons warfen den Schein meiner Lampe hundertfach zurück und funkelten in tiefem Rot. Sie war schwer und kühl, und als sie sich langsam in meiner Hand erwärmte, war mir, als erwache sie zum Leben. Makellos glänzten die goldenen Beschläge und Verzierungen, und doch sah man ihr an, daß sie uralt sein mußte, denn ich hatte nie, auch unter den anderen Reliquien nicht, eine Phiole vergleichbarer Beschaffenheit und Machart gesehen. Und diese Kostbarkeit, dieses Juwel sakraler Kunst, sollte ich nun öffnen!

Alles in mir sträubte sich dagegen, und so versuchte ich zunächst, durch das rubinrote Glas den Inhalt zu erkennen, aber das war unmöglich. Als ich die Phiole sanft schüttelte, spürte ich, daß sich in ihrem Innern etwas hin- und herbewegte. Mit schwerem Herzen erbrach ich die Versiegelung, die seltsamerweise den Stempel des Abtes von Cismar trug. Kaum hatte ich die darunterliegende goldene Kappe ein wenig gelockert, entstieg der Phiole ein süßer und betäubender Duft, ein himmlischer Wohlgeruch, der mich tröstete. Ich nahm den Verschluß ab und beförderte, unter einigen Mühen, den Inhalt der Phiole durch die enge Öffnung zu Tage.

Wie staunte ich, als ich einen duftenden, spinnwebzarten purpurroten Seidenstreifen entrollte, der gewiß nichts vom Blut unseres Erlösers an sich hatte. Mein Herz schlug heftig vor Aufregung und Empörung. Es stimmte also! Die Blutreliquie existierte nicht, sie war eine Fälschung – ja schlimmer noch: diese Fälschung wurde behütet und geschützt durch das Siegel des Abtes von Cismar! Das war ein ungeheurer Skandal, ein unvorstellbarer Betrug!

Jetzt, da ich gefunden hatte, wonach wir so lange gesucht hatten, übermannte mich fast Erschöpfung. Ich fühlte mich leer, ausgebrannt und unendlich traurig. So wurde also mit dem Heiligen der Christen Schindluder getrieben, und zwar öffentlich mit dem Segen des Abtes! Langsam verschloß ich die Phiole wieder. Seit ich wußte, was sie barg, schien es mir auf einmal unvorstellbar, daß Tausende von gläubigen Christen vor ihr auf die Knie gesunken waren. Welch eine Schande! Wie betäubt drückte ich die Tür des Geheimfachs wieder zu, und dabei hatte ich das Gefühl, als verstünde ich erst jetzt das tieftraurige, leidende Gesicht des gepeinigten Christus auf dem Schnitzbild. Wieviel mehr als die Hiebe der Soldaten mußte ihn der hier begangene Verrat schmerzen, dieser Betrug in seiner eigenen Kirche …

Mechanisch stellte ich alle Gegenstände wieder auf den Altartisch, mechanisch löschte ich meine Lampe, mechanisch verließ ich die Klosterkirche. Gern wäre ich jetzt zum Meer gegangen, hätte dort allein am Strand gesessen und beim Rauschen der Wellen meinen Schmerz in den nächtlichen Sternenhimmel gerufen. Aber ich war in diesen Mauern gefangen, die Zeit eilte, und ich mußte ins Dormitorium zurück.

Gedanken und Fragen stürmten derart auf mich ein, daß ich zunächst gar nicht bemerkte, daß Rupertus' Lager leer war – erst als ich selbst schon unter meine Decke gekrochen war und aus Gewohnheit einen prüfenden Blick zu ihm hinübersandte, entdeckte ich, daß mein Mitnovize fehlte, und das ließ mich nichts Gutes ahnen.

Aber der Tag nahm wie gewohnt seinen Lauf. Auf die Vigilien folgte die Matutin, und zur Prim herrschte schon fast Tageslicht. Rupertus' undurchdringlichem Gesichtsausdruck konnte ich keinen Hinweis entnehmen, daß er von meinen nächtlichen Ausflügen wußte; er verhielt sich nicht anders als sonst. Auch auf der Kapitelversammlung, auf der jeder von uns Vorwürfe gegen seinen Mitbruder erheben darf, schwieg Rupertus.

Er tat sich sonst gerne damit hervor, daß er kleinere Vergehen oder Regelverstöße meldete, und als nichts von ihm kam, war ich mir sicher, daß auch er nichts beobachtet hatte. Ich atmete auf. Meine Gedanken drehten sich den ganzen Tag nur um die falsche Reliquie, und ich mußte mich sehr zusammennehmen, um während unseres Unterrichts nicht durch Unaufmerksamkeit Mißbilligung zu ernten.

Wie gerne hätte ich mit jemandem über alles gesprochen, was mein Herz bewegte, und ich sehnte den Abend herbei und das Treffen mit Vincent: dann würde ich die Last meines schrecklichen Wissens nicht mehr allein tragen müssen. Und gerade heute schien die Zeit stillzustehen. Ein frischer Frühlingswind wehte durch das Kloster, aber meine schweren Gedanken vertrieb er nicht.

Endlich nahte der Abend. Wieder schickte ich meinen Halbring im Trinkbecher auf den Weg, um Vincent herbeizurufen, und nach der Komplet lag ich gut fünf Stunden wach und unruhig in meinem Bett, bis ich endlich den Treffpunkt aufsuchen konnte. Ich war als erster dort und drückte mich tief in die Dunkelheit der Nische. Die Zeit verging, aber Vincent kam nicht.

Ich wartete weiter. Einmal glaubte ich Schritte auf den Steinplatten zu hören und späte ungeduldig aus meinem Versteck, aber der Kreuzgang war leer, niemand näherte sich. Ich kauerte mich in die Nische, den Rücken gegen die Wand gelehnt, und lauschte in die nächtliche Stille. Fast wäre ich dabei eingenickt, und ich fuhr erschrocken auf, als mein Kinn auf die Brust sackte.

Vincent war immer noch nicht da; ich mußte ins Dormitorium zurück, denn inzwischen schlug es schon die erste Stunde nach Mitternacht. Beunruhigt und bedrückt suchte ich wieder mein Bett auf. Rupertus schien zum Glück tief zu schlafen, reglos lag er in seinem Bett.

Als ich kurze Zeit später schlaftrunken und matt zu den Vigilien aufstand, grübelte ich darüber nach, wie ich Vincent nun eine Nachricht hinterlassen konnte, denn mein Halbring war ja mit meinem Trinkbecher in die Wirtschaftsräume gewandert. Aber dann geschah etwas, das all meinem Grübeln ein jähes Ende setzte.

Auf der Kapitelversammlung nach der Prim erhob Rupertus seine Stimme und erregte sofort die Aufmerksamkeit aller, als er sprach: »Ich klage meinen Mitnovizen Martinus der Gotteslästerung und der Verschwörung mit dem Satan an!«

Alle Blicke richteten sich auf mich, und ich spürte voll Entsetzen, wie mir das Blut in den Kopf stieg. Pater Bernwardus, der Abt, lächelte fast unmerklich, denn er hatte, wie wir alle, beinahe jeden zweiten Tag eine Anschuldigung aus Rupertus' Mund vernommen. Aber die Regel mußte eingehalten werden, und so forderte er Rupertus auf, zu sprechen und den schweren Vorwurf näher zu erläutern und zu belegen.

Sogleich hob dieser an, und es war deutlich zu merken, wie sehr ihm diese Rolle behagte. Er begann mit der unseligen Geschichte von den dicken Wollsocken mit den schmutzigen Sohlen, die ich im Bett getragen hatte. Dafür konnte ich mich noch rechtfertigen.

»Ich hatte eiskalte Füße«, erläuterte ich, »denn das war ja noch in den kalten Februartagen!«

Die Mönche nickten verständnisvoll. Rupertus ließ sich aber nicht aus dem Konzept bringen und ging gleich zum nächsten Punkt seiner offensichtlich wohldurchdachten Rede über.

»Ich maß meiner Beobachtung natürlich auch keinerlei Bedeutung bei – zunächst. Wenig später aber geschah es, daß ich des Nachts aufwachte und bemerkte, daß Martinus nicht in seinem Bett lag. Ich machte mir Sorgen um ihn, denn das war in den Tagen, als so viele von uns erkrankten, und so blieb ich wach, bis er auf Socken wie ein Dieb ins Dormitorium zurückgeschlichen kam …«

»Ich mußte doch nur meine Notdurft verrichten!« rief ich aus. »Und natürlich sind die Sohlen meiner Socken auf dem Gang etwas staubig geworden!«

Diese Erklärung hatte ein allgemeines Schmunzeln zur Folge, allein Rupertus blieb unbeeindruckt.

»Was Martinus da behauptete, ist nicht wahr, ehrwürdige Patres! Es ist vielmehr so, daß ich meine Notdurft verrichtet habe, aber Martinus war nicht im Lavatorium! Dennoch kam er ganz kurze Zeit nach mir ins Dormitorium zurück – da hätte ich ihn unten doch treffen müssen, wenn er wirklich im Lavatorium gewesen wäre!«

Dies mußten die Mönche zwar zugeben, aber ich ließ mich nicht einschüchtern.

»Das ist richtig«, sagte ich daher. »Auch ich habe ihn nicht im Lavatorium getroffen, und trotzdem behauptete er, dagewesen zu sein. Meiner Meinung nach ist er derjenige, der sich in Wirklichkeit woanders aufgehalten hat!«

Ich merkte, daß die Sympathien der Zuhörer sich wieder mir zuwandten, aber Rupertus pflügte in seiner vermeintlichen Mission durch das Geraune und Gewisper wie ein Bauer durchs Feld.

»Das ist noch nicht alles, was ich zu sagen habe!« meinte er ungerührt. Pater Bernwardus lächelte nachsichtig.

»Nun, junger Rupertus, ich habe bei einem so gewissenhaften Novizen wie dir auch nicht erwartet, daß du Gotteslästerung mit dem Tragen schmutziger Socken im Bett und Teufelsverschwörung mit einem Gang aufs Lavatorium belegen willst!«

Wieder sah ich, daß die Ordinierten sich zulächelten, aber mir war nicht besonders wohl in meiner Haut. Was, wenn Rupertus mehr entdeckt hatte als meine schmutzigen Socken und meine nächtliche Abwesenheit? Und schon holte er tief Luft und setzte zu dem mich vernichtenden Schlag an: »Durch diese Ereignisse war mein Argwohn geweckt, und ich beschloß, Martinus auf seinen nächtlichen Wegen etwas genauer zu beobachten, Patres! Schon in der nächsten Nacht, nämlich vorgestern, bot sich die Gelegenheit. Mit Gottes Hilfe blieb ich wach und hörte irgendwann in der Stunde nach Mitternacht, wie er sich aus dem Bett erhob, die Kutte überstreifte und auf seinen

Wollsocken aus dem Dormitorium schlich. Ich wartete noch, bis er wohl auf der Treppe sein mußte, erhob mich ebenfalls und ging ihm leise nach.«

Er hatte jetzt die ungeteilte Aufmerksamkeit aller; forschende Blicke gingen bereits in meine Richtung. Ich beschloß, erst einmal zu schweigen und mir die Vorwürfe bis zum Ende anzuhören.

Rupertus fuhr mit wichtiger Miene fort: »Als ich die Treppe erreicht hatte, konnte ich gerade noch sehen, wie Martinus in den Kreuzgang trat, und zwar nicht in Richtung Lavatorium, sondern nach rechts, zur Kirche. Ich schlich ihm nach, und als ich in der Biegung des Kreuzgangs war, sah ich ihn, wie er durch die Mönchspforte in die Kirche trat. Ich folgte ihm auch dorthin, und als ich die Mönchspforte erreicht hatte, wußte ich zunächst nicht, wohin ich mich wenden sollte, denn ich konnte ihn nicht mehr sehen. In der Laienkirche war alles leer, soweit ich dies im Schein der wenigen Lichter erkennen konnte. Also ging ich leise zum Lettnertor und spähte in den Chorraum. Auch dort schien alles leer, aber während ich noch Ausschau hielt, sah ich plötzlich ein weiteres Licht und erkannte im selben Augenblick Martinus, der eine offenbar mitgebrachte Laterne entzündet hatte und nun schnurstracks auf unseren Altar zuging.«

Mir wurde heiß und kalt. Im Kapitelsaal herrschte gebanntes Schweigen. Rupertus hatte kurz innegehalten – wie um die Spannung zu erhöhen –, räusperte sich dann und sprach mit seiner hellen, undurchdringenden Stimme weiter.

»Ehrwürdige Patres, ich mag es kaum aussprechen, was sich meinen ungläubigen Augen dann Entsetzliches bot!«

Wieder eine Pause, und Pater Bernwardus forderte meinen Widersacher mit einem kurzen Kopfnicken zum Weiterreden auf. Rupertus genoß es sichtlich, Träger so interessanter Neuigkeiten zu sein und im Mittelpunkt zu stehen.

»Patres! Dieser Verruchte –«, sein Zeigefinger schoß in

meine Richtung, und ich spürte voll Unbehagen, wie sich wieder alle Blicke zu mir wandten, »– dieser Frevler zögerte nicht, ging stracks zum Altar, räumte ihn ab, als handelte es sich um unseren Eßtisch im Refektorium, und stieg darauf!«

Ein entsetzter Ausruf aus vielen Kehlen war die Reaktion auf diese Schilderung, und ich fragte mich, was sie wohl sagen würden, wenn Rupertus seine Geschichte zu Ende erzählt hatte.

»Er öffnete dann den Flügelaltar, ließ den Lichtschein seiner Lampe darüber gleiten wie ein Dieb über seine Beute, tat hier und da einen Handgriff, stieg wieder vom Altar herunter und verschwand für kurze Zeit dahinter. Was er dort trieb, konnte ich vom Lettnertor aus nicht sehen. Also wagte ich mich bangen Herzens selbst in den Chorraum und versteckte mich hinter dem Chorgestühl, gerade als der Frevler wieder hinter dem Altar zum Vorschein kam.« Rupertus' Augen glitzerten. »Dann ließ er seine Lampe auf dem Schnitzbild ruhen, das die Geißelung unseres lieben Herren Jesus darstellt, griff hierhin, griff dorthin, und ich weiß nicht, wie – auf einmal schien das Bild unseres Herrn Jesus sich in Nichts aufzulösen, und der verruchte Gotteslästerer hatte plötzlich unser Allerheiligstes, die heilige Blutreliquie in der Hand! Noch auf dem Altartisch sitzend erbrach er ihren Verschluß und …«

»Und?« fragte Pater Bernwardus mit ausdrucksloser Stimme.

»Ja, was er dann tat, weiß ich nicht, denn ich floh in meinem Entsetzen aus der Seitentür in die Kapelle, sprach dort ein Vaterunser und suchte dann mein Bett auf, zitternd vor Angst verkroch ich mich unter der Decke! Und was soll ich Euch sagen, nach kurzer Zeit hörte ich, wie der Elende ganz seelenruhig wieder sein Lager aufsuchte, als käme er tatsächlich aus dem Lavatorium und hätte nicht eben auf dem Altar unserer Klosterkirche die heilige Blutreliquie entweiht!«

In dem tiefen Schweigen, das Rupertus' Worten folgte,

konnte man den einen oder anderen der Patres vor Erregung heftig atmen hören. Ich wünschte mich weit weg, fort aus dem Koster, und hätte mich am liebsten in meiner Kutte verkrochen. Doch Rupertus hatte noch mehr zu sagen.

»So ungeheuerlich Euch dies auch scheinen mag, ehrwürdige Patres, es geht noch weiter. In der nächsten Nacht erhob ich mich eine Stunde vor Mitternacht aus meinem Bett. Um dem Frevler unauffällig folgen zu können, versteckte ich mich in der Sakristei und behielt von dort aus durch das kleine Fenster den Kreuzgang scharf im Auge. Meine Decke hatte ich im Bett wie eine liegende Gestalt zusammengerollt, so daß der Verworfene mich schlafend wähnen mußte. Als der zwölfte Schlag verklungen war, erschien der Verräter und schlich den Kreuzgang entlang zur Klosterkirche. Ich schlüpfte gleich durch die Kapelle in den Kreuzgang hinaus – und da war er verschwunden, wie vom Erdboden verschluckt! Der Kreuzgang lag leer und verlassen vor mir, in die Kapelle ist niemand eingetreten, denn dort war ich ja, und bis zur Mönchspforte konnte er bis dahin nicht gelangt sein. Und daraus folgere ich, daß ihm nur der Leibhaftige geholfen haben kann, unsichtbar zu werden!«

Ein Stöhnen, aus Entsetzen und Staunen gemischt, entrang sich einigen Kehlen.

»Bist du fertig, Rupertus?« fragte der Abt.

»Ja, fast. Hört nur noch folgendes: Ich zog mich wieder in die Sakristei zurück und beobachtete weiterhin scharf den Kreuzgang. Es war wohl eine gute Stunde vergangen, und ich wurde auf meinem Posten schon selbst ein wenig schläfrig, da sah ich ihn plötzlich wieder, durch den Kreuzgang schlich er sich in Richtung Dormitorium – aber woher er kam, wird nur der Leibhaftige selbst wissen, denn in Kapelle und Kirche war doch niemand gewesen! Als ich nach einiger Zeit wieder mein Bett aufsuchte, lag er in dem seinen und schlief so friedlich, als würden Engel seine Träume hüten – dieser, ... dieser ...« Er warf mir einen haßerfüllten Blick zu: »Dieser Verbündete des Satans!«

Pater Bernwardus hob beide Hände, um das erregte Gemurmel der Mönche zu dämpfen. »Nun, ich bin mir sicher, daß unser zweiter Novize eine Erklärung für all dieses hat!«

Und mit einem Kopfnicken erteilte er mir das Wort. Ich versuchte mein Bestes und hielt mich an die Geschichte, die sich Vincent in weiser Voraussicht für mich ausgedacht hatte.

Ich begann erst stockend, berichtete von einem wunderbaren Traum von außergewöhnlicher Intensität, in welchem mir Jesus Christus erschienen sei – und als ich merkte, daß niemand Zweifel äußerte, wurde ich sicherer. Ich schilderte in kühnen Worten die Gestalt des Erlösers und wie er zu mir gesprochen hatte. Ich wunderte mich selbst ein wenig, wie überzeugend meine Stimme klang trotz meiner großen Angst. Beherzt sprach ich weiter: »Und der Herr zeigte mir seine von Blut befleckten Beine und Arme und sprach: ›Siehe, so ist das Blut des Menschensohnes geflossen, so habe ich um die Welt gelitten. Gehe du nun zu meinem Blute, aufgefangen in der Reliquie meines Leides, und bete dort um Erlösung der Menscheit vom Bösen und um Vergebung der Sünden, so will ich deinem Gebet ein geneigtes Ohr leihen!‹«

Den Mönchen standen die Münder offen ob dieser Auszeichnung seitens unseres Herrn, die ausgerechnet mir widerfahren war, den sie gerade noch als Teufelsanbeter hatten verdammen wollen. Ich fing einige neidische Blicke auf, die, wie ich gestehen muß, mich beflügelten.

»Dieser Traum erschien mir dreimal hintereinander, letzte Nacht das dritte Mal. Der Herr legte seine Hand segnend auf mein Haupt, und ich nahm im Traum einen wunderbaren Duft wahr, als seine Hand meinen Scheitel berührte, und ich meinte einen Wimpernschlag lang das Paradies zu erblicken!«

Im Konvent seufzte es hörbar auf. Ich spürte nun, daß

mir die Sache gut gelang, und segnete insgeheim Vincent für seinen genialen Einfall. Wie gut, daß die Ausrede schon parat gewesen war, denn unter den mißtrauischen Blicken all dieser Augenpaare wäre mir bestimmt keine glaubwürdige Rechtfertigung eingefallen. So aber fuhr ich mit ruhiger Stimme fort.

»Im Traum wandelte ich an der Hand unseres lieben Herrn in die Klosterkirche, die, als wir sie betraten, in himmlischem Lichterglanz erstrahlte. Jesus Christus führte mich vor den Altar, der sich wie durch ein Wunder öffnete, und bedeutete mir, dort niederzuknien. Er selbst verschwand plötzlich und hinterließ nur eine geradezu schmerzende Helligkeit, wo seine Gestalt gewesen war.

Ich wurde von einer großen Furcht ergriffen und wagte nicht mehr aufzublicken, sondern sprach statt dessen meine Gebete. Und während ich noch sprach, übermannte mich die süße Gewißheit, daß meine Bitten erhört würden. Das ist eigentlich das letzte, woran ich mich erinnere. Die Lichter verblaßten, und der Traum war zu Ende. Ich habe mein Bett nie verlassen, geschweige denn die Klosterkirche aufgesucht – und sollte dies während des Schlafs ohne mein Wissen geschehen sein, so wäre es sicherlich ein Wunder und –«, ich schickte einen finsteren Blick in Rupertus' Richtung, »– und nicht ein Werk des Teufels!«

Rupertus war meinem Blick jedoch nicht ausgewichen und erhob sich nun seinerseits wieder. Pater Bernwardus ließ ihn gewähren. Als Rupertus jetzt sprach, war seine Stimme schrill vor Aufregung, aber das tat der Deutlichkeit seiner Worte keinen Abbruch: »Aber unser Herr Jesus hat dich in deinem angeblichen Traum nicht geheißen, die Reliquie mit seinem Blute zu erbrechen, wie du das getan hast – geradezu gierig, möcht' ich meinen!«

Einige Mönche nickten zustimmend.

»Und noch etwas«, sprach mein Widersacher. »Ich habe dich diese Nacht nicht in der Klosterkirche gesehen.

Wenn dein Traum aber wirklich der Wahrheit entspräche, müßtest du dort gewesen sein! Sicher hast du statt dessen die von dir erbeutete heilige Reliquie deinem teuflischen Herrn dargebracht!« Er bekreuzigte sich und die anderen mit ihm; dann setzte er zu seinem alles vernichtenden Schlag an: »Schließlich gibt es keine Erklärung dafür, warum du dir deine Socken an – und ausgezogen hast, wenn du tatsächlich im Schlaf gewandelt wärst! Du willst doch nicht behaupten, daß du, als unser Heiland erschien und dich zum Gebet in die Kirche führte, zu ihm sagtest: ›Augenblick bitte, erst muß ich meine Socken anziehen!‹?«

Unterdrücktes, aber eindeutig schadenfrohes Gelächter ertönte aus den Reihen der Mönche. Nein, dem Geringsten unter ihnen sollte kein Wunder widerfahren, und es war ihm auch kein Wunder widerfahren! Ich schwieg bedrückt, wohlwissend, daß ich Rupertus Argumenten nichts mehr entgegenhalten konnte. So sagte ich schließlich nur noch, daß mein Traum der Wahrheit entspreche und ich für alles andere keine Erklärung wisse. Da bat Anselmus um das Wort.

»Liebe Brüder«, sagte er. »Ich bin verantwortlich für die Unterweisung dieser beiden Novizen, und ich begleite sie durch das Jahr der Probe auf ihrem Wege vom profanen Leben zur Askese des Mönchtums. Beide kenne ich gut, habe ich doch in den letzten Monaten fast jeden ihrer Schritte geteilt – bei dem einen etwas länger, bei dem anderen etwas kürzer.

Rupertus' Stärke, aber – wie das so oft der Fall ist – zugleich seine Schwäche, ist sein außergewöhnlicher Eifer, der ihn manchmal, ich muß es leider sagen, über das Ziel hinausschießen läßt. Martinus auf der anderen Seite ist zwar ein wenig naseweis und neugierig veranlagt, aber nie würde ich ihn der Verschwörung mit dem Satan und der Gotteslästerung für fähig halten. Trotz seiner schlechten Eigenschaften, die man ja oft, so oft bei unserer Jugend findet, ist er ein gehorsamer und frommer Novize, über den ich mich sonst nicht beklagen kann!«

Hier fiel ihm Pater Theophilus, der Bibliothekar ins Wort: »Hast du denn vergessen, wie er in unserer Bibliothek herumgeschnüffelt hat – das ist doch auch höchst verdächtig gewesen!«

Rupertus' Augen leuchteten kurz auf, aber Anselmus ließ sich nicht beirren.

»Ich sagte doch, Theophilus, Martinus ist neugierig und naseweis, aber das kann man doch sicherlich weder Teufelsverschwörung noch Gotteslästerung nennen! Vielleicht hat ihn ja die Neugier des Nachts in die Kirche getrieben – und so verwerflich das auch ist, es wäre keine Todsünde!«

In Gedanken segnete ich meinen guten Anselmus, den ich doch so oft geplagt hatte. Theophilus zeigte sich jedoch unbeeindruckt:

»Pater Bernwardus, ehrwürdiger Abt, wir können doch die Vorwürfe unseres jungen und tüchtigen Novizen schnell klären. Ich schlage vor, daß zwei aus unserer Mitte, am besten der Pater Sakristan und der Pater Ceremoniar, die heilige Blutreliquie aus dem Altarschrein holen, damit man feststellt, ob sie tatsächlich erbrochen und ihr Inhalt entweiht oder gar gestohlen wurde. Gleichzeitig holen der Pater Noviziar und ich Martinus' Socken aus dem Dormitorium, um aus deren Beschaffenheit auf etwaige nächtliche Streifzüge zu schließen.«

»Haltet ein Weilchen ein!« rief da auf einmal eine Stimme aus einer der hinteren Ecken des Kapitelsaales. Der Sprecher war meinen Augen durch eine Säule verborgen. Ich konnte die Stimme nicht erkennen, aber mir schien, daß sie zu keinem der mir inzwischen wohlbekannten Patres gehörte. Dennoch hatte ich fast das Gefühl, sie schon einmal irgendwo gehört zu haben, aber wo – das wußte ich nicht.

Auch die Mönche blickten überrascht in das Eckchen, in dem der Sprecher saß. Dieser erhob sich nun offensichtlich, wie ich dem Scharren eines Stuhls entnahm, und trat gemessenen Schrittes in die Mitte des Kapitelsaales: eine hohe, hagere Gestalt im Ordensgewand der Benediktiner – und doch keiner von uns. Und wieder war mir, als hätte ich den Mönch schon einmal gesehen. Ein Bild tauchte in meiner Erinnerung auf, aber ich konnte es nicht fassen, und es sank wieder in die Tiefen meines Bewußtseins hinab.

Auch unser Abt hatte sich erhoben, ging auf den fremden Mönch zu und stellte sich neben ihn. Er war einen guten Kopf kleiner. Sich verlegen die Hände reibend sprach er:

»Liebe Mitbrüder, es ist mir eine große Freude und eine noch größere Ehre, unter dem Dach unseres Klosters den hochwürdigen Pater Leonardus von Rohrbach zu beherbergen, Inquisitor und Visitator des Benediktinerordens. Mit Gottes Hilfe hat er den beschwerlichen Weg zu uns zurückgelegt und ist gestern, am späten Abend, in Cismar eingetroffen. Mir erscheint es jetzt eine göttliche Vorsehung, daß Pater Leonardus gerade rechtzeitig hier angekommen ist, um uns in dem schwierigen Fall einen Rat zu erteilen, den uns der junge Rupertus da vorgetragen hat. Ich dachte allerdings nicht, Pater Visitator, daß ihr nach der ermüdenden Reise von Plön heute schon so früh auf den Beinen sein würdet!«

Der Visitator blickte verächtlich auf unseren Abt hinab. »Ich habe mein eigenes Ruhebedürfnis gegenüber der Erfüllung meiner Aufgaben zurückgestellt«, sagte er in seltsam distanziertem Tonfall. »Und ich war auch während der Vigilien und der Matutin anwesend – aber das hat keiner von Euch bemerkt. Ihr scheint mir überhaupt ein ziemlich schläfriger Konvent zu sein – vielleicht mit Ausnahme jenes braven jungen Novizen dort!« Es folgte eine Bewegung seines Kinns zu Rupertus hin.

Pater Bernwardus war unter den tadelnden Worten des Visitators richtiggehend errötet und wollte seinen Fehler offenbar wiedergutmachen. Er begann, ziemlich zusammenhanglos vom segensreichen Wirken des Klosters zu berichten. Aber schon nach wenigen Worten unterbrach ihn der Visitator: »Zunächst wollen wir uns mit dem anstehenden Fall befassen, denn es empfiehlt sich immer, zuerst das Dringliche zu erledigen, bevor man sich um andere Dinge kümmert!«

Schon wieder ein versteckter Tadel! Ich empfand bereits leichte Schadenfreude, als mir plötzlich klar wurde, daß die ganze Schärfe dieser Zunge ja in Kürze mich treffen würde, denn wenn der Visitator schon den »braven jungen Novizen« Rupertus lobte, hatte ich wenig Gutes von ihm zu erwarten, und ich wünschte mir sehnlichst Vincent an meiner Seite.

Der Visitator fuhr indessen fort: »Liebe Patres«, sagte er und versuchte vergeblich, seiner Stimme Wärme zu verleihen. »Wir haben es hier mit besonders schweren Vorwürfen zu tun, die rückhaltlos aufgeklärt werden müssen! Entweder ist jener Novize dort zweifelsfrei von jeglichem Verdacht freizusprechen, oder aber er ist genauso zweifelsfrei zu überführen und zu bestrafen.« Seine Stimme bekam einen drohenden Klang. »Mit dieser Aufgabe seid Ihr, liebe Patres, neben Euren Chorgebeten, Exerzitien und sonstigen Pflichten schlichtweg überfordert, und doch gebietet es der Ernst dieses Falles, daß man alles genauestens überprüft und ein sorgfältiges Urteil fällt. Wie Euer Abt schon bemerkte, hat mich die göttliche Vorsehung gerade heute in Eure Mitte geführt. Darum laßt mich gestrost diese Aufgabe übernehmen, die ohnehin unter meinen Auftrag fällt. Ich will alles zusammen mit Eurem Abt aufklären und Euch dann Bericht erstatten, und Ihr könnt wieder Euren Pflichten nachgehen in dem tröstlichen Bewußtsein, daß der ganze schwierige Fall sich in guten Händen befindet!«

Mich überkam bei diesen Worten, die so einleuchtend und plausibel klangen, plötzlich eine unerklärliche Angst. Hoffentlich behielt sich der Konvent die Untersuchung meines Falles vor, denn hier mochte ich noch den einen oder anderen Fürsprecher finden. Aber meine Hoffnungen wurden enttäuscht. Die Mönche, offenbar heilfroh, sich dieser unangenehmen Aufgabe mit Anstand zu entledigen, stimmten leichten Herzens zu; einzig Anselmus schien etwas zu zögern.

»Da es sich um die Angelegenheit zweier Novizen handelt – sollte nicht jedenfalls der Novizenmeister mit zu Rate gezogen werden?« fragte er etwas unsicher.

Der Visitator lächelte überlegen. »Mein lieber Noviziar, die Sache ist in guten Händen! Bessere Hände als die des Ordensvisitators gibt es für derlei Probleme nicht, und da seid Ihr doch sicherlich nicht anderer Meinung?«

Ich spürte, daß Anselmus etwas erwidern wollte, aber der Abt kam ihm zuvor.

»Natürlich sind wir ganz Eurer Meinung, Pater Leonardus! Ein Visitator ist es schließlich gewohnt, solche Probleme zu lösen, niemand kann das besser, und im übrigen kann man ja im Bedarfsfall den Novizenmeister immer noch hinzuziehen.«

Da schwieg Anselmus; aber an der Art, wie er aus dem Fenster blickte, merkte ich, daß er verstimmt war.

»Wohlan, Patres«, sprach der Visitator, »laßt uns mit unserem Tagwerk beginnen. Sakristan und Ceremoniar bringen jetzt die heilige Blutreliquie, und ihr beiden anderen – «, seine Augen suchten Theophilus und Anselmus, »holt die Socken des Novizen.«

Anselmus seufzte kaum hörbar auf, wandte sich vom Fenster ab und machte sich mit Theophilus auf den Weg. Als er an mir vorüberkam, nickte er mir zu, als wollte er mir Mut machen. Die anderen verließen gleichfalls den Kapitelsaal, bis nur noch der Visitator, Pater Bernwardus, ich und natürlich Rupertus übrig waren. Der Visitator erklärte, er wolle die Untersuchung in den Gemächern des Abtes fortführen, und wir setzten uns in Bewegung. Da wurde er plötzlich gewahr, daß ihm auch Rupertus folgte, und er fuhr ihn an:

»Wer hat dich denn geheißen, mitzukommen? Marsch,

an deine Pflichten! Du hast ohnehin schon genug Unheil angerichtet – mußtest du dich unbedingt mit deiner Entdeckung vor dem ganzen Konvent brüsten, du eitler Wicht? Etwas mehr Zurückhaltung hätte dir besser angestanden! Du hättest deine Beobachtung ruhig erst einmal deinem Abt vertraulich mitteilen können, aber dann hättest du natürlich nicht einen so spektakulären Auftritt gehabt! Über deine Strafe werde ich noch nachdenken – und jetzt geh mir bloß aus den Augen!«

Rupertus war völlig verdattert. Er hatte mit Lob und Anerkennung gerechnet, nicht mit einer so herben Zurechtweisung und gar einer Strafe. Voll Genugtuung sah ich, wie er feuerrot anlief und seine Maulwurfsäuglein sich mit Tränen füllten. Aber dann wurde mir klar, daß mir von dem strengen Herrn vermutlich weitaus Schrecklicheres drohte, und ich folgte den beiden Mönchen gesenkten Hauptes in das Gemach des Abtes.

Hier war ich noch nie gewesen, und die elegante Behaglichkeit des großen Raumes überraschte mich. Krampfhaft versuchte ich, durch nichts mein Erstaunen zu verraten, und hielt den Blick weiter zu Boden gesenkt.

Der Abt und der Visitator nahmen mit dem Rücken zum Fenster auf zwei Stühlen Platz und hießen mich, ihnen gegenüber stehenzubleiben. Das Sonnenlicht fiel mir direkt ins Gesicht, und ich mußte die Augen zusammenkneifen.

Nach kurzer Zeit näherten sich Schritte; es waren Theophilus und Anselmus, die meine Socken brachten und mit einer knappen Handbewegung wieder entlassen wurden.

Am liebsten hätte ich gerufen: »Bleib bei mir, Anselmus!«, aber sie waren schon wieder fort. Nach einer Weile hörte ich erneut Schritte vor der Tür, eilige diesmal. Pater Aemilius und Pater Gregorius traten ein, aufgeregt und außer Atem.

Der Sakristan hielt die Blutreliquie in der rechten Hand und rief: »Er hat sie erbrochen, dieser Teufel! Das Siegel des Abtes von Cismar ist zerstört, und der Verschluß läßt sich ganz leicht bewegen!«

»Habt Ihr die Phiole geöffnet und den Inhalt geprüft?« fragte der Visitator streng.

»Nein, natürlich nicht – einen solchen Frevel würden wir nie begehen!« versicherten sie fast einstimmig.

Der Visitator warf ihnen einen scharfen, fast bösen Blick zu und schickte sie dann hinaus. Nun waren wir drei wieder allein im Raum, allein mit meinen Socken mit den überaus schmutzigen Sohlen und der Phiole mit dem erbrochenen Verschluß. Erst herrschte Schweigen.

Der Visitator unterzog die Phiole einer gründlichen Prüfung, entfernte die Reste des Siegellacks, hob den goldenen Verschluß ab und setzte ihn wieder darauf. Er schüttelte den Flakon leicht, wie um sich zu vergewissern, daß der Inhalt noch vorhanden sei. Dabei warf er dem Abt einen langen Blick zu und reichte ihm dann die Phiole.

Nun waren meine Socken an der Reihe. Diesmal ging die Prüfung schneller vonstatten. Pater Leonardus warf nur einen kurzen Blick auf die wahrlich fast schwarzen Sohlen und ließ sie – mit leicht angewiderter Miene, wie mir schien – zu Boden fallen. Danach befaßte er sich mit mir.

»Dein Name?«

»Martinus ... Grootwohld!«

»Woher?«

»Aus Delmenhorst im Oldenburgischen!«

»Seit wann im Kloster?«

»Seit dem letzten Allerheiligentag!«

Der Visitator schwieg, erhob sich schließlich und ging auf mich zu. Kurz vor mir blieb er stehen und unterzog mein Gesicht und meine Gestalt einer genauen Prüfung. Er ging sogar einmal um mich herum und sah mich dann nachdenklich an.

»Ich möchte wissen, woher du mir so bekannt vorkommst! Ich bin sicher, ich habe dich schon einmal gesehen – und gewiß nicht im Oldenburgischen! Warst du schon einmal Novize in einem anderen Kloster?«

»Nein, nie!« antwortete ich wahrheitsgemäß.

»Sieh mich an!« sprach er, denn ich hatte die ganze Zeit meinen Blick zu Boden gesenkt, wie es die Regel verlangte.

In dem Moment, in dem unsere Blicke sich trafen, wußte ich plötzlich woher ich ihn kannte. Diese kalten grauen Augen! Dieses fahle Gesicht, bar jeglichen Ausdrucks! Die ganze hagere Gestalt, die nur aus grauen Farbtönen zusammengesetzt schien! Und die spröde Stimme ... »Der junge Herr will ein Paternoster erstehen?« hatte sie mich das letzte Mal gefragt – vor den glitzernden Auslagen des Lübecker Bernsteindrehers.

Schon damals hatte er mich mit wenigen Fragen in Verlegenheit gebracht – und was, wenn er mich gleichfalls erkannte? Dann wußte er, woher ich wirklich kam, und unsere Pläne waren gescheitert. Ich versuchte also, ein möglichst unbefangenes Gesicht zu machen, und zu meinem Glück schien er mich – noch – nicht wiederzuerkennen. Es war sicherlich auch nicht einfach, von dem schlichten Novizen im Ordensgewand den Bogen zu spannen zu jenem prächtig ausstaffierten jungen Herrn, als der ich ihm damals in Lübeck begegnet war, mit dem Domhut des Bischofs.

»Ich vergesse nie ein Gesicht«, murmelte der Visitator zwischen den Zähnen, »und wir sind uns begegnet – nicht einmal vor allzu langer Zeit, möcht' ich meinen!«

Ich spürte, daß er in Gedanken alle Orte durchging, an denen er sich in den letzten Monaten aufgehalten hatte. Aber er war ein vielgereister Mann, und manches Gesicht hatte seinen Weg gekreuzt, so daß ich vielleicht hoffen durfte. Meine Gedanken wurden durch seine nächste, in scharfem Ton gestellte Frage unterbrochen: »Was wolltest du mit der Reliquie?«

Und das endlose Verhör begann. Ich klammerte mich eisern an meine Geschichte, nicht aus überlegter Taktik, sondern mit der Verzweiflung, mit der ein Ertrinkender sich an einen Strohhalm klammert. Instinktiv spürte ich, daß ich nicht um Haaresbreite davon abweichen durfte. Immer wieder hakte Leonardus nach, stellte plötzlich dann ganz zusammenhanglose Fragen, und kaum entspannte ich mich ein wenig, schoß er mit der nächsten Frage wieder auf sein Ziel zu wie ein Habicht, der sich aus großer Höhe auf ein Karnickel stürzt, das seinen Schatten nicht sieht ...

Hin und her ging es, und immer wieder von vorn. Wieso waren die Socken so schmutzig? Wie lange schon schlich ich nachts durchs Kloster? Was war mein Vorhaben? Für wen arbeitete ich? Warum hatte ich die Reliquie aufgebrochen? Und – offenbar die wichtigste Frage – hatte ich den Inhalt gesehen?

»Nein, nein, nein!« rief ich schließlich, völlig erschöpft und müde, und wieder ging es von vorn los, bis ich dachte, ich müßte tot umfallen. Die Glocken läuteten zur Terz, und als sie zur Sext läuteten, drehten wir uns immer noch im Kreise. Schließlich hatte der Visitator erst einmal genug von mir und meinen Träumen.

»Bei Gott und allen Heiligen, ich werde herausbringen, wer du bist und wer dich beauftragt hat, hier im Kloster herumzuschnüffeln!« schrie er mich schließlich an. »Und bis dahin wanderst du ins Klostergefängnis!« In diesem Moment war mir alles gleichgültig, ja, der Kerker erschien mir sogar als ein friedlicher Ort, wo ich endlich meine Ruhe vor diesem schrecklichen Mann haben würde.

Pater Bernwardus war vom bloßen Zuhören offenbar so erschöpft, daß er den zwei zu seiner persönlichen Verfügung stehenden Laienbrüdern befahl, sofort einen kräftigen Imbiß für den Herrn Visitator und ihn selbst aus der Küche zu bringen. Ich wurde indes von zwei anderen Laienbrüdern zum Klostergefängnis geführt.

Und ausgerechnet das war das letzte, was ich sah, bevor wir die Stufen hinabstiegen, die in den Keller unter dem Refektorium führten: ein großes Tablett, beladen mit

Weinkrügen, gebratenen Hühnern, frischem Weißbrot und eingelegtem Gemüse, dampfend und duftend und so schwer, daß es von zwei Laienbrüdern getragen werden mußte ... Wohlgemerkt, dies ereignete sich mitten in der Fastenzeit, an die sechs Stunden, bevor sie mit den anderen ihre schmale Mahlzeit zu sich nehmen würden, der Herr Abt und der Herr Visitator!

Das Klostergefängnis

Das Klostergefängnis lag am äußersten Ende des Kellers. Es erstreckte sich über dessen ganze Breite, denn man hatte einfach eine dicke Backsteinmauer quer durch das Gewölbe gezogen und dadurch einen Teil abgetrennt. Seit mehreren Jahren schon hatte der Kerker keinen Gefangenen mehr beherbergt, und seine schwere Tür öffnete sich fast widerwillig, als man in den dunklen Stunden jener Juninacht Raphaelus brachte.

Raphaelus war aus seinem unruhigen Schlaf gerissen worden, als ihn jemand kräftig an der Schulter rüttelte. Im Schein eines kleinen Lichts erkannten seine müden Augen zwei Laienbrüder, die ihm bedeuteten, zu schweigen und mitzukommen. Er wunderte sich zunächst, weshalb er sich noch vor der Vigil erheben sollte; durch das Klosterleben war er jedoch Gehorsam gewöhnt und schlüpfte daher schweigend in seine Gewänder, wie jede Nacht. Er vermutete, daß der Abt ihn noch einmal wegen der falschen Reliquie sprechen wollte. Der arme Pater Remigius hatte wahrscheinlich aus Kummer über die – wenn auch unwissentlich – begangene Todsünde die ganze Nacht keinen Schlaf gefunden!

Immer noch schlaftrunken und in seine Gedanken versunken folgte Raphaelus den beiden Laienbrüdern durch den Kreuzgang. Erst als sie die Tür zu den Gemächern des Abtes schon passiert hatten und weiter in Richtung Refektorium gingen, wurde er aufmerksam. Wohin führten sie ihn?

Er staunte, als sie an Küche und Refektorium vorbei die Treppe hinuntergingen, die in das darunterliegende Kellergewölbe führte. Dort empfing sie die mollige Wärme des gewaltigen Backofens, in den in Kürze die Brote geschoben würden. Mehrere Laienbrüder, alle dem Cellerar zugeordnet, formten zu dieser nächtlichen Stunde bereits fleißig Brotlaibe aus dem Teig, der sich in zwei riesigen hölzernen Bottichen befand. Raphaelus und seinen beiden Begleitern schenkten die Bäcker keinerlei Beachtung.

Der große Raum war erfüllt vom Duft der Tausende von Broten, die im Laufe der Zeit hier gebacken worden waren, und Raphaelus, der in dieser kühlen Sommernacht noch die Kälte vom Dormitorium und dem Kreuzgang in sich spürte, konnte sich keinen behaglicheren Arbeitsplatz vorstellen – auch wenn die Brüder hier unten wohl stets im Schein von Lampen und Feuer arbeiten mußten, denn auch tagsüber herrschte allenfalls trübes Zwielicht. Nur wenige schmale Fenster hatten – offenbar durch Lichtschächte – Verbindung mit der Oberwelt.

Raphaelus war noch nie hier unten gewesen und betrachtete das Treiben in der Klosterbäckerei voll Interesse; aber seine beiden Begleiter drängten ihn zum Weitergehen. Auf einmal meinte Raphaelus zu wissen, wohin man ihn führte: hier unten war auch die heilige Johannisquelle, deren Wasser in kleine Flaschen abgefüllt und den Pilgern verkauft wurde. Vermutlich wollte der Abt ihm dieses zweite große Heiligtum des Klosters zeigen oder sich von dessen Reinheit überzeugen oder am Rande des heiligen Brunnens vertraulich mit ihm sprechen. Da dieser Teil des Gewölbes von nur wenigen Fackeln beleuchtet wurde, erkannte Raphaelus die niedrige Tür erst, als sie fast unmittelbar davorstanden. Der Brunnenkeller! schoß es ihm durch den Kopf.

Dann wurde die Tür aufgesperrt. Einer der Laienbrüder ging voran und entzündete eine einzige Fackel, die in einem eisernen Halter an der Wand steckte. In dem spärlichem Lichtschein sah Raphaelus jetzt einen großen, gewölbten Raum, dessen ferne Ecken er kaum erkennen konnte. Er tat sogleich ein paar Schritte auf die Mitte zu, eifrig nach der heiligen Quelle ausspähend, als ihm auffiel, daß ihn hier niemand erwartete. Und eine Quelle konnte er auch nicht entdecken …

Raphaelus fuhr herum, als die Tür hinter ihm verschlossen und von außen verriegelt wurde. Seine beiden stillen Begleiter waren verschwunden – und er befand sich allein an diesem eigenartigen Ort mit den tiefen, dunklen Schatten. Der junge Mönch beschloß, in Demut auf alles Weitere zu warten. Unterdessen war es wohl die Zeit der Vigilien, und so sprach er alle Gebete dieser Stunde und sang alle Gesänge. Im Anschluß daran – es hatte sich immer noch nichts ereignet – betete er die Psalmen der Matutin.

Da er in einem fernen Winkel eine schmale Liege entdeckt hatte, beschloß er dann, bis zur Prim noch ein wenig zu ruhen, und versank auch gleich in tiefen, erschöpften Schlaf. Als er erwachte, mußte die Stunde der Prim längst vorüber sein, denn er hatte das Gefühl, viele Stunden geschlafen zu haben. Auch war die Fackel an der Wand in der Zwischenzeit erloschen.

Zum Glück sickerte durch drei kleine Licht- und Luftschächte trübes Tageslicht herein, so daß Raphaelus seine Umgebung nun genauer inspizieren konnte, allerdings nicht, ohne vorher die ganze Prim und sicherheitshalber auch noch die Terz gebetet und gesungen zu haben.

Er fand dies alles sehr sonderbar. Inzwischen mußte die Kapitelversammlung längst abgehalten und die falsche Reliquie dem ganzen Konvent gezeigt worden sein. Warum hatte man ihn nicht dazugeholt? Ja, und wo war er eigentlich? Langsam stieg Angst in Raphaelus auf.

Im trüben Halbdunkel des Gewölbes sah er einen Tisch mit einem Schemel, darauf eine Heilige Schrift und eine Kanne Wasser. Auch stand dort noch ein Leuchter mit einer frischen Kerze, ein paar Ersatzkerzen daneben. In der fernsten Ecke des Raumes befanden sich ein Eimer mit Deckel, halb mit Wasser gefüllt und offenbar für seine Notdurft bestimmt. Was hatte das zu bedeuten?

Raphaelus ging zur Tür und rüttelte daran; doch sie war und blieb verschlossen. Verwirrt setzte er sich auf den Schemel. Sein Blick wanderte im Gewölbe umher, suchte nach Zeichen, nach einer Erklärung. Und dann sah er die Namen, mit Kreide oder Kohle hier und dort auf die Mauern geschrieben. Manche waren auch eingeritzt in die Eichentür oder in die Platte des Tisches. Ungläubig las er: »Laurentius, im Jänner 1289«, »Willibald – 1310«, »Fronleichnam 1315 – Ansgar« – und noch gut zwei Dutzend weitere. Direkt vor sich auf dem Tisch fand er die offenbar jüngste Inschrift: »Marquardus der Novize, 1322 zu Michaelis«.

Da fiel es ihm endlich wie Schuppen von den Augen: er, Pater Raphaelus, war im Klosterkerker! Er war an dem Ort, wo nur große Sünder die schwere Buße verrichten mußten – und er wußte nicht einmal, warum! Es lag kein Spruch des Konvents vor, kein Verweis des Abtes. Was, in Gottes Namen, hatte er verbrochen, um in dieses finstere Gewölbe verbannt zu werden? Und von wem? Raphaelus erhob sich und schritt unruhig auf und ab, von beängstigenden Gedanken gequält. Warf man ihm vor, daß er die Phiole geöffnet und die Reliquie herausgenommen hatte? Aber sie war ja gar nicht echt! Also gab es auch keinen Grund, ihn mitten in der Nacht in den Kerker zu führen und dort einzusperren. Und doch war es geschehen – also war es auch gewollt! Aber von wem und warum? Seine Gedanken drehten sich im Kreis, er fand keinen Ausweg.

Das Halbdunkel des Raumes vertiefte sich nach und nach, und bald fiel durch die schmalen Fensterschlitze kaum noch Licht herein. Raphaelus war es plötzlich, als hörte er in der Stille seines Kerkers die Glocken der Kirche zum Kompletorium läuten, und er kniete nieder, betete die vorgeschriebenen drei Psalmen und sang den Hymnus. Dabei schalt er sich einen Sünder, daß er die Sext, die Non und die Vesper einfach vergessen hatte. Denn wenn einer ihm in diesem dunklen Gefängnis Trost spenden konnte, dann nur Gott allein.

Erst als völlige Dunkelheit herrschte, wurde in der Tür, durch die er die Nacht zuvor getreten war, von außen eine kleine Klappe geöffnet. Helles Licht fiel in den Raum und ließ ihn auf einmal das ganze Ausmaß seines Elends spüren. Raphaelus konnte nicht verhindern, daß ihm die Tränen über das Gesicht liefen. Fast hätte er die ihm durch die Klappe gereichte Mahlzeit in seinem Kummer zurückgewiesen, aber er bedachte rechtzeitig, daß dies an seiner Lage nichts ändern würde, und da er außerdem inzwischen sehr hungrig war, nahm er das kleine Tablett entgegen. Er hatte sogar noch die Geistesgegenwart, um ein brennendes Licht zu bitten, das ihm kurze Zeit später tatsächlich gebracht wurde. So nahm er sein einsames Mahl im Kerker zu sich. Immer wieder ließ er den Blick über die Wände schweifen und versuchte, das Unfaßbare zu fassen. Nachdem sein Eßgeschirr wieder abgeholt worden war, blieb er niedergeschlagen auf dem Schemel am Tisch sitzen, denn Schlaf, das wußte er, würde er noch lange nicht finden. So sprach er ein Nachtgebet, betete um Vergebung seiner Sünden, die ihn in diesen Kerker gebracht hatten, und bat den Herrn um Erbarmen.

Danach war ihm wohler zumute; er verspürte plötzlich die ruhige Gewißheit, daß man ihm morgen, am Johannistag, mitteilen würde, wessen er beschuldigt wurde und wie seine Buße beschaffen sein sollte. Getröstet löschte er bis auf eine Kerze die wenigen Lichter seines Kerkers, legte sich auf dem Lager nieder und schlief ein.

Aus alter Gewohnheit erwachte er zur Stunde der Vigilien und verrichtete diese wieder wie in der Nacht zuvor und wie alle anderen Stundengebete. Während der ganzen Zeit seiner Gefangenschaft änderte sich daran nichts.

Der nächste Tag, der Johannistag, brach an und verging, ohne daß sich jemand um Raphaelus kümmerte. Er tröstete sich damit, daß der Abt an diesem hohen Festtag zu sehr in Anspruch genommen sei – morgen würde er ganz gewiß Aufklärung erhalten.

Als er anfing, für jeden im Gefängnis verbrachten Tag mit seinem Griffel, den er wie jeder Benediktiner zusammen mit einem kleinen Täfelchen stets bei sich trug, einen Strich auf das Mauerwerk zu zeichnen, war bereits eine Woche vergangen, und noch immer hatte niemand ihn aufgesucht. Die Striche wuchsen zu Fünfergruppen, eine reihte sich an die andere, und inzwischen war es schon Mitte Juli. Raphaelus spürte, wie sein Bart wuchs, und in dem sonst makellosen Kreisrund der Tonsur strichen seine Finger jetzt über stoppelige Haare, die sich wie Borsten anfühlten. Er hatte indes noch immer nicht die Hoffnung aufgegeben, demnächst Belehrung über seine ungewöhnliche Buße zu erfahren.

So verbrachte er seine Zeit mit Singen und Beten, mit Betrachtungen über religiöse Themen und in zunehmendem Maße mit dem Studium der Heiligen Schrift. Dazu pflegte er den Schemel an einen der Fensterschlitze zu rücken, so daß das spärliche Tageslicht über seine Schulter direkt auf die Bibel in seinem Schoß fiel. Er war froh über die langen Tage im Sommer, und die warme Luft, die durch die Öffnungen eintrat, brachte den Duft von Erde und Wachstum mit. Einmal war Raphaelus sogar, als vernehme er aus großer Ferne den Schrei einer Seemöwe, und da erwachte zum erstenmal, seit er sich in den Mauern des Klosters befand, die Sehnsucht in ihm; die Sehnsucht, einen sonnigen Strand entlangzulaufen, den frischen Seewind im Gesicht, das Rauschen der Wellen im Ohr und in der Nase den Geruch von Seetang und salziger Luft. Er sehnte sich auch danach, durch einen lichten Buchenwald zu wandern, zwischen den schlanken grauen Stämmen, hoch wie die Strebepfeiler der Klosterkirche, durch das grüne Laub die Sonnenstrahlen auf den weichen moosigen Boden fallen und die gelben Tupfen von Butterblumen und Löwenzahn zu sehen; oder einfach nur durch die vertrauten Gassen von Neustadt zu gehen, hier und dort ein paar Worte mit einem alten Bekannten auszutauschen, und dann den Wirtschaftshof des Gasthauses zu betreten, seine Eltern in die Arme zu schließen, seine Geschwister … Raphaelus seufzte tief. In den letzten Tagen hatte er sich immer wieder fast gewaltsam zwingen müssen, nicht an der Gerechtigkeit des Abtes und der Angemessenheit der ihm auferlegten Buße zu zweifeln, sondern sie in Gehorsam und Demut anzunehmen, aber seine Auflehnung gegen die ihm widerfahrende Behandlung wurde von Tag zu Tag größer.

Längst hatte er festgestellt, daß die beiden Laienbrüder, die ihn hierhergeführt hatten und ihm nun abwechselnd das Essen hereinreichten, stumm waren. Was ihn nur verwunderte, war, daß sie sich jedes Mal bekreuzigten, wenn sie seiner ansichtig wurden; aber hätte er die Worte gehört, die Pater Remigius am Tag seiner Festnahme zum Konvent gesprochen hatte, er hätte sich vor sich selbst gefürchtet.

Der Abt war mit kummervoller Miene vor den Konvent getreten und hatte die Mönche unterrichtet, daß ein geschätztes Mitglied der Gemeinschaft ein unvorstellbares Sakrileg begangen habe und ganz offensichtlich dem Leibhaftigen verfallen sei. Ausgerechnet der junge Raphaelus, den die Brüder so in ihr Herz geschlossen, dem sie soviel Vertrauen entgegengebracht hatten, habe auf die Einflüsterungen des Satans gehört. Er habe die heilige Blutreliquie erbrochen und sich offenbar in den Besitz ihres Inhalts bringen wollen, und diese Freveltat sei allein durch göttliche Vorsehung und Jesu Hilfe verhindert worden.

Die Mönche waren entsetzt und verstört, und als der Abt weiter berichtete, daß er Raphaelus sicherheitshalber ins Klostergefängnis gebracht habe, und fragte, ob die lieben Brüder diese Maßnahme billigten, gab es keinen, der nicht aus vollem Herzen zustimmte. Pater Remigius fuhr fort, er habe die Absicht, die Angelegenheit vertraulich mit dem Ordensvorstand der Benediktiner zu besprechen, einem gewissen Pater Albertus, der zur Zeit in Braunschweig weile; danach solle eine Entscheidung getroffen werden. Bis dahin bitte er die Patres um strenges Stillschweigen, damit das Kloster nicht in den Ruf der Gottlosigkeit gerate oder gar behauptet werde, die heilige Blutreliquie sei zerstört oder entwendet worden. Dies würde nämlich ihrer aller Untergang und das Ende ihres gottgefälligen Wirkens hier in der Wildnis bedeuten.

Die Mönche erschraken über diese Aussicht nicht wenig, und als der Abt sie danach anwies, den Namen Raphaelus bis auf weiteres nicht mehr zu nennen, nickten sie wieder in Zustimmung. Pater Remigius ging daraufhin zu einem anderen Thema über, dem Gemüseanbau, und diesem widmete er soviel Zeit und Aufmerksamkeit, daß die Patres den Vorfall mit der Blutreliquie schließlich beinahe vergaßen.

Die Gemüter beruhigten sich, die Gerüchte erstarben nach und nach. Raphaelus Name war aus den Gängen und Gewölben des Klosters verbannt. Pater Remigius schickte eine vertrauliche Botschaft an den hochwürdigen Pater Albertus in Braunschweig. Nach erstaunlich kurzer Zeit brachte ein berittener und bewaffneter Bote die Antwort.

Der Abt bat an diesem Abend wieder seinen Vertrauten, den Pater Cellerar, zu sich. Justus fiel sofort Remigius' zufriedene Miene auf, als dieser ihn mit einer einladenden Handbewegung aufforderte, Platz zu nehmen. Diesmal brannte kein Feuer im Kamin und die Fenster standen offen. Milde Sommerluft drang herein, und das Flöten einer Amsel, die in den ergrünten Zweigen der Bäume draußen vom Tage Abschied nahm, erfüllte den Raum.

Remigius schenkte schweigend und immer noch lächelnd zwei Becher randvoll mit Wein und reichte Justus den einen: »Auf unser Wohl, auf das Wohl unseres Klosters – und auf unsere Entscheidung!«

Justus blickte ihn erwartungsvoll an.

»Der Orden war sehr erbaut darüber, daß wir die Sache

so umsichtig und diskret behandelt haben! Albertus bestätigt unser Vorgehen in jeder Einzelheit und ist mit allen von uns getroffenen Maßnahmen einverstanden. Er schreibt, er selbst hätte den Fall nicht besser regeln können, und was das heißt, wißt Ihr ja!«

Die beiden Mönche tranken sich mit wissendem Lächeln zu, wie zwei alte Freunde, denen ein Stichwort genügt, um sich über eine bestimmte Begebenheit gemeinsam zu amüsieren. Denn Albertus war im Orden dafür bekannt, alles besser zu wissen und mit nichts und niemandem zufrieden zu sein. Eine Belobigung von ihm kam einem Empfehlungsschreiben für das Paradies gleich.

»Aber wie soll der Fall Raphaelus denn nun endgültig gelöst werden?« fragte Justus. Remigius wurde wieder ernst.

»Das überläßt er natürlich uns, der Herr Ordensvorstand! Er hat nur geschrieben, daß wir über das weitere Schicksal unseres Frevlers selbst entscheiden sollen, aber daß man bei dieser Entscheidung nicht vergessen dürfte, daß der Sünder sein ganzes restliches Leben lang mit dieser unerhörten Missetat belastet sei, die durch nichts gesühnt werden könne. So sei seine Existenz nur noch ein Warten auf das Fegefeuer, und es sei nur gnädig, diese qualvollen Jahre, die ruhelosen Tage und Nächte zu verkürzen ...«

Beide Mönche lächelten wieder angesichts der offensichtlichen Bemühungen des Ordensvorstandes, den Gefangenen auf jeden Fall dem Tode zu überantworten, ohne sein Gewissen mit einer derartigen Entscheidung zu belasten.

»Ja, wenn der Orden meint ...«, sagte Justus, »wer wollte sich den Einsichten Höhergestellter widersetzen, nicht wahr, Remigius?«

»Es war uns doch von Anfang an klar, daß dies der einzige Weg ist, wenn wir das Kloster vor einer Katastrophe retten wollen, Justus. Das haben wir ja alles schon neulich besprochen. Die Frage ist nur: Wie läßt sich der Sünder aus dem Weg schaffen, ohne daß man es hier merkt? Und außerdem: Ich ließe ihn nur höchst ungern auf dem heiligen Boden des Klosters sein Leben lassen, denn wer weiß, durch welche Zufälle die Zusammenhänge irgendwann doch noch ans Tageslicht geraten könnten – das wäre nicht auszudenken! Oder wenn der Bischof davon erführe! Laßt uns in aller Ruhe über dieses Problem nachdenken, und ich würde sagen, in drei Tagen sehen wir uns wieder – vielleicht haben wir dann ja schon eine Lösung gefunden.«

Justus nickte nachdenklich. Der Abt schenkte seinen Becher noch einmal voll.

»Und noch etwas, Bruder, unser schlauer Vorstand empfiehlt uns dringend, einen ähnlichen Vorfall dieser Art zu verhüten, und rät uns, für die Reliquie ein Geheimfach im Altar einzurichten, damit kein Neugieriger sie ein zweites Mal inspiziert. Wir wollen demnächst ganz vertraulich mit dem Sakristan und dem Ceremoniar besprechen, was sich da tun läßt. Aber nun genug von dieser unerfreulichen Angelegenheit! Ich trage mich mit dem Gedanken, am Bungsberg einen recht wildreichen Wald zu erwerben, den man uns günstig angeboten hat. Ich wollte Euch daher bitten, dorthin zu reisen, das Gelände näher in Augenschein zu nehmen und, wenn es Euch zusagt, den Kaufvertrag vorzubereiten. Ihr könnt den Preis sicher noch ein wenig drücken, wenn ...«

Und das Gespräch der beiden wandte sich wieder wirklich wichtigen Dingen zu.

Die Amsel draußen war ein Stück weiter geflogen und fuhr fort mit ihrem Leid. Das süße Flöten drang bis in Raphaelus' Kerker. Der rötlich leuchtende Abendhimmel erhellte das Gewölbe nicht mehr, und Raphaelus saß schon bei Kerzenschein am Tisch und las in der Bibel.

Als aber die ersten lieblichen Töne des Vogelgesangs zu ihm herabdrangen, ließ er das Buch sinken und lauschte mit geschlossenen Augen. Da erwachte in ihm auf einmal das dringende Bedürfnis zu handeln, irgend etwas zu unternehmen, als habe das Lied des Vogels für ihn eine geheime Botschaft oder gar Warnung enthalten. Und plötzlich wußte er, was er tun konnte, ohne allzu schwer gegen das Gebot des Gehorsams zu verstoßen.

Er würde den Fall dem Bischof von Lübeck melden, damit dieser sich der Angelegenheit annehme. Nach kurzem Nachdenken wußte er auch, wie das zu bewerkstelligen war. Er trennte sehr behutsam – und mit reuevollem Bedauern – die erste Seite aus der Bibel heraus, ein leeres Pergamentblatt. Darauf schrieb er mit einem kleinen Stück Kohle, das irgendwann einmal den Weg vom Backofen in den Kerker gefunden hatte, seine dringende Botschaft an den Bischof, versiegelte sie mit Wachs und wartete dann auf den Laienbruder, der das Eßgeschirr abholen würde. Raphaelus hatte Glück. An diesem Abend kam Vitus, der Wächter, der zwar stumm, aber nicht taub war. Wie immer bekreuzigte er sich bei Raphaelus' Anblick. Raphaelus erhob sich und sprach: »Vitus, sieh mich an!«

Vitus hielt den Blick weiterhin starr auf das Eßgeschirr gerichtet. »Schau her, Vitus!« rief Raphaelus, abermals ohne Erfolg.

»Gut, so sei es! Ich weiß zwar nicht, warum du mich nicht anschauen willst, aber dann höre jedenfalls: Ich habe hier eine Botschaft an den Herrn Bischof, die ich niemandem außer dir anvertrauen kann. Wisse, der Inhalt ist äußerst wichtig; der Brief ist von größter Bedeutung für Cismar, für alle Mönche, ja auch für dich! Es ist daher unbedingt notwendig, daß die Botschaft in die Hände des Bischofs gelangt, und es ist ebenso wichtig, daß niemand sie liest – außer Bischof Hinrich Bockholt! Du tust nicht mir einen Gefallen damit – was erzähle ich denn? –, sondern dem Kloster, dir, allen Brüdern, den Pilgern, ach – der ganzen Christenheit.«

Als er Vitus' verunsichertes und ängstliches Gesicht sah, fügte er noch hinzu: »Ich gelobe dir bei Gott, dem Allmächtigen, bei Jesu Blut –«, bei diesen Worten zuckte Vitus sichtbar zusammen, aber Raphaelus maß dem keine Bedeutung bei, »– und bei der Heiligen Jungfrau, dieser Brief enthält nichts Böses, nichts Sündhaftes. Ich habe ihn nur in treuer Erfüllung meiner christlichen Pflichten geschrieben, und ich bitte dich jetzt noch einmal im Namen des Herrn, dafür zu sorgen, daß meine Botschaft ungelesen, unbeschädigt auf dem schnellsten Wege zum Bischof gelangt, ich flehe dich an, Vitus!«

Raphaelus hatte sich in Eifer geredet und stand mit blitzenden Augen vor Vitus. Dieser hatte nur noch den Wunsch, den Kerker umgehend zu verlassen, den glühenden Worten des verdammten Gefangenen zu entkommen, die da auf ihn niederprasselten, und sich endlich schlafen zu legen. Also beschloß er, den Brief erst einmal anzunehmen, damit der Gefangene sich beruhige. Er konnte sich dann ja immer noch überlegen, was er damit tun sollte. Und tatsächlich, der Gefangene atmete hörbar auf, als Vitus die Hand nach dem Brief ausstreckte.

»Gott segne dich, du guter Vitus!« rief Raphaelus voll Wärme.

Vitus nickte ihm begütigend zu und verließ so schnell wie möglich mit Geschirr und Brief den Kerker. Erst als er die Tür wieder von außen verschlossen hatte, atmete er seinerseits hörbar auf ...

Vitus überlegte noch einige Zeit, was er mit der an den Lübecker Bischof adressierten Botschaft tun sollte. Zuerst hatte er beabsichtigt, den Brief dem Abt zu geben, aber möglicherweise würde dieser ihm den Vorwurf machen, die geheime Mitteilung überhaupt angenommen zu haben – und wer wußte schon, was für Dinge in dem Brief standen! Nein, das ist zu gefährlich, und er hatte wenig Lust, Raphaelus im Klosterkerker Gesellschaft zu leisten.

Freilich konnte es ebenso unangenehm für ihn werden, wenn er den Brief an den Bischof schickte und es herauskommen sollte, daß er, Vitus, dem Gefangenen diesen Dienst erwiesen hatte. Da wäre es klüger, sich des Briefes einfach zu entledigen – und für eine Weile blickte Vitus versonnen auf den großen Herd in der Klosterküche.

Andererseits: Es war ja auch denkbar, daß Raphaelus wirklich eine wichtige Botschaft für den Bischof hatte, und möglicherweise würde dann das Licht der bischöflichen Gunst auch auf ihn, Vitus, fallen, den Vermittler in dieser Angelegenheit. Das hinge aber wiederum von dem Inhalt der Botschaft ab, den er nicht kannte und auch nicht kennen wollte.

Vitus sah keinen Ausweg aus seiner Zwangslage. Schließlich sagte er sich, das beste sei, den Brief auf den Weg zu schicken und dafür zu sorgen, daß man ihn als Absender nicht ermitteln konnte, wenn die Botschaft unangenehmen Inhalts war, daß er sich aber zu seinem Vorgehen bekennen konnte, wenn er Bischof oder Kloster damit einen Dienst erwiesen hatte.

Zufrieden mit seinem Entschluß, wollte er sogleich zur Tat schreiten; unterdessen wußte er auch, wie. Durch eine kleine Pforte, deren Benutzung allein dem Cellerar und dessen Gehilfen vorbehalten war und durch die sonst einige der Vorräte gebracht wurden, verließ er die Klostermauern. Rings um die Gebäude wuchsen schöne hohe Buchen, und Vitus schritt über den weichen grasigen Boden zur Brücke, über den Graben und zum Außentor.

Als Gehilfe des Cellerars, der oft mit Fischern und Bauern zu verhandeln hatte, wurde ihm das Tor ohne weiteres geöffnet. Er ging über den Außenwall, der an dieser Stelle den Klostergraben vom Wiek trennte, bis zum Hafen. Hier mußte er einen weiteren Graben auf einem Steg überqueren; dann war er am Ziel.

Mehrere Gothmunder und Neustädter Fischer hatten ihre Kähne auf den flachen Sandstrand hochgezogen oder im seichten Wasser vertäut und lagerten jetzt am Ufer. Sie hatten am Tage ihren Fisch dem Kloster verkauft und wollten mit dem Morgengrauen wieder zu ihren Heimathäfen aufbrechen.

Vitus zog seine Kapuze tief ins Gesicht, damit keiner ihn erkannte, trat zu den Fischern, die rund um ein Feuer saßen, und warf die zusammengefaltete Botschaft, beschwert mit einer kleinen Silbermünze, in ihre Mitte. Die Fischer, die ihn nicht hatten kommen hören, fuhren erschrocken auf und hielten in ihrem Gespräch inne, aber als sie sich nach ihm umwandten, war Vitus bereits wieder auf dem Rückweg zum Kloster, gemessenen Schrittes und stumm wie immer.

Er wußte, es würde sich unter ihnen einer finden, der den Brief ein Stück mitnehmen und daführ sorgen würde, daß er zum Lübecker Bischof gelangte – denn den Fluch eines Cismarer Mönches wollte sicher keiner gern auf sich ziehen … Zufrieden, sich so geschickt der Botschaft entledigt zu haben, kehrte Vitus ins Kloster zurück.

Raphaelus war zunächst ruhiger geworden, nachdem Vitus sein Schreiben mitgenommen hatte. Er dankte Gott und betete darum, daß sein Brief den Bischof erreiche. Aber schon am nächsten Tag ergriff ihn die innere Unruhe von neuem. Er spürte plötzlich das Bedürfnis, noch ein zweites Zeugnis von seiner Entdeckung und den darauf folgenden Ereignissen anzufertigen – aber wie und für wen, das war die Frage.

Unmöglich konnte er die Ereignisse auf seinem kleinen Schiefertäfelchen festhalten. Zudem ließ sich ein Kreidestrich auch leicht ablöschen – und wo sollte er das Täfelchen verbergen? Denn daß der Abt ihm nicht gestatten würde, irgendwelche Nachrichten zu verbreiten, war klar, hatte er ihn doch sogar zu allerstrengstem Stillschweigen aufgefordert. Seine Botschaft würde also geheim bleiben müssen, doch irgend jemand sollte sie finden können, falls – frevelhafter, unaussprechlicher Gedanke – die Entdeckung einer falschen Reliquie wirklich vertuscht würde.

Ratlos sann Raphaelus darüber nach. Es war inzwischen wieder Abend geworden, und er saß an dem kleinen Tisch bei Kerzenschein. Gedankenverloren fuhren seine Finger über die eingeritzten Namen auf der Tischplatte, gedankenverloren nahm er die alte Bibel in die Hand und blätterte darin.

Bisher waren ihm die Worte der Bibel während seiner Gefangenschaft so wie auch vorher immer Erbauung und Trost gewesen, und besonders gerne las er die Psalmen des Königs David. Der unerschütterliche Glaube und die fromme Weisheit, die daraus sprachen, hatten seine Seele von Anfang an ergriffen. Fast von selbst schlugen seine Finger auch dises Mal den Psalter auf, und als er sich über das Buch beugte, um die von ihm aufgeblätterte Stelle zu lesen, war ihm, als habe ihm Gott selbst eine Botschaft geschickt. Seine staunenden Augen lasen folgende Sätze: *»Herr, schaffe mir Recht, denn ich bin unschuldig … Ich sitze nicht bei den eitlen Leuten und habe nicht Gemeinschaft mit den Falschen. Ich hasse die Versammlung der Boshaftigen und sitze nicht bei den Gottlosen. Ich wasche meine Hände mit Unschuld und halte mich, Herr, zu deinem Altar, da man höret die Stimme des Dankens und da man predigt alle Wunder. Herr, ich habe lieb die Stätte deines Hauses und den Ort, da deine Ehre wohnet! Raffe meine Seele nicht hin mit den Sündern, noch mein Leben mit den Blutdürstigen …«*

Bei diesen Worten stürzten die Tränen aus Raphaelus' Augen und verschleierten seinen Blick, so daß er die nächsten Zeilen kaum zu entziffern vermochte: »*… welche mit bösen Tücken umgehen und nehmen gerne Geschenke … Mein Fuß gehet richtig. Ich will dich loben, Herr, in den Versammlungen!*«

Ach, wie gerne wollte er den Herrn in den Versammlungen loben! Aber sah es nicht ganz danach aus, als sollte er von allen Versammlungen ausgeschlossen bleiben, als sollten die »Boshaftigen« ihre Versammlungen ungestört abhalten? Seine Verhaftung lag jetzt an die fünf Wochen zurück, und es gab nach wie vor nicht das geringste Anzeichen, die leiseste Andeutung, daß man ihn aus dem Klosterkerker irgendwann herausholen wollte.

Es schien ihm auf einmal nicht mehr ausgeschlossen, daß er noch Jahre hier ausharren mußte, vielleicht bis an sein Lebensende – und das konnte ja alles nur einen Zweck haben, wenn es ihm auch unvorstellbar erschien und er sich für diesen sündigen Gedanken selbst schalt: den einträglichen Götzendienst um die falsche Reliquie aufrechtzuhalten.

Raphaelus fand in dieser Nacht keinen Schlaf. Immer wieder sann er über die Ereignisse nach, drehte und wendete sie, betrachtete sie von allen Seiten und kam doch zu keinem anderen Ergebnis. Als draußen allmählich der Morgen heraufdämmerte und das Dunkel im Kellergewölbe nach und nach in ein graues Zwielicht überging, erhob er sich von seinem Lager, zog Tisch und Stuhl unter einem Lichtschacht und schlug die Bibel abermals auf.

Er mußte diesem Gottesfrevel in der Klosterkirche ein Ende machen und für den Fall, daß seine Botschaft den Lübecker Bischof nicht erreichte, noch einen anderen Bericht über die Geschehnisse im Kloster hinterlassen. Wer weiß, ob nicht jemand anders, vielleicht sogar erst in ferner Zukunft, dazu berufen war, dem gottlosen Treiben im Konvent ein Ende zu bereiten … Und dank Gottes Willen und Davids Weisheit wußte er jetzt auch, wie dies mit den wenigen ihm zur Verfügung stehenden Mitteln möglich war: hatte doch die Bibel selbst die Worte für alles, was geschehen war – er brauchte sie ja nur herauszusuchen! Und damit wollte er sofort beginnen. Mit dem kleinen Stückchen Holzkohle, das er noch bei sich hatte, schrieb er auf die erste Seite der Heiligen Schrift seinen Namen und den Tag. Darunter kritzelte er »Ps 26«. Sodann schlug er den sechsundzwanzigsten Psalm auf, dessen Worte ihn bei Anbruch der Nacht so aufgewühlt hatten. Er las den Psalm abermals vom Anfang bis zum Ende und mußte dabei wieder gegen seine Tränen ankämpfen, denn jedes Wort schien König David nur für ihn, Raphaelus, geschrieben zu haben.

Dann faßte er sich und markierte mit seinem Kohlestückchen bestimmte Verse. Er las sie durch, nickte zufrieden, schlug die Bibel dann an einer anderen Stelle auf, blätterte wieder zurück, schrieb etwas an den Rand und schlug die Seiten von neuem um. So fuhr er den ganzen Tag fort, bis ihm gegen Abend sein Mahl gebracht wurde.

Heute versorgte ihn nicht Vitus, sondern der taubstumme Konstantius, so daß er sich nicht nach dem Verbleib der Botschaft erkundigen konnte. Es schien, als vermeide Vitus eine Begegnung, denn auch in den folgenden drei Tagen tauchte immer nur Konstantius auf. Und danach endete der Kerkeraufenthalt des Raphaelus.

Raphaelus war wieder ganz ruhig geworden, nachdem er seine beiden Botschaften auf den Weg gebracht beziehungsweise der Nachtwelt hinterlassen hatte. Er verbrachte Tag und Nacht im Gebet, denn bald war Mariä Himmelfahrt. An diesem Tag, dem 15. August, erhielt er zu seiner abendlichen Mahlzeit das erste Mal einen Becher gewürzten Weines. Raphaelus faßte dies als gutes Zeichen auf; vielleicht wollte man ihn damit wissen lassen, daß die Zeit seiner Buße in Kürze vorbei sei.

Aber bald verschwammen seine Gedanken, die Konturen des Gewölbes schienen sich aufzulösen, und er wurde schlagartig so müde, daß er mit dem Kopf auf dem Tisch, neben der Bibel, noch im Sitzen einschlief. Konstantius, der wenig später eintrat, um das schmutzige Eßgeschirr hinauszutragen, faßte Raphaelus an der Schulter und schüttelte ihn, aber der Schläfer wachte nicht auf; sein Kopf rutschte lediglich von den verschränkten Armen auf die Tischplatte.

Konstantius ließ es dabei bewenden, nahm das Eßgeschirr und ging zur Kerkertür, ohne sich ein weiteres Mal umzusehen. Er hatte gerade seine Arbeiten in der Küche neben dem Refektorium beendet und wollte sich zur Ruhe begeben, als jemand ihn von hinten am Arm berührte. Konstantius, der gewohnt war, daß man dergestalt Kontakt mit ihm aufnahm, drehte sich langsam um, ohne auch nur für den Bruchteil eines Augenblicks erschreckt zusammenzufahren.

Aber dann weiteten sich seine Augen vor Überraschung, denn neben seinem Vorgesetzten, dem Pater Cellerar, stand Pater Remigius, der Abt des Klosters, der ihn bisher nie eines Blickes oder gar einer Geste gewürdigt hatte. Heute jedoch lächelte Pater Remigius ihm gütig zu, machte mit der Hand die Bewegung des Türaufschließens und hielt ihm dann die Rechte hin, die Handfläche nach oben. Konstantius verstand sofort, löste den Kerkerschlüssel von seinem Gürtel und übergab ihn dem Abt.

Der Abt und der Cellerar verschwanden im Klosterkerker, und kein Geräusch drang in Konstantius' taube Welt. Nach kurzer Zeit erschienen die beiden wieder, und Konstantius fiel jetzt auf, daß die Züge von Abt und Cellerar hinter den freundlichen Mienen eigenartig angespannt wirkten. Der Cellerar verließ nun den Keller und kehrte ein wenig später zusammen mit Vitus zurück. In der Zwischenzeit war der Abt auffallend unruhig im Keller hin und her gegangen, war vor dem großen Backofen stehengeblieben und hatte mit den Fingern auf das Gesims getrommelt. Er fuhr sofort herum, als Justus mit Vitus in den Keller trat.

Alle drei gingen zum Kerker, dessen Tür – wie Konstantius zuerst gar nicht bemerkt hatte – nicht mehr verriegelt war, sondern sogar halb offen stand. Vitus winkte Konstantius, sich der Gruppe anzuschließen, und machte mit den Händen schnelle kleine Bewegungen in der Zeichensprache, die sie zur Verständigung untereinander benutzten und die bedeuteten: Sie brauchen uns!

Im Kerker sah Konstantius zu seiner Überraschung, daß der Gefangene auf dem Rücken ausgestreckt auf seinem Lager lag, offenbar immer noch in tiefstem Schlaf. Da er ihn am Tisch sitzend verlassen hatte, mußten Pater Remigius und Pater Justus ihn zum Bett getragen haben. Der Abt sagte jetzt etwas zu Vitus, und Vitus übersetzte mit den Händen: Wir sollen ihn fesseln. Warum? vollführte Konstantius mit einer einzigen kurzen Bewegung, und Vitus gab die Frage an Abt und Cellerar weiter.

Es folgten einige längere Erläuterungen, und Vitus Hände sprachen: »Er ist des Teufels und von einem bösen Dämon besessen. Er hat sich gotteslästerlich an unserer heiligen Blutreliquie vergangen. Wir müssen seine arme, gequälte Seele erlösen und den Teufel in ihm austreiben. Das soll aber nicht im Kloster geschehen, damit kein böser Geist in diesen Mauern seinen Aufenthalt nimmt. Wir wollen ihn an einen anderen Ort bringen. Er ist durch einen Trank betäubt und wird wahrscheinlich nicht erwachen. Dennoch und weil so ein Geschöpf des Teufels ungeahnte Kräfte entfalten oder gar Luzifer zu Hilfe holen kann, sollen wir ihn vorsichtshalber knebeln und fesseln.«

Die beiden Laienbrüder sahen zu, wie der Abt die Stricke und den Knebel erst mit Weihwasser besprengte, bevor er sie ihnen übergab, um den Gefangenen zu binden. Dieser wurde nun geknebelt und verschnürt wie ein Paket, und Konstantius fiel seine völlige Reglosigkeit auf – obwohl man von einem Besessenen doch annehmen mußte, daß er zuckte und schäumte und sich aufbäumte, wenn er mit Weihwasser in Berührung kam. Nun, vielleicht hatte der Schlaftrunk des Cellerars den Dämon mitbetäubt!

Der Cellerar bedeutete den beiden Laienbrüdern, Raphaelus aufzuheben und ihm zu folgen. Der Abt bildete die Nachhut, löschte die Lichter und Kerzen und schloß die Kerkertür hinter ihnen. Pater Justus ging zu einer kleinen Tür, hinter der eine ausgetretene Treppe ins Freie führte. Vitus und Konstantius keuchten mit ihrer schweren Last hinterher; Remigius verschloß wiederum die Tür.

Draußen war es stockdunkel, und Vitus und Konstantius folgten dem Schein aus Justus Laterne zunächst wie torkelnde Insekten dem Licht, bis sich ihre Augen schließlich an die Finsternis gewöhnt hatten und sie am schwachen Glanz des Sternenhimmels ihren Weg sicherer fanden. Sie gingen direkt auf den Wassergraben zu, der die Klosterinsel umgab. Justus führte sie zu einer Stelle am Ufer, und als sie mit ihrer Last die steile Böschung vorsichtig hinunterstiegen, erkannte Konstantius, daß dort ein kleiner Kahn lag, kaum groß genug, sie alle aufzunehmen.

Sie setzten über den breiten Wassergraben und gingen an Land. Justus führte sie den hohen Wall hinauf, der zum

Schutz des Klosters zwischen Wiek und Graben aufgetürmt war und auch auf der Landseite das Kloster abriegelte: wie ein kostbarer Edelstein in seiner Fassung ruhte es auf seiner Insel, umgeben von Graben und Wall.

Justus ging mit seiner Laterne auf dem Scheitel des Walls voraus, Konstantius und Vitus, die beim Anstieg der Böschung mit dem schweren Raphael außer Atem geraten waren, folgten keuchend. Remigius, tief vermummt, schritt hinterdrein. Nach kurzer Zeit ging es den Wall wieder hinunter, zu dem Steg, der zum Hafen führte. Vitus dachte daran, wie er vor wenigen Tagen denselben Weg gegangen war. Ob die Botschaft des Gefangenen wohl jemals Lübeck erreichte?

Er unterbrach seine Gedanken, weil sie jetzt den nicht sehr breiten Steg mit ihrer Last überquerten und er darauf achten mußte, wohin er seine Füße setzte. Direkt am Ende des Stegs lag wiederum ein Kahn bereit, dieser jedoch war ein stabileres Fahrzeug, ein Boot mit leicht hochgezogenem Bug, wie es die Fischer benutzten. Bisher war ihnen auf ihrem Weg kein Mensch begegnet, und Justus wies sie an, mit ihrer Last ins Boot zu steigen. Ihnen folgte Remigius, und als Justus als letzter hinzustieg, band er das Boot los und stieß es gleichzeitig kräftig vom Ufer ab; die kleinen, plätschernden Wellen des Klosterwieks trugen sie hinaus Richtung See. Konstantius und Vitus wurden aufgefordert, die Riemen zu ergreifen. Justus saß am Steuer im Heck des Bootes, Remigius vorne im Bug und hielt Ausschau über die dunkle Wasserfläche. Der Gefangene lag bewegungslos auf dem Boden des Kahns.

Wie Konstantius zu seinem Unbehagen feststellte, steuerte Justus das Boot mitten in die Klosterbucht hinaus. Die Ufer des Wieks waren schon nach wenigen Minuten zurückgewichen und jetzt nur noch als dunklere Schatten zwischen dem dunklen Himmel und dem dunklen Wasser auszumachen. Ein leichter Landwind hatte sie erfaßt und beschleunigte ihre Fahrt; er brachte die Gerüche des Dorfes mit, von Ställen, Vieh und Feuerrauch.

Konstantius mußte sich zusammennehmen; wie die meisten Mönche des Klosters kam er aus dem Binnenland, und mehr noch als das Fegefeuer fürchtete er die Tücken des Meeres – und das konturlose Dunkel um ihn herum ängstigte in zu Tode. Er schloß die Augen und stellte sich vor, auf einem der Seen zu rudern, die es in seiner Heimat im Lauenburgischen so zahlreich gab, aber die unverkennbaren, von den flachen Wellen erzeugten Bewegungen des Bootes zerstörten diese Illusion, und er fühlte Übelkeit in sich aufsteigen. Wo, in Gottes Namen, wollte der Abt mit ihnen hin?

Nach einer Zeit, die ihm unendlich vorkam, wies Justus sie an, langsamer zu rudern, ließ das Boot im Kreis fahren, wie um sich zu orientieren, und steuerte dann weiter nach rechts. Urplötzlich, von einem Augenblick zum anderen, erhob sich der Umriß eines flachen Rückens zwischen Himmel und Meer, den man im ersten Moment für eine langgestreckte, ein wenig höhere Welle hätte halten können. Im gleichen Moment wußte Konstantius, wo sie sich befanden: sie hatten das große Warder in der Klosterbucht erreicht, von wo die Fischer des Dorfes so oft mit reicher Beute aus den langen Stellnetzen zurückkehrten.

Schon knirschte der flache Kiel des Bootes auf dem kiesigen Grund. Justus verließ seinen Platz am Ruder und sprang mit geschürzter Kutte über den Bug an den Strand, von wo aus er erst Remigius, dann den beiden Laienbrüdern mit dem Gefangenen den Weg beleuchtete. Nach nur wenigen Schritten im flachen, kühlen Wasser stand die kleine Gruppe wieder auf festem Land. Jetzt schritt Justus, der das Warder wohl kannte, erneut voraus, einem für die anderen kaum erkennbaren Pfad ins Innere der kleinen Insel folgend, die gewiß nicht mehr als hundert Schritte von einem Ufer zum anderen maß. Die Insel war überraschend dicht bewachsen, mit scharfschneidigem Strandgras, niedrigen Dornenbüschen und zwei, drei verkrüppelten kleinen Birken. Bei diesen Bäumen befand sich ein schmaler Heidefleck, und dort ließ Justus die Gruppe anhalten.

Der Abt hatte aus dem Boot zwei Schaufeln mitgebracht, die er den beiden Laienbrüdern in die Hände drückte. Er wies Vitus an, ein tiefes Grab zu schaufeln. Vitus Hände übersetzten den Befehl für Konstantius, und beide sahen sich betroffen an. Der Abt wurde bei diesem geringfügigen Zögern sofort ungeduldig und trieb sie mit einer unfreundlichen Gebärde zur Eile an. Während die beiden Laienbrüder nun ein Grab aushoben, nahmen Abt und Cellerar dem Gefangenen vorsichtig die Fesseln ab und entfernten den Knebel aus seinem Mund.

Das hätten sie jedoch besser bleiben lassen sollen. Vielleicht war der Schlaftrunk nicht stark genug gewesen, vielleicht hatte auch nur die kräftige Nachtluft Raphaelus' Sinne belebt. Obwohl der Mönch vorher kein Lebenszeichen von sich gegeben hatte, sprang er auf einmal, direkt aus seiner völligen Reglosigkeit auf die Beine, ging unter fürchterlichem Gebrüll auf Pater Remigius los und beschimpfte ihn mit gotteslästerlichen Flüchen. Vitus entglitt vor Schreck die Schaufel; er stieß den ahnungslos neben ihm weitergrabenden Konstantius heftig an und machte ihn auf die Szene aufmerksam. Justus war zurückgeschreckt, faßte sich aber sofort.

»Der Teufel!« schrie er. »Der Teufel hat wieder von ihm Besitz ergriffen! Er will unseren guten Abt umbringen! Schnell, zu Hilfe, ihr beiden Toren! Nehmt eure Schaufeln und schlagt zu!«

In seiner Angst, Verzweiflung und Wut gebärdete sich Raphaelus wie rasend. Die frische Luft, die Brise, die über das Meer wehte, das Geräusch der kleinen Wellen, dies alles erfüllte ihn nach den langen Wochen im Kerker mit neuer Lebenskraft. Er wußte nicht, wo er war und wie er hierher gekommen war, aber eins war sicher, er war draußen, unter Gottes freiem Himmel, am Meer, und keine Macht der Welt würde ihn wieder hinter die Mauern jenes verfluchten Klosters oder gar in den Kerker bringen.

Binnen weniger Augenblicke erwachte in dem gebeugten demütigen Mönch der kräftige, mutige Jüngling von einst, der keine Auseinandersetzung gescheut hatte. Wie ein Berserker ging er auf den Abt los, in ein und demselben Atemzug fluchend und den Herrn um Rettung vor seinen Feinden anflehend. Justus kam nun dem Abt zu Hilfe, indem er Raphaelus von hinten ansprang, ihm die Hände um die Gurgel legte und versuchte, ihm die Luft abzudrücken.

Aber Raphaelus schüttelte ihn ab wie ein wütender Bär ein lästiges Insekt, schmetterte Remigius endgültig zu Boden und wandte sich sofort zu Justus um. Diesem wäre sicherlich das gleiche Schicksal widerfahren, wenn Vitus und Konstantius nicht endlich aus ihrer Erstarrung und ihrem Entsetzen erwacht wären und sich schaufelschwingend zur Rettung ihres Cellerars aus dem Hintergrund auf Raphaelus gestürzt hätten.

Drei Widersachern, von denen zwei so wirkungsvolle Waffen trugen, war Raphaelus nicht gewachsen. Ein gewaltiger Schaufelhieb ließ ihn zusammenbrechen und auf die Knie sinken; ein weiterer schrecklicher Hieb zerschmetterte seine Schädeldecke. Verwundert blickte er noch einmal auf die beiden Laienbrüder, die stumm und verbissen auf ihn einhieben, während Justus aus sicherer Entfernung kreischte: »Bringt ihn um! Bringt den Teufel um!«

Schmerz spürte er bereits nicht mehr, sondern er fühlte nur, fast überrascht, wie seine Seele den Körper wie eine lästige Hülle abstreifte und sich in den nächtlichen Himmel hinaufschwang, höher und immer weiter, an einen Ort, wo es unvorstellbar hell und unvorstellbar dunkel zugleich war, bis sie eins wurde mit dem Nichts.

Vitus und Konstantius hieben weiter auf die leblos am Boden liegende Gestalt ein, bis Justus sie kräftig an den Kutten riß und ihnen befahl, aufzuhören. Zu dritt schleppten sie Raphaelus zu dem ausgehobenen Grab und ließen ihn hineingleiten. Dann schaufelten die beiden Laienbrüder das Grab zu, und Justus bemühte sich um den stöhnenden Abt, dessen geschwollenes Auge und aufgeplatzte Lippen sogar in der Dunkelheit der Nacht zu erkennen waren.

»Alles fertig?« fragte er und bemühte sich, seiner Stimme Festigkeit zu verleihen.

»Sie mußten ihn erschlagen, denn ...« – Justus schickte einen Seitenblick zu Vitus und Konstantius hinüber – »... der böse Dämon hatte wieder Besitz von ihm ergriffen, und er war wie rasend!«

»Dann brauchen wir dieses also nicht mehr!« Remigius zog ein kleines Fläschchen aus seiner Kutte und betrachtete es nachdenklich. »Es hätte sofort gewirkt, und mir wäre bedeutend lieber gewesen, wenn man an dem Leichnam keine Spuren von Gewaltanwendung hätte finden können.«

Justus wurde ärgerlich. »Wenn wir nicht eingegriffen hätten, er hätte erst Euch erschlagen und dann uns in Stücke gehauen; wir hatten keine Wahl! Außerdem, wenn es nach mir gegangen wäre, hätten wir ihn schon im Klostergefängnis vergiftet und ohne Aufsehen dort verscharrt, dann hätten wir die ganzen Scherereien nicht gehabt!«

»Ihr wißt, das war nicht möglich! Wir haben ausführlich darüber gesprochen, daß wir das Kloster und damit uns nicht mit einem Mord belasten wollen. Im Prinzip ist doch alles nach Wunsch verlaufen, und er hat uns sogar noch in die Hände gespielt, indem er sich aufgeführt hat wie ein Besessener! Es wird ihn hier schon keiner ausgraben und der Sache nachgehen – Ihr habt doch alle Spuren auf dem Warder gut beseitigt?«

»Ich denke schon; aber was machen wir denn nun mit diesen beiden Gestalten?«

Den letzten Satz sprach Justus kaum hörbar und wies mit einer Kopfbewegung in Richtung Vitus und Konstantius. Der Abt ließ mit einem vielsagenden Lächeln das Fläschchen wieder in den Falten seiner Kutte verschwinden.

»Ich denke, sie werden demnächst Koliken bekommen und bald darauf ihr Leben aushauchen ... Und nun laßt uns zum Kloster zurückkehren. Ich möchte nicht, daß Ihr die Vigilien versäumt; nur für mich müssen wir eine Erklärung finden, damit ich mich die nächsten Tage in meinen Räumen aufhalten kann, bis die Faustschläge dieses Wüterichs aus meinem Gesicht verschwunden sind. Verdammt, Justus, das war recht knapp!«

»So war es doch gut, daß wir hier heraus gekommen sind. Stellt Euch vor, er hätte dieses Spektakel im Kloster veranstaltet! Gott sei Dank, daß wir das erst einmal geschafft haben, und in Kürze ...«, Justus blickte sinnend zu Konstantius und Vitus, die sich ihnen in demütiger Haltung, mit geschulterten Schaufeln näherten. »... in Kürze können wir endgültig aufatmen, denn –«, und nun erhob er die Stimme, damit Vitus ihn gut hören konnte, und zitierte aus dem vierunddreißigsten Psalm: »Der Gerechte muß viel leiden; aber der Herr hilft ihm aus dem allen. Er bewahret ihm alle seine Gebeine, daß derer nicht eins zerbrochen wird. Den Gottlosen wird das Unglück töten ...«

Die Kerkertür schloß sich

Die Kerkertür schloß sich hinter mir mit einer Endgültigkeit, als sollte es für immer sein. Ein grober Stoß in den Rücken beförderte mich in das düstere Gewölbe des Klostergefängnisses, und die schwere Eichentür fiel mit einem dumpfen Schlag ins Schloß. Ich konnte hören, wie von außen ein Riegel vorgeschoben wurde.

Nachdem meine Augen sich an die Dunkelheit gewöhnt hatten, konnte ich Einzelheiten erkennen. In dem ganzen großen Gewölbe, das mir fast so geräumig wie unser Kapitelsaal vorkam, befand sich kaum Mobiliar. Ich entdeckte nur ein schmales Lager, einen wackeligen Schemel und einen kleinen Tisch, auf welchem neben zwei Kerzenständern eine offensichtlich uralte Bibel lag, noch auf Pergament geschrieben. Alles war mit einer dicken Staubschicht überzogen, und die Feuchtigkeit und die Kälte des Winters schienen aus diesem dunklen Kellerloch noch nicht gewichen zu sein.

Ich fröstelte schon nach kurzer Zeit und hängte mir eine grobe wollene Decke um die Schultern, die schauderhaft muffig roch. Durch schmale, hohe Schlitze, die wohl in einen Schacht hinausführten, drang jedenfalls ein Minimum an Licht und Luft herein; im schwindenden Licht des Frühlingstages schüttelte ich die Decken auf dem Lager kräftig aus in der Hoffnung, das darin befindliche Ungeziefer zu vertreiben. Mit einem alten Lumpen wischte ich dann den Staub von Schemel und Tisch – und danach hatte ich nichts mehr zu tun als zu warten. Es war inzwischen völlig dunkel geworden, und ich dachte schon, man wollte mich der Einfachheit halber verhungern lassen. Doch es öffnete sich eine Klappe in der Tür, und ein Laienbruder reichte mir wortlos und mit abgewandtem Gesicht auf einem Tablett einen Teller mit Essen, einen Krug Wasser, einen Trinkbecher und ein brennendes Licht herein. Außerdem lagen auf dem Bett noch einige frische Talglichter.

Aufatmend nahm ich das Tablett entgegen, zündete an der brennenden Kerze gleich zwei Talglichter an und bemühte mich, in meine Decke gehüllt, es mir in meiner neuen Behausung so bequem wie möglich zu machen. Ich setzte all meine Hoffnungen auf Onkel Albert, aber ich fragte mich, zunehmend mutlos, wer ihm über meine Gefangennahme berichten sollte, wenn die Verbindung zu Vincent unterbrochen war? Mit Fortschreiten der Nacht machte ich mir mehr und mehr Gedanken über meine Lage, und es dauerte lange, bis ich in meiner übelriechenden Bettstatt endlich Ruhe fand.

In den nächsten Tagen ereignete sich wenig, um mich zu trösten und mir die Langeweile zu vertreiben. Die einzigen Abwechslungen waren die karge Mahlzeit, die stets nach Einbruch der Dunkelheit gebracht wurde, und die Besuche des Visitators. Tag für Tag verhörte er mich aufs neue, forschte nach meinen Beweggründen und meinen Auftraggebern, beschimpfte mich, schlug mir ins Gesicht und drohte mit dem Entzug von Speise und Trank. Und Tag für Tag blieb ich zwar eisern bei meiner Geschichte, aber ich fürchtete die Verhöre immer mehr.

Anfang April, unmittelbar vor dem Osterfest, geschahen an einem Tag zwei Dinge gleichzeitig. Dieser Tag mußte in der Außenwelt mild und sonnig gewesen sein, denn zum erstenmal drangen hellere und auch wärmere Lichtstrahlen in mein trübes Gefängnis, so daß ich den kleinen Schemel in eine der Lichtbahnen zog, die durch die Schlitze auf den Boden fielen.

Wie ich dort in meiner Einsamkeit saß, überkam mich das Verlangen, Trost in Gottes Wort zu suchen, und zum erstenmal, seitdem ich im Klosterkerker weilte, nahm ich die alte Bibel in die Hand. Ich will ehrlich sein: in diesen Tagen haderte ich sehr mit unserem Herrgott, der falsche Reliquien, ehrgeizige Novizen, schwache Äbte und wütende Inquisitoren duldete – und es zuließ, daß unschuldige Menschen gefangengenommen wurden. Die wärmere Luft, die sich allmählich im Gewölbe ausbreitete, stimmte mich indessen milder, ja zum erstenmal wieder ein wenig hoffnungsfroh. Pater Leonardus war an diesem Tag schon fertig mit mir, und ich hatte fast das Gefühl, als schenkte er meinen Worten allmählich Glauben – ich selbst glaubte ja fast schon daran! So betete ich zum Herrn um Rettung, auch um Geduld und Demut, denn an diesen Tugenden fehlte es mir.

Danach schlug ich die alte Bibel auf, die einen eigenartigen, säuerlichen Geruch nach Leim und Leder verströmte. Mich interessierte ihr Alter, denn abgesehen von den Verzeichnissen in Theophilus' Bibliothek hatte ich noch nie ein so altertümliches Buch gesehen. Aber als ich die schwere Schrift aufblätterte – ich konnte sie kaum auf den

Knien halten –, durchzuckte es mich, als hätte mich ein Schwerthieb getroffen: auf dem ersten Blatt des gelblichen Pergaments stand der Name »Raphaelus Burmester«, dahinter der Tag: »Mariä Himmelfahrt 1340«.

Ein weiterer Beweis dafür, daß Raphaelus Burmester zum Konvent gehört hatte, und einiges sprach dafür, daß er genau wie ich im Klosterkerker gesessen hatte! Aber noch etwas erregte meine Aufmerksamkeit: unter seinem Namen hatte er eine Bibelstelle angegeben. Dort stand: Ps 26,1,4,5.

Nach kurzem Nachdenken schlug ich den sechsundzwanzigsten Psalm auf. Meine Augen weiteten sich vor Staunen, als ich die ersten Worte las: *»Herr, schaffe mir Recht, denn ich bin unschuldig!«* Neben dem Psalm war wieder ein Kürzel auf das Pergament gekritzelt: Ps 31,5. In der fünften Strophe des einunddreißigsten Psalms las ich: »Du wollest mich aus dem Netz ziehen, das sie mir gestellt haben, denn du bist meine Stärke!« Auch hier stand ein weiterer Hinweis am Rand, der wiederum zu einem anderen Psalm führte, an den sich ein dritter und ein vierter schlossen.

So erzählte mir der längst verblichene Raphaelus – Gott sei seiner Seele gnädig – mit den Worten der Heiligen Schrift seine traurige Geschichte. Nachdem ich alle bezeichneten Bibelstellen aufgeschlagen hatte, ergab sich der folgende Text:

»Herr, schaffe mir Recht, denn ich bin unschuldig. Ich hoffe auf den Herrn, darum werde ich nicht fallen. Ich sitze nicht bei den eitlen Leuten und habe nicht Gemeinschaft mit den Falschen. Ich hasse die Versammlung der Boshaftigen und sitze nicht bei den Gottlosen. Du wollest mich aus dem Netz ziehen, das sie mir gestellet haben, denn du bist meine Stärke. Denn sie haben mir ohne Ursach gestellet ihre Netze, zu verderben, und haben ohne Ursach meiner Seele Gruben zugerichtet. Es treten frevelhafte Zeugen auf, die zeihen mich, des ich nicht schuldig bin. Die wir miteinander freundlich waren unter uns, wir wandelten im Hause Gottes zu Haufen. Schadenthum regieret darinnen, Lügen und

Trügen läßt nicht von ihrer Gasse. Denn sie legen ihre Hände an seine Friedfertigen und entheiligen seinen Bund. Der Feind hat alles verderbet im Heiligthum. Deine Widerwärtigen brüllen in deinen Häusern und setzen ihre Götzen darein. Herr, ich habe lieb die Stätte deines Hauses, und den Ort, da deine Ehre wohnet. Und sprach zu ihnen: Es steht geschrieben, mein Haus soll ein Bethaus heißen. Ihr aber habt eine Mördergrube daraus gemacht! Furcht und Zittern ist mir angekommen und Grauen hat mich überfallen. Mein Herz ängstigt sich in meinem Leibe und des Todes Furcht ist auf mich gefallen.«

Ich will es nicht verhehlen; mir lief es kalt den Rücken herunter, als ich die letzten Zeilen las, denn eins war klar: die bezeichneten Bibelstellen bezogen sich auf die Zustände in Cismar, Raphaelus' Versuche, die Ordnung wiederherzustellen, und die Reaktionen des Konvents! Ich sprang auf, trug die Heilige Schrift auf den Tisch zurück und begann, im Gewölbe auf und ab zu gehen.

Das konnte nichts anderes bedeuten, als daß Raphaelus schon damals die falsche Reliquie aus irgendeinem Grund entdeckt und versucht hatte, den Götzendienst zu beenden, im Klostergefängnis gelandet war, dort Todesfurcht empfunden hatte und ... spurlos verschwunden war! Aber das konnte wiederum nur bedeuten, daß er seine Entdeckung mitgeteilt hatte und daß daraufhin seine Gefangennahme erfolgt war. Und die falsche Reliquie war nach wie vor an Ort und Stelle, versehen mit dem Siegel des Abtes von Cismar, besonders geschützt im Geheimfach. Daraus folgte aber, daß der Abt und vielleicht auch der Sakristan über den wahren Inhalt der Reliquie Bescheid wußten und dieses Wissen absichtlich geheimhielten.

Absichtlich: denn sie wollten, daß Scharen von Gläubigen die falsche Reliquie verehrten. Für mich bedeutete das, ich war genauso in Gefahr wie vor hundertzwanzig Jahren der arme Raphaelus, wenn der Oheim nicht bald eingriff – aber wie sollte er? Je länger ich nachdachte, desto unruhiger wurde ich und zermarterte mein Hirn auf der Suche nach einem Ausweg.

Der Tag war zur Neige gegangen, ohne daß ich es bemerkt hatte, und ich schrak zusammen, als sich die Klappe in der Kerkertür öffnete und man mir meine Mahlzeit reichte. Als ich mir aus dem irdenen Krug frisches Wasser einschenkte, meinte ich, tief unten im Bauch der Kanne ein Geräusch wahrgenommen zu haben.

Mein Herz begann in freudiger Erwartung zu schlagen. Ohne zu zögern, rollte ich meinen Ärmel auf, griff in das kühle Wasser und tastete mit den Fingerspitzen den Boden der Kanne ab. Und da fand ich, was ich so sehnlichst erhofft hatte: einen silbernen Halbring!

In beinahe froher Stimmung nahm ich meine Mahlzeit zu mir; danach machte mir nur eins Sorgen: nicht einzunicken, sondern aufmerksam darauf zu warten, daß Vincent mit mir Verbindung aufnahm. Ich ließ nur eine einzige Kerze brennen, denn da ich auf die Gnade meiner Wächter angewiesen war, hatte ich immer Angst, irgendwann ohne Licht dazusitzen, und so hatte ich mir in den wenigen Tagen meiner Gefangenschaft schon einen kleinen Vorrat an Talglichtern zugelegt.

In dieser Nacht brauchte ich nicht lange zu warten. Als die Klappe sich öffnete und ich mein Eßgeschirr hinausreichte, packte eine kräftige Hand mein Handgelenk und drückte es freundschaftlich: Vincent war offensichtlich zu meiner Bewachung und Versorgung eingeteilt worden. Schon erschien sein Gesicht an der Luke, während er laut rief: »Nun bring mir endlich dein Geschirr, du Nichtsnutz von einem Novizen!«

Unmittelbar danach senkte er seine Stimme zu einem kaum wahrnehmbaren Flüstern und sprach ungewöhnlich hastig: »Konnte nicht kommen in jener Nacht. War angewiesen, den Visitator zu bedienen. Was ist geschehen? Sprich schnell, die Bäckerbrüder werden sonst aufmerksam!«

Mit lauter Stimme rief er: »Nun mach schon, sonst bekommst du morgen nichts zu essen!«

Währenddessen begann ich zu flüstern, so schnell ich

konnte: »Ich habe die Reliquie geöffnet. Sie ist falsch. Rupertus hat mich beobachtet und verraten. Ich habe mich bisher an unsere erdachte Ausrede halten können. Benachrichtige schnell den Bischof – ich habe Angst um mein Leben! Ich habe hier noch mehr entdeckt ...«

Vincent unterbrach mich schimpfend und nahm mir das Geschirr aus der Hand. Unter lautem Klappern flüsterte er noch: »Ich werde mich sofort selbst zum Bischof aufmachen! Du sei auf der Hut!«

Und schon schloß sich die Klappe vor meinem Gesicht, aber als ich mein Ohr an die Tür legte, konnte ich hören, wie Vincent sich entfernte und den am Backofen Beschäftigten irgend etwas zurief. Gedämpftes Gelächter drang noch an mein Ohr, und dann war wieder alles still um mich.

Die nächsten Tage vergingen ereignislos. Das warme Frühlingswetter hielt offensichtlich an, denn nach und nach wichen Feuchtigkeit und Kälte aus meinem Kerker, und die Decken meines Lagers waren weniger klamm.

Dies waren die Ostertage, und ich muß sagen, daß ich es doch recht schmerzlich empfand, von allen Feierlichkeiten, den Gottesdiensten und Gebeten am heiligsten aller christlichen Festtage ausgeschlossen zu sein. Als ich im Kerker die Chorgebete dieses Feiertages allein für mich sprechen wollte und meine eigene, klägliche Stimme hörte ohne den Chor der anderen, da kamen mir die Tränen – ich schäme mich nicht, es zu gestehen. Jetzt hatte oben im Kloster die herrliche Zeit zwischen Ostern und Pfingsten begonnen, die Freudenzeit des Kirchenjahres, in der es zum Zeichen besonderer Wertschätzung Tag für Tag zwei Mahlzeiten gab ... Wie hatte ich mich schon darauf gefreut! Aber auch daran sollte ich nicht teilhaben, denn für mich blieb es weiterhin bei der einen Mahlzeit nach Anbruch der Dunkelheit.

Vincent hatte ich nicht mehr zu Gesicht bekommen, und nach meiner Berechnung konnte er, wenn er ohne Verzögerung aufgebrochen war, unterdessen in Lübeck angelangt sein. Vielleicht hatte er ja sogar ein Pferd auftreiben können und war schon auf dem Rückweg, oder er brachte bereits den Onkel oder andere Hilfe mit – aber an dieser Stelle unterbrach ich meine Wunschträume stets, denn den Gedanken, daß er vielleicht überhaupt noch nicht aus den Mauern des Klosters hatte entweichen können, wollte ich nicht zulassen. Gleichwohl begann ich mich zu sorgen.

Am Tag nach dem Osterfest nahm der furchterregende Leonardus seine Verhöre wieder auf, und als ich auch weiterhin standhaft bei meiner Geschichte blieb, drohte er mir eine hochnotpeinliche Befragung an – und was das bedeutet, wußte ich: die inquisitorische Folter. Nun bekam ich es erst recht mit der Angst zu tun, und die Angst konnte ich nur dadurch bekämpfen, daß ich mich irgendwie beschäftigte, um die Illusion zu haben, zu handeln und der Entwicklung der Dinge nicht tatenlos zuzusehen. In dieser Gemütsverfassung begann ich, systematisch und gründlich die Wände meines Gefängnisses, die Lichtschächte und die Tür nach einer Fluchtmöglichkeit abzusuchen. Diese Beschäftigung beruhigte mich ein wenig, und ich verbrachte Stunden damit, gegen die Wände zu klopfen, an hervorstehenden Mauersteinen ziehen und, auf dem Tisch stehend, die Lichtschächte abzutasten. Ich war fast ärgerlich, als ich meine fieberhafte Tätigkeit unterbrechen mußte, weil man mir mein Essen brachte, und nachdem man das Geschirr wieder abgeholt hatte, fuhr ich mit meiner Suche fort. Ich zündete sogar ein zweites Talglicht an, um in den finsteren Ecken des Gewölbes besser sehen zu können. Schließlich stieg ich auf den Schemel und klopfte die Wände auch über meinem Kopf ab. Als ich einen Mauervorsprung untersuchte, der sich in einer der zum Keller hin gelegenen Ecken befand, wurde meine Mühe belohnt.

Ich glaube, ich werde mein Leben lang das dumpf-hohle Geräusch nicht vergessen, das mir in den Ohren klang, als ich gegen diesen Teil der Mauer klopfte. Ich klopfte eine

Handbreit weiter links und rechts, und der hohle Klang blieb. Es war offensichtlich, daß sich an dieser Stelle hinter der Mauer ein Hohlraum befand. Ich sah mich nun auf der Suche nach einem geeigneten Werkzeug um, und mein Blick blieb auf den beiden bronzenen Kerzenständern haften.

Im Nu hatte ich den Tisch in die Ecke des Raums gezerrt, denn auf diesem konnte ich besser als auf dem Schemel stehen. Ich nahm einen der beiden Leuchter in die Hand und umwickelte ihn mit einem alten Lumpen, um den Lärm zu dämpfen; dann begann ich mit aller Kraft gegen die Mauer zu schlagen. Es dauerte gar nicht lange, und ich hatte einen Backstein soweit zertrümmert, daß ich seine Überreste mit der bloßen Hand entfernen konnte.

Ich sah jetzt, daß sich hinter der Ziegelwand tatsächlich ein Hohlraum befand. Allerdings konnte ich dessen Ausmaße nicht erkennen. Eifrig klopfte und schlug ich weiter, und der nächste Stein löste sich schon schneller und leichter. Ich konnte meine Hand in die entstandene Öffnung stecken: der Hohlraum war so groß, daß ich mit den Fingerspitzen keine dahinterliegende Wand berühren konnte.

Zwei Dinge fielen mir jedoch auf: die Ziegelsteine, die ich aus der Wand gebrochen hatte, waren auf ihren dem Hohlraum zugewandten Seiten geschwärzt, wie von Ruß, und aus dem Hohlraum schien etwas wärmere Luft in den Kerker zu dringen. Als ich meine Hand wieder hervorzog, sah ich, daß sie schwarz war. Ich wußte nicht, was das bedeuten sollte – der Hohlraum schien ein Schornstein zu sein, aber wer hatte schon einmal von einem Schornstein gehört, der waagrecht unter einem Fußboden verlief?

Ich machte mich daran, die Öffnung zu vergrößern. Auf einmal wurde mir klar, worauf ich gestoßen war. Dieser Hohlraum war ein Teil der vom Backofen ausgedehnten Hypokaustenheizung, des Hohlraumsystems unter dem Fußboden des Refektoriums, durch welches an kalten Tagen Rauch und heiße Luft vom Backofen strichen und den darüberliegenden Raum so angenehm erwärmten. Wie oft hatte ich mich in diesem harten Winter auf die mollige Wärme des Refektoriums gefreut, des einzigen beheizten Raums im Kloster!

Glücklicherweise wurde, wie ich feststellte, an diesen milden Frühlingstagen das Refektorium nicht mehr beheizt, denn sonst wäre der heiße Qualm längst in meinen Keller gedrungen. Der Backofen würde frühestens nach den Vigilien wieder angeheizt werden – es blieben mir also vier, fünf Stunden, um mir meine Entdeckung zunutze zu machen. Vielleicht, dachte ich, fand ich sogar einen Weg in die Freiheit – durch den erkalteten Backofen konnte es möglicherweise gehen.

Ich versuchte, mir den Grundriß des Refektoriumtraktes und des darunterliegenden Kellers zu vergegenwärtigen, während ich weiter wie besessen Steine aus der Mauer brach. Es mochte wohl eine Stunde vergangen sein, als die Öffnung endlich so groß war, daß ich mich hindurchzwängen konnte. Ich schleppte den kleinen Schemel herbei, stellte ihn auf den Tisch, versah mich mit einem Vorrat von Talglichtern und kletterte auf mein wackliges Gerüst.

Mit einiger Mühe gelang es mir, mich durch die Mauerlücke zu winden, wobei mir die Kutte recht hinderlich war – irgendwo entstand ein Riß. Unmittelbar unter der von mir geschlagenen Öffnung stieß ich schon auf den gemauerten Boden des Heizungshohlraumes. Eng zusammengekauert, mit eingezogenem Kopf, der dennoch bereits an die darüberliegende Decke stieß, konnte ich im Schein meines Talglichts einen riesigen, niedrigen Raum ausmachen, der in regelmäßigen Abständen von bogenförmigen Stützen durchzogen war, auf denen der Fußboden des Refektoriums ruhte.

Alles war schwarz vom Ruß. Der Hohlraum war so niedrig, daß ich mich nur auf Ellenbogen und Bauch robbend bewegen konnte. Bevor ich meinen Platz an der Maueröffnung verließ, versuchte ich mich zu orientieren.

Zum Backofen mußte ich mich an der gegenüberliegenden Wand entlang nach rechts wenden. Ich wunderte mich aber, daß die Hypokauste noch so weit nach links reichte. Nach meiner Vorstellung mußte das Refektorium direkt über dem Kerker liegen und in etwa die Ausmaße des ganzen Kellers haben – und doch ging die Hypokaustenheizung linker Hand weit über meinen Kerker hinaus.

Ich dachte nach, was es dort zu ebener Erde noch für Gemächer geben mochte – an die Küche mit der Vorratskammer und dem kleinen Vorraum schlossen sich schon die Gemächer des Abtes an. Mir wurde klar, daß seine Räume von der Hypokanstenheizung erwärmt wurden, während er uns vor Kälte zitternden Brüdern im Winter Enthaltsamkeit und Askese anempfohlen hatte. Ich empfand Abscheu vor soviel Heuchelei.

Auf der Suche nach einem Luftaustritt, durch den ich mich vielleicht zwängen konnte, robbte ich immer weiter in die dem Backofen entgegengesetzte Richtung, mein brennendes Talglicht vor mir herschiebend. Bevor es verlöschte, entzündete ich an seiner Flamme schnell ein neues, denn ohne Licht war ich in diesem riesigen, von den unzähligen Mauerbögen durchzogenen Raum so gut wie verloren.

Endlich gelangte ich an die Mauer, die, wie ich vermutete, mit der östlichen Außenwand der Gemächer des Abtes übereinstimmte, und tatsächlich befand sich hier auch ein Luftaustritt, durch den jetzt kühle Nachtluft hereindrang. Ich stellte fest, daß er so klein war, daß ich nicht einmal meinen Kopf hätte hindurchstecken können. Dies war also kein Fluchtweg für mich, und ich mußte nun den Weg zum Backofen suchen. Ich wollte mich eben umdrehen, was in der bedrückenden Enge der Hypokauste kein leichtes Unterfangen war, als ich ganz deutlich über mir schwere Schritte und das Schlagen einer Tür vernahm.

»Ja, nun, Bernwardus, und zu unserem anderen Problem ...«, sprach eine Stimme laut und deutlich vernehmbar, und ich vermeinte zu hören, wie ein Fensterflügel geräuschvoll geschlossen wurde.

»Seid Ihr weitergekommen mit Euren Ermittlungen, Herr Visitator?« hörte ich sodann die unterwürfige Stimme unseres Abtes, und ich hielt vor Erregung den Atem an.

»Die Sache gestaltet sich schwieriger, als ich mir vorgestellt habe. Der Junge bleibt bei seiner Geschichte, sosehr ich ihm auch zusetze und drohe, und ich fürchte, ohne ein – wie soll ich sagen – etwas beeindruckenderes Vorgehen werden wir nicht mehr aus ihm herausbringen als bisher. Nun, wir werden sehen. Von seiner Geschichte glaube ich ihm jedenfalls kein Wort!«

In meinem Heizungsgewölbe konnte ich hören, wie Leonardus über mir zur Bekräftigung seiner Worte mit der Faust auf den Tisch schlug, und ich zuckte unwillkürlich zusammen. Der Abt murmelte jetzt irgend etwas, aber seine Stimme war so leise, daß ich die Worte nicht verstand. Ich kauerte mich noch enger zusammen und versuchte, mein linkes Ohr gegen die Steinplatten über mir zu pressen. Der Mann hatte offenbar keine Angst vor ungebetenen Zuhörern.

»Leider sind die Beweise gegen den Novizen gar nicht so eindeutig, wie es mir lieb wäre. Zwar sind die Sohlen seiner wollenen Socken schwarz genug – aber das alleine genügt nicht. Und mit der Aussage des anderen Novizen, dieses Schafskopfs, kommen wir auch nicht viel weiter, denn für alles, was jener gesehen hat, hat unser naseweiser junger Freund eine Erklärung – und gerade das Wichtigste hat sein Widersacher nicht gesehen: was nämlich mit der Reliquie geschehen ist! Hat er den Inhalt der Phiole gesehen? Dafür spricht allerdings das aufgehobene Siegel!«

Hier wagte Pater Bernwardus einen kleinen Einwurf: »Ja, aber wenn Martinus die Phiole geöffnet und ihren Inhalt entdeckt hat, warum hat er sie wieder so sorgfältig verschlossen und in das Geheimfach zurückgestellt? Er hätte mir seine Entdeckung doch sicherlich mitgeteilt!«

An der brüsken Stimme des Visitators konnte ich erkennen, daß dieser auf unseren Abt nicht besonders gut zu sprechen war. Fast hätte man seinen Ton unfreundlich nennen können, als er jetzt antwortete: »Für diesen Vorgang, der Euch wohl Rätsel aufzugeben scheint, gibt es drei Erklärungen, wie für alle Dinge! Entweder hat unser junger Mann gar nicht erkannt, daß die Reliquie nicht echt ist. Oder er hat es sehr wohl erkannt, war aber so verwirrt über seine Entdeckung, daß er erst in Ruhe über alles nachdenken wollte. Ober aber er hat die Situation erkannt und will sie nun ausnutzen – vielleicht hat er sogar Auftraggeber, die auf das Ergebnis seiner Nachforschungen warten, um ihm dann weitere Weisungen zu erteilen. Ich halte aus gewissen Gründen diese dritte Lösung für die wahrscheinlichste, denn wenn dem nicht so wäre, weshalb sollte unser Novize in der Nacht nach seiner Entdeckung wieder durchs Kloster schleichen? Wen wollte er treffen? Daß diesem vermaledeiten Rupertus stets das Entscheidende entgehen mußte!«

Ärgerliches Aufstampfen mit dem Fuß beendete diese Ausführungen; unser Abt murmelte wieder besänftigende Worte. Gleich darauf aber hob der Visitator von neuem an: »Für mich steht also fest, daß dieses friesische Bürschchen im Auftrag anderer bei Euch im Kloster spioniert hat, wenn er nicht sogar auf die Blutreliquien direkt angesetzt war!«

Dem Abt kam ein schlauer Gedanke, den er besser nicht ausgesprochen hätte: »Ja, aber wenn Martinus' Geschichte nun doch wahr wäre? Wenn sich wirklich alles so zugetragen hätte, wie er sagt? Es hat doch schon immer Wunder gegeben, und zwar größere als dieses!«

Unwillkürlich und trotz meiner schlimmen Lage mußte ich über den genialen Einfall des Abtes schmunzeln, denn ich ahnte, daß dieser damit die Geduld des hohen Visitators mehr strapazierte. Jetzt hätte ich um nichts in der Welt in Bernwardus' Kutte stecken mögen! Und richtig, als Leonardus antwortete, klang seine Stimme fast wie das Zischen einer Schlange, obwohl seine Worte nur so troffen vor Liebenswürdigkeit: »Bester Herr Abt, Ihr glaubt doch nicht daran, daß unser allmächtiger Gott in seiner Güte einen nichtsnutzigen Novizen für ein derart bedeutendes Wunder auswählen würde, wenn es hier Personen gibt, die sich um die christliche Religion, um Kloster, Kirche und Orden so verdient gemacht haben wie – sagen wir – Ihr?«

Natürlich war jede Art von Ironie an Bernwardus verschwendet, und dem darauffolgenden Schweigen entnahm ich, daß er die Worte des Visitators ernstlich in Erwägung zog und sich womöglich noch geschmeichelt fühlte.

»Da habt Ihr wohl recht, Herr Visitator«, begann er mit warmer Stimme, die jedoch erstarb, als der Visitator ihm auf der Stelle das Wort abschnitt.

»Hohlkopf! Ich möchte wissen, wer für Euch denkt, wenn ich nicht da bin! Ihr wißt so gut wie ich, daß sich in der Phiole kein Blut befindet – weshalb sollte unser Herr Jesu sich da die Mühe machen, einen albernen Novizen zur Anbetung derselben aufzufordern? Demnächst speist er im Kerker noch Manna und Ambrosia, und die Heilige Jungfrau leistet ihm dabei Gesellschaft! Das ist doch lächerlich, Abt!«

Bernwardus schwieg wieder, durch die rohen Worte des Visitators sicherlich tief gekränkt. Diesem Umstand schenkte der Visitator indes keine Beachtung.

»Mich beschäftigt etwas anders viel mehr«, fuhr er fort. »Ich bin mir ganz sicher, daß ich den Novizen Martinus Grootwohld schon einmal gesehen, vielleicht sogar gesprochen habe. Je mehr ich mich mit ihm befasse, desto sicherer werde ich mir. Ich kenne sein Gesicht, habe auch seine Stimme schon einmal gehört, wüßte ich nur, wo. Ein bedeutungsvolles Zusammentreffen war das sicherlich nicht, sonst könnte ich mich besser erinnern! Und doch habe ich das Gefühl, daß, wenn mir nur Ort und Umstände der Begegnung wieder einfielen, ich daraus wichtige Erkenntnisse für die ganze Angelegenheit gewinnen könnte.«

Jetzt schwiegen beide, und mir war gar nicht wohl in meiner Haut. Zum einen war es ein zwiespältiges Erlebnis, andere ungeniert über sich selbst reden zu hören; zum anderen fürchtete ich die Aufdeckung meiner wahren Identität. Die nächsten Minuten zeigten, daß diese Furcht durchaus begründet war.

»Ihr habt da einen schönen Rosenkranz, Bernwardus!« sprach der Visitator wieder, und im ersten Moment war ich froh, daß sie das Thema gewechselt hatten.

»Ja, nicht wahr?« hörte ich Bernwardus mit unverhohlen stolzem Unterton entgegnen. »Es ist die Arbeit eines Lübecker Bernsteindrehers.«

»Beim Allmächtigen! Wo hatte ich nur meine Gedanken!« rief da der Visitator aus. »Natürlich habe ich ihn schon einmal gesehen, schon einmal gesprochen, und jetzt weiß ich auch wo: der Himmel hat uns durch Euren Rosenkranz den Weg gewiesen!«

Der Abt gab einen Ausruf des Erstaunens von sich, und Leonardus sprach weiter: »Natürlich, natürlich – daß ich nicht eher darauf gekommen bin! Vor den Auslagen eines Paternostermachers war es, in der schönen Stadt Lübeck, und im Sommer des vergangenen Jahres. Ich war dort in Angelegenheiten des Ordens unterwegs, und ich muß schon sagen, prächtig ausstaffiert war Euer kleiner Novize, Bernwardus, prächtig ausstaffiert! Einen Hut trug er, so kostbar und prunkvoll, daß er eines Bischofs würdig gewesen wäre, und als ich gegenüber dem Bernsteindreher darüber eine Bemerkung machte, antwortete dieser ganz unbefangen: Sicher, sicher, denn dies war ja auch der Hut unseres Bischofs – genauer gesagt, sein Domhut! Mehr konnte ich aus dem Paternostermacher dann aber nicht herausbekommen, denn er hatte den Jüngling noch nie zuvor gesehen. Er hatte nur Krummdieks Domhut erkannt und konnte sich genausowenig wie ich erklären, wie dieses Kunstwerk aus Tuch, Pelz und Federn auf den Schädel jenes jungen Burschen gekommen war. Aus Neugier ging ich dem Jungen sogar noch einige Zeit nach, aber im Getümmel auf dem Marktplatz verlor ich ihn aus den Augen. Jetzt wünsche ich mir allerdings sehr, ich hätte mich aufmerksamer an seine Fersen geheftet und wäre ihm bis zu seiner Unterkunft gefolgt – dann wüßten wir jetzt mehr.«

Der Visitator schwieg nachdenklich, und ich lag reglos und todunglücklich in meinem Versteck. Mir war schlagartig klar geworden, daß meine Flucht gelingen mußte, und zwar noch in dieser Nacht. Ein weiteres Verhör des Visitators würde ich nun nicht mehr überstehen.

Über mir meldete sich mit zaghafter Stimme wieder unser Abt zu Wort: »Aber eigentlich darf man aus dem allen doch schließen, daß zwischen unserem Martinus und dem Lübecker Bischof irgendeine Verbindung besteht – denn wie sollte dessen Hut sonst in den Besitz des Jungen gelangt sein?«

»Ihr denkt heute recht schnell!« sprach der Visitator mit ätzendem Spott. »Was meint Ihr, warum ich so nachdenklich bin, Bernwardus? In der Zeit, in der Ihr einen Schritt gemacht habt, habe ich schon den zweiten und dritten getan, und das Ergebnis ist alles andere als erfreulich. Wenn zwischen Krummediek und Eurem Novizen eine Verbindung besteht, dann hat der Junge die Nachforschungen mit Sicherheit auf dessen Veranlassung betrieben, und das heißt, daß der Bischof aus irgendwelchen Gründen ahnt, daß mit der Reliquie etwas nicht stimmt. So, und was, denkt Ihr, ist das erste, was der Junge getan hat, nachdem er die falsche Reliquie entdeckte?«

Bernwardus schwieg, offensichtlich überfordert, und Leonardus war gezwungen, seine eigene Frage zu beantworten, was er sicherlich nicht ungern tat. »Er hat natürlich versucht, den Bischof zu verständigen, ihm eine Botschaft zukommen zu lassen, das ist doch klar! Und genauso klar ist, daß er dafür nur an einem einzigen Tage Zeit hatte. Das war nämlich der Tag, nachdem er die Reliquie untersucht hatte und bevor wir ihn in den Kerker gebracht haben. Wenn wir einmal annehmen, daß es dem Jungen gelungen ist, seine Botschaft irgendwie auf den Weg zu schicken – und dafür spricht das von Rupertus beobachtete Verschwinden in der folgenden Nacht –, dann kann jeden Moment Hilfe für Martinus eintreffen! Und was tun wir dann?«

»Das wäre ja grauenvoll!« entfuhr es meinem gottesfürchtigen Abt.

»Das wäre es in der Tat!« entgegnete Leonardus kalt. »Drum wollen wir es ja gar nicht soweit kommen lassen! Martinus muß weg, und zwar schnell. Ich schlage vor, daß wir bei etwaigen Nachforschungen einfach sagen, er sei aus uns unbekannten Gründen aus dem Kloster geflüchtet, und wir wüßten nicht, was aus ihm geworden sei.«

»Und was machen wir mit ihm?« fragte Bernwardus atemlos.

»Wißt Ihr das nicht selbst? Es gibt nur eine einzige Lösung – eine Lösung allerdings …«, hier senkte er die Stimme zu einem Flüstern, so daß ich ihn kaum verstehen konnte, »… die vor rund hundertzwanzig Jahren schon einmal von einem Eurer Vorgänger zum Wohle von Kloster und Orden gewählt worden ist.«

Eine offensichtlich bedeutungsvolle Pause folgte. Dann sprach Bernwardus mit kleiner, dünner Stimme: »Ihr meint das Warder? Ihr wollt ihn doch wohl nicht dort beerdigen?«

»Habt Ihr eine bessere Lösung?« fragte der Visitator scharf. »Das Warder wird außer von ein paar Fischern aus dem Klosterdorf von niemandem betreten, und auch die bleiben immer nur am Strand und sehen nach ihren Netzen. Dort wird man niemals irgendwelche Spuren finden – genausowenig wie von dem anderen neugierigen Bruder, dessen Gebeine dort seit über hundertzwanzig Jahren friedlich und ungestört dem Jüngsten Tag entgegenschlummern!« Der Visitator lachte kurz und trocken auf. »Damals hat der Abt zum Wohle vieler die einzig richtige Entscheidung getroffen, und der Orden hat ihm die … Erledigung der Dinge auch nie zum Vorwurf gemacht; im

Gegenteil, man war höchst erbaut über die gelungene Abwicklung … Also seid Ihr nicht kleinmütig, Bernwardus, die gute Sache will's, und der Zweck heiligt bekanntlich die Mittel! Oder wollt Ihr, daß in ein paar Jahren im Kreuzgang das Gras wächst und im Klosterhof die Kühe weiden?«

Den Rest ihrer Unterhaltung erfuhr ich nie. Die letzten Sätze des Visitators hatten mich in helle Angst versetzt, und zum erstenmal in meinem Leben fühlte ich mich ernstlich in Gefahr. Natürlich war ich mir bisher auch immer einer gewissen Gefahr bewußt gewesen, und ich will ehrlich sein, sie hatte meinem Auftrag einen besonderen Reiz verliehen: die nächtlichen Treffen mit Vincent, meine Pirschgänge in Bibliothek und Klosterkirche … Aber nun war etwas eingetreten, womit ich eigentlich niemals wirklich gerechnet hatte: ich war tatsächlich in Lebensgefahr, denn man plante dort über mir im Gemach des Abtes meinen Tod, als ginge es um den Ankauf eines Fischteichs! Mir wurde schlagartig klar, daß ich die Gefährlichkeit des Unterfangens bis zu diesem Zeitpunkt erheblich unterschätzt hatte. Irgendwie – und das gestand ich mir ein – hatte ich bis zu dieser Stunde trotz aller Beweise und Entdeckungen doch nicht so recht geglaubt, daß in einem Kloster, noch dazu in diesem angesehenen Konvent, unter der Kuratel des bedeutendsten aller Orden, solche Verbrechen ausgeübt werden wie der Betrug an den Gläubigen mit der falschen Reliquie, ganz zu schweigen von dem, was sich nun eindeutig als Mord an einem armen Mönch herausgestellt hatte.

Es schien mir unfaßbar, daß hier ein Mönch hatte sterben müssen, weil er der falschen Reliquie auf die Spur gekommen war – wer würde meinem Onkel und mir diese ungeheuerliche Geschichte glauben? Etwas anderes wäre es natürlich, wenn man unwiderlegbare Beweise hätte, mehr als bloße Bibelzitate, deren Sinn sich nur dem Eingeweihten offenbarte, mehr als alte Botschaften und Eintragungen in Klosterannalen.

Und nun hatte mir der Visitator selbst die Existenz eines derartigen Beweises verraten: auf dem Warder schlummere das arme Opfer dem Jüngsten Tag entgegen – das hieße ja, daß die Gebeine des Unglücklichen dort noch immer ruhten und auch gefunden werden konnten! Meine Angst war prompt vergessen. Voller Erregung wollte ich mich aufrichten und schlug mit dem Kopf schmerzhaft gegen die niedrige Decke, die ich in meinem Eifer für einen Moment vergessen hatte. In aller Eile legte ich mir einen Plan zurecht, während ich ein neues Talglicht anzündete und durch die Fußbodenheizung in die entgegengesetzte Richtung kroch – dorthin, wo ich den einzigen offenen Ausschlupf für mich vermutete: zum Backofen.

Es dauerte ewig, bis ich die schwere eiserne Klappe entdeckte, die die Öffnung der Hypokauste zum Kamin verschloß. Mir war inzwischen der Angstschweiß ausgebrochen, denn ich konnte meiner Phantasie nicht Einhalt gebieten und stellte mir während meines dunklen und beschwerlichen Weges lebhaft vor, wie ich mich in der Hypokauste verirrte und nicht mehr hinausfände und wie mich Rauch und Hitze in der Heizung dann langsam räuchern und rösten würden.

Mein Herz schlug heftig: was war, wenn die Eisenklappe, mein einziger Ausgang in die Freiheit, von außen verriegelt war? Aber ich hatte Glück. Die schwere große Klappe hing derart in den Angeln, daß sie durch ihr bloßes Gewicht den Raucheintritt zur Hypokaustenheizung verschloß und Rauch und Hitze den Weg durch den Schlot himmelwärts freigab. Klappte man die Tür hingegen hoch und verriegelte sie in dieser Stellung, schloß sie den Schornstein fest ab, so daß die heiße Luft vom Ofen ihren Weg durch den Heizraum nahm.

Da die Hypokaustenheizung wegen des warmen Wetters in den letzten Tagen nicht benutzt worden war, hing die schwere Klappe vor der Heizungsöffnung herunter, und als ich voller Angst und Spannung dagegen drückte, schwang sie nach außen auf. Vor Erleichterung schloß ich die Augen und sprach ein kurzes Dankgebet, und dann robbte ich auf Ellenbogen und Knien, mit eingezogenem Kopf, durch die Öffnung ins Freie.

Ich fand mich im Rauchabzug oberhalb des Backofens wieder und hockte dort wie eine Katze auf den immer noch warmen Steinen. Mit einem dumpfen metallischen Klang fiel die Rauchklappe hinter mir zu, und ich hoffte inständig, daß niemand das Geräusch hörte oder ihm Bedeutung beimessen werde. So wartete ich ein, zwei Minuten mit angehaltenem Atem, ob sich etwas tat; erst dann kletterte ich den gemauerten Backofen hinunter. Fast wäre ich noch in einem der gewaltigen Tröge gelandet, in denen der Brotteig auf seine Fertigstellung wartete.

Ich schätze, daß es ungefähr Mitternacht sein mußte. Mein Talglicht hatte ich aus Angst vor Entdeckung ausgelöscht, aber im Schein einer Öllampe an der Wand konnte ich erkennen, daß meine Hände und Unterarme schwarz vor Ruß waren. Sicher sahen auch Gesicht und Haare nicht viel anders aus, und in meiner beschädigten Kutte mußte ich einen eigenartigen Anblick abgeben. Wenn mich jetzt Rupertus sähe, würde er bestimmt glauben, der Leibhaftige stünde vor ihm!

Ich verließ die Bäckerei, so schnell das trübe Licht es zuließ, und betrat die danebenliegenden Vorratsräume, denn ich wußte von Vincent, daß von dort eine Treppe ins Freie jenseits der Klostermauern hinaufführte. Diese Räume lagen wieder völlig im Dunkeln, und ich nahm kurzerhand die kleine Öllampe aus der Backstube von ihrem Halter an der Wand und beleuchtete meinen Weg zwischen den Mehlsäcken hindurch. Hier, zwischen Pökelfleisch und eingelegtem Gemüse, zwischen Schinkenseiten, Würsten, Käselaiben, zwischen Weinfässern und Bierbottichen, wurde mir bewußt, wie groß eigentlich der Wohlstand dieses Klosters war und was es seinen Bewohnern – gemessen an der Armut unserer Tagelöhner und Lehensbauern – doch für ein behagliches Leben ermöglichte. Fast tat es mir leid, die Tür aufzustoßen, die mich unwiderruflich hinausführen würde aus dieser geborgenen Welt, fast kamen mir Skrupel, durch mein Vorgehen diese wohlfunktionierende kleine Gemeinschaft zu zerstören, in der einem nichts geschehen konnte, solange man sich an den Rahmen von Bibel und Ordensregel hielt. Und doch hatte das Böse den Zutritt auch in dieses abgeschiedene und einsame Kloster gefunden ... Ein kalter Schauder lief mir über den Rücken, ich entriegelte die Tür und stieg langsam die abgetretenen Stufen der Außentreppe empor.

Es war eine milde, für April erstaunlich warme Nacht, und ich überlegte, wie lange es wohl her sein mochte, seit ich zum letztenmal draußen gewesen war. Ich dachte an meine Reise von Lübeck nach Cismar und mußte unwillkürlich lächeln. Wie ahnungslos war ich frohen Mutes in mein Abenteuer hineingewandert, ohne Vorstellung, welche Gefahren meiner harrten!

Die süße nächtliche Luft tat gut. Ich nahm ein paar tiefe Atemzüge und spürte, wie die Kraft in mich zurückkehrte. Frischen Mutes folgte ich einem ausgetretenen Pfad, der mich zur Brücke über den Klostergraben führte. Ich verhüllte die Öllampe mit meinen weiten Ärmeln und überquerte so schnell wie möglich, die dunklen Schatten der Bäume ausnutzend, die Brücke. Dann folgte ich dem hohen Wall zwischen Wiek und Klostergraben bis zu einer Stelle, wo eine weitere Brücke über den Außengraben zum Klosterhafen führte. Alles war still; niemand begegnete mir auf dem Wall und auf dem Weg. Die Fischer würden erst später kommen, kurz vor Morgengrauen, um hinauszufahren, und so konnte ich in aller Ruhe nach dem suchen, was ich brauchte: einem handlichen kleinen Kahn.

Die meisten Boote schaukelten, auf dem Grund mit Steinen verankert, im seichten Wasser des Uferbereichs. Ich schürzte meine Kutte und stieg mit rußigen Füßen ins kalte Wasser. Nun brauchte ich nur noch meine Wahl zu treffen, was sich als nicht so einfach erwies. Zum Teil waren die Boote voller Gerätschaften für den Fischfang, und zum Teil fehlten die Riemen.

Endlich hatte ich einen ziemlich kleinen Kahn entdeckt, der etwas abseits schaukelte. Ein Boot dieser Größe konnte ich – das wußte ich aus Erfahrung – leicht selbst bewegen. Die Netze und Fischbehälter im Boot trug ich kurzerhand an den Strand. Dafür stellte ich meine Öllampe im Boot ab und sicherte sie mit altem Tauwerk, damit sie nicht umfiel. Dann machte ich mich auf die Suche nach einem Paar passender Riemen, die ich endlich unter einem der windschiefen Fischerschuppen fand. Ich sah mich noch einmal nach allen Seiten um, löste das Boot von seiner Verankerung und ruderte mit langsamen, leisen Schlägen in die dunkle Bucht hinaus. Mein Ziel war das Warder. Ich erinnerte mich, daß ich in der Klosterbucht eine Handvoll winziger Inselchen gesehen hatte, aber es gab nur eine, die meines Wissen groß genug war, um darauf eine Leiche zu vergraben, ohne befürchten zu müssen, daß sie vom nächsten Sturm freigelegt würde. Ich erinnerte mich allerdings, daß dieses Warder ziemlich weit draußen in der Klosterbucht lag, fast an den Sandzungen, die die Bucht in weiten Teilen von der offenen See trennten. Ich mußte also rudern und Ausschau halten, und das war gar nicht so leicht miteinander zu vereinbaren.

Als ich langsam den Schutz der hohen, baumbestandenen Ufer verließ, merkte ich, daß ein frischer Südwind blies; unangenehme, spitze Wellen schlugen gegen meinen Kahn und bespritzten mich. Auch mußte ich vom Klosterhafen aus mehr oder minder in südöstliche Richtung halten, so daß ich zunächst den Eindruck hatte, gegen Wind und Wellen kaum voranzukommen.

Schnell geriet ich ins Schwitzen, zog mir die Kutte über den Kopf und ruderte im Unterkleid weiter. Über mir stand ein matter gelber Mond, der in den nächsten Tagen voll sein würde. In seinem milchigen Licht konnte ich auch entferntere Umrisse ausmachen, und so hatte ich bald den langgestreckten, flachen Rücken des großen Warders entdeckt.

Noch war ich nicht allzuweit vom Ufer entfernt, denn durch das Klatschen der Wellen, das Knarren der Riemen und das Rauschen, wenn eine steilere Welle in meiner Nähe brach, konnte ich deutlich die Glocken der Klosterkirche hören, die zur Andacht läuteten. Das mußte die Vigil sein; also war es jetzt zwei Stunden nach Mitternacht, und mir blieben bis zum ersten Morgengrauen noch knapp zwei Stunden.

Ich verdoppelte meine Anstrengungen, aber es schien, als seien Wind und Wellen gegen mich und machten mir den Weg zum Warder so schwer wie möglich. Außerdem zogen allmählich dunkle Wolken am Himmel auf und verschluckten nach und nach die Sterne und den Mond. Endlich, als meine Handflächen vom Rudern schon ganz wund waren und mir Arme und Rücken schmerzten, erreichte ich den Windschatten nördlich der kleinen Insel, und das Wasser beruhigte sich.

Die langen Stellnetzreihen umfingen mich wie ausgestreckte Arme; ich bahnte mir vorsichtig meinen Weg hindurch. Eine verschlafene Möwe, die auf einem der Pfähle ruhte, erhob sich mit ein paar Flügelschlägen in die Nacht. Da berührte ich mit den Spitzen meiner Riemen auch schon den Grund, und gleich darauf scharrte der Kiel des Bootes über den sandigen Boden. Ich streifte mir die Kutte wieder über, nahm meine immer noch brennende Lampe und watete zum Ufer. Es fielen die ersten dicken Tropfen eines warmen Frühlingsregens.

So stand ich am Strand des Warders, in dem nun schon gleichmäßig fallenden Regen und vor der Aufgabe, mit meiner Ölfunzel die kleine Insel nach einem Hinweis abzusuchen, der auf das Vorhandensein eines Grabes schließen ließ. Das Warder erschien mir auf einmal erheblich größer, als ich es mir ausgemalt hatte. In meiner Vorstellung in der Hypokaustenheizung hatte alles so leicht ausgesehen – ein winziges, übersichtliches Inselchen, gekrönt von einer Grabstätte mit einem Kreuz und dem Namen »Raphaelus« darauf …

In Wirklichkeit stand ich auf einem Eiland, das gut hundert Schritte von Ufer zu Ufer maß und mindestens hier am Rand von einem undurchdringlichen, stachligen Dickicht aus Brombeergesträuch, Heckenrosen, Disteln und Brennesseln bedeckt war. Ziemlich entmutigt ging ich am Strand entlang, das Gestrüpp nach einer Stelle absuchend, an der ich mich ohne größeren Schaden für Körper und Kutte hindurchzwängen konnte.

Am Strand gab es einige Hinterlassenschaften der Fischer, Reste eines Lagerfeuers, ein, zwei beschädigte Fischkisten und altes Netzwerk. Schließlich entdeckte ich auf der der Küste zugewandten Seite des Warders einen sehr schmalen, offenbar kaum begangenen Pfad, der auch eine Karnickelspur hätte sein können. Auf ihm zwängte ich mich durch das dornige Dickicht, schon halb erwartend, auf dem gegenüberliegenden Strand wieder herauszukommen. Aber als Gestrüpp und Sträucher mich endlich freigaben, stellte ich fest, daß ich mich im Innern des Warders befand. Hier gediehen im Windschutz der dichten Büsche einige verkrüppelte Bäumchen; Flechten, Heidekraut und Gräser bedeckten den sandigen Boden. Eigentlich gab es hier nur eine einzige ebene Stelle, die für die Aushebung eines Grabes einigermaßen geeignet war, und diese gedachte ich zu untersuchen.

Ich stellte meine fast verlöschende Lampe ab, ließ mich auf die Knie nieder und begann, den Boden von Heidekraut und Disteln zu befreien.

An Schultern, Rücken und Kapuze war meine Kutte schon feucht und schwer vom Regen. Es dauerte eine Weile, bis ich den Boden soweit freigelegt hatte, daß ich tiefer graben konnte. Da erst merkte ich, daß ich außer meinen immer noch rußigen Händen kein Werkzeug bei mir hatte, was mein Vorhaben erheblich erschwerte.

Ich rief mir in Erinnerung, was ich an brauchbaren Gegenständen auf dem Warder gesehen hatte, und verfiel auf die Idee, eines der Ruder als Schaufel zu benutzen. Ich holte es mir also aus dem Boot und arbeitete mich mit meinem schwerfälligen Werkzeug nach und nach tiefer in die Erde hinein. Später benutzte ich noch ein Stück Holz, das ich am Strand gefunden hatte, um die Grube weiter auszuschachten, und allmählich dämmerte tatsächlich der Morgen herauf: ein trüber, grauer, sonnenloser Tag. Als ich im zunehmenden Licht die schweren Wolken erkennen konnte, die der Südwind über den Himmel trieb, war mir klar, daß der Regen noch lange nicht aufhören würde.

Ich war inzwischen völlig durchnäßt, die schwere Kutte klebte an meinem Körper und behinderte mich beim Graben. Als ich fast schon daran dachte, aufzuhören, weil mir mein Vorhaben zu aussichtslos erschien, stieß ich beim Ausscharren auf einen Widerstand, der kein Stein sein konnte. Vorsichtig entfernte ich den Sand mit den Händen – und da zuckte ich zurück: ich erkannte die sandigen Falten eines verblichenen schwarzen Wollstoffs – ein Stoff, ganz ähnlich wie der, aus dem meine eigene Kutte gewebt war …

Das Herz schlug mir bis zum Halse, und ich mußte mich erst überwinden, bevor ich in der Lage war, mehr von dem Gewand freizulegen. Es war eindeutig die Kutte eines Mönches, die ein menschliches Skelett bedeckte. Ich wollte nicht mit bloßen Händen den ganzen Körper ausgraben und begnügte mich deshalb damit, den Sand vom Oberkörper der Leiche zu entfernen. Auf den Rippen des Toten lag, in den verrottenden Falten der Kutte fast verborgen, ein schwärzlich angelaufenes Kruzifix aus Silber von altmodischer Machart, das der Mönch offenbar an einer Kette um den Hals getragen hatte, von der jetzt nur noch Fragmente übrig waren. Ich mußte meine schauerliche Arbeit wieder unterbrechen, um frische Kraft zu schöpfen und dem Anblick des Toten von neuem begegnen zu können.

Inzwischen mußte die Sonne längst aufgegangen sein, aber am Himmel war kein Zeichen davon zu sehen. Der

Morgen blieb grau, und aus dem verhangenen Himmel fiel weiterhin Regen. Die Möwen waren jetzt erwacht, drehten lustlose Runden in der Nässe und schimpften über meine Anwesenheit auf dem Warder, auf dem einige von ihnen vielleicht nisteten. Einmal kam ein Karnickel aus seinem Bau und sah mir aus sicherer Entfernung bei meiner ungewöhnlichen Tätigkeit zu. Tief Atem holend, wandte ich mich wieder meiner grausigen Entdeckung zu und hatte das Schlimmste vor mir: den Kopf des Opfers freizulegen. Es graute mir davor, den Schädel bloßzulegen und mit meinen Händen zu berühren. Deshalb trennte ich ein Stück Stoff von meiner Kutte ab und benutzte es, um Sand und Erde aus dem Gesicht des Toten zu entfernen. Schließlich war es geschafft, und ich wischte mir mit dem Handrücken Schweiß und Regen aus den Augen. Dann zwang ich mich, den Kopf des Toten ruhig und aufmerksam zu betrachten.

Es war ein entsetzlicher Anblick: die Schädeldecke des armen Mönches war völlig zertrümmert – offenbar hatte jemand in großer Wut mit einem schweren Gegenstand auf ihn eingedroschen. Übelkeit stieg in mir auf, und ich mußte mich wieder für einen Augenblick abwenden. Raphaelus. So hatte ich ihn also gefunden *»Grauen und Todesfurcht ist auf mich gefallen«* hatte er in der Heiligen Schrift markiert und *»Ich hoffe auf den Herrn, darum werde ich nicht fallen«*. Sein Grauen und seine Todesfurcht waren begründet gewesen, seine Hoffnung auf Errettung hingegen nicht. Einige Regentropfen liefen über das knöcherne Gesicht und in die leeren Augenhöhlen, und es hätten genausogut meine Tränen sein können.

Ich konnte den Anblick des Toten nicht mehr ertragen. Ich stürzte durch das Dickicht zum Strand. Der Regenvorhang war so dicht, daß er die Küste, an der Cismar lag, dem Blick verbarg. Und dort, auf dem einsamen, nassen Strand überkam mich auf einmal das ganze Elend dieser Geschichte. Ich sank auf die Knie, ich schlug mit den Fäusten auf den Boden und weinte, weinte.

Ich weinte um Raphaelus, dessen Leben hier in Cismar ein so trauriges Ende gefunden hatte, um seinen betrogenen Glauben, seine unerfüllten Hoffnungen. Ich weinte schließlich um alle, die sich in christlicher Ehrfurcht und gläubigem Vertrauen unter Opfern auf die mühevollen Pilgerfahrten gemacht hatten, nur um einmal die heilige Blutreliquie zu sehen – die nichts war als ein Fetzen Stoff zweifelhafter Herkunft.

Darauf gründete sich der unermeßliche Reichtum dieses verfluchten Klosters! Und sie hatten es gewußt! All die Äbte seit Raphaelus und der Orden dazu! Über hundertzwanzig Jahre lang war Betrug an den Pilgern und der Verrat des christlichen Glaubens in voller Absicht begangen worden! Es war gelogen, betrogen, gemordet worden, und Gott hatte zugesehen, hatte zugelassen, daß man diesen armen Mönch, der dort in seiner feuchten Grube lag, auf so grauenvolle Weise umbrachte!

»Denn du, Herr, bist meine Stärke!«

»Was bist du für ein Gott, daß du so etwas geschehen läßt?« fragte ich. »Wo bist du, Herr? Bist du genauso ein Trugbild wie die heilige Blutreliquie?«

Der Regen fiel unaufhörlich.

»Sende mir ein Zeichen«, rief ich in den grauen Himmel, »hilf mir, daß ich an dich glauben kann, ich bitte dich, Herr! Erbarme dich meiner!« Regen und Tränen liefen mir übers Gesicht; es machte mir nichts aus. Das Schweigen rings um mich war indes unerträglich. Nur der Regen rauschte, und kleine, träge Wellen versiegten lautlos im Sand. Ich kam mir unsagbar verlassen vor.

»Ich brauche dich, Herr!« rief ich abermals. »Ich bin verzweifelt! Ich falle immer tiefer, rette mich, gib mir doch ein Zeichen!«

Und wahrlich, der Herr gab mir ein Zeichen. Ich hatte sie nicht kommen hören; sie mußten sich mir leise von hinten genähert haben. Als sich die schwere Hand auf meine Schulter legte, schrie ich vor Schreck auf, im ersten Moment dachte ich, der Herr habe tatsächlich mein Gebet erhört und mir einen himmlischen Boten gesandt. Aber als ich den Kopf drehte, sah ich, wen der Herr mir gesandt hatte: es war der Visitator, und in geringer Entfernung standen breitbeinig zwei Knechte. Alle drei hatten blanke Schwerter in der Hand.

Nun, Martinus

»Nun, Martinus«, sprach der Visitator, »wie mir scheint, hast du entgegenkommenderweise die Stätte deines Grabes bereits freiwillig aufgesucht und uns dadurch einiges an Aufsehen, Ärger und Anstrengungen erspart! Und nun wollen wir es schnell hinter uns bringen ...«

Seine Stimme drang wie durch dichten Nebel nur langsam in mein Bewußtsein, und es dauerte einige Augenblicke, bis ich die Bedeutung seiner Worte erfaßt hatte. Im Nu war ich wieder zu mir gekommen. Was immer er mit mir vorhatte, ich war nicht bereit zu sterben, und ich würde mein Leben so teuer wie möglich verkaufen. Ich spannte alle Muskeln meines Körpers an und sprang plötzlich auf, schüttelte die Hand des Visitators von der Schulter ab und stürzte mich, ohne auf Dornen und Stacheln zu achten, ins Gestrüpp. Damit hatte der Visitator nicht gerechnet. Er stand für einen Moment wie erstarrt, und dann brüllte er: »Fangt ihn, so fangt ihn doch, ihr Narren! Er darf uns nicht entkommen!«

Und schon stürzten sie schwerterschwingend mir nach. Es dauerte nicht lange, und sie näherten sich der Stelle, wo ich mich im Dickicht versteckt hielt, von drei Seiten kamen sie auf mich zu und hieben wütend auf Ranken und Zweige ein. Wieder mußte ich flüchten, und ich brach aus dem Buschwerk hervor auf den Platz im Inneren des Warders, dorthin, wo das offene Grab war.

Sofort hatte ich die drei wieder auf den Fersen. Ich sprang auf die andere Seite des Grabes, und meine Verfolger hielten einen Moment erschreckt inne, als sie dort den verwesten Leichnam in der zerfallenen Kutte liegen sahen. Leonardus indes warf nur einen kurzen Blick darauf.

»Hast du ihn also gefunden, du verfluchter kleiner Spitzel!« schrie er mich an. »Und wie praktisch für uns! Dort« – er deutete nach unten auf die vermoderte Leiche – »wirst du auch gleich liegen und in Kürze genauso aussehen! Also los, Burschen, auf ihn!«

Schnell bückte ich mich nach dem langen Riemen, mit dem ich die Grube ausgehoben hatte und er immer noch auf der Erde neben dem Grab lag. Dann biß ich die Zähne zusammen, überwand den Widerwillen, der mich erfüllte, griff den Riemen fest am Ende und rammte ihn mit aller Kraft und für meine Angreifer völlig überraschend dem einen der beiden Knechte wie eine Lanze in den Leib.

Der schrie vor Schmerzen, ließ sein Schwert fallen, sank auf die Knie und blieb regungslos neben dem offenen Grab liegen. Bevor die beiden anderen Angreifer mich daran hindern konnten, sprang ich über die Grube, ergriff das Schwert des Gefallenen mit beiden Händen und stellte mich zum Kampf.

Wie oft hatte ich in Lübeck mit den Leuten des Oheims den Schwertkampf geübt – ohne diese Übungen wäre ich jetzt verloren gewesen. Der Onkel mußte damit gerechnet haben, daß ich bei der Erfüllung meiner Aufgabe vielleicht auch einmal um mein Leben zu kämpfen hatte, und trotzdem hatte er mich dieser Gefahr ausgesetzt und in diese Schlangengrube geschickt! Ich mußte alle diese verfluchten Intrigen, die Betrügereien, das Verbrechen von einst jetzt ausbaden und vielleicht noch mit meinem Leben dafür bezahlen! Eine große Wut stieg in mir auf, Wut auf den Oheim, Wut auf den Konvent, all die Heuchler und Betrüger, die Mörder von einst – und die beiden, die mir jetzt gegenüberstanden, ohne weiteres bereit, mich zu töten, nur um Lug und Trug weiter aufrechtzuhalten. Die Wut verdoppelte meine Kräfte, und ich hieb wie rasend auf meine Widersacher ein. Ich hatte die Behendigkeit der Jugend, aber der Knecht war mir an Körperkraft überlegen, und Leonardus war ein listiger und verschlagener Kämpfer, an dessen Erfahrung ich nicht heranreichte.

Es war ein ungleicher Kampf. Teils drangen sie beide auf mich ein, teils ruhte sich der eine oder der andere für einen Moment aus, um danach mit neuer Kraft auf mich einzudreschen. Immer wieder versuchten sie, mich in die Zange zu nehmen. Ich fühlte, wie meine Kräfte allmählich schwanden, wie meine Sprünge langsamer und meine Hiebe matter wurden. Immer öfter mußte ich Atem schöpfen. Da erhob sich auch noch der andere Knecht vom Boden, kam auf mich zugetaumelt, jetzt seinerseits mit dem langen Riemen bewaffnet.

»Nun, Martinus«, rief der Visitator höhnisch und führte einen gewaltigen Streich gegen mich, der mir die Kutte über der Brust zerfetzte und die Haut darunter aufritzte. »Gib endlich auf, und wir bereiten dir ein gnädiges Ende!«

»Das würde ich an deiner Stelle nicht tun, Marten!« rief da eine mir wohlbekannte Stimme, und aus dem Dickicht zu meiner Linken brachen mehrere bewaffnete Männer, allen voran Vincent.

»Vincent!«

»Zurück, Marten!«

Unverzüglich griffen die Männer Leonardus und seine beiden Knechte an, die aus der Rolle der Sieger in die der Verlierer gedrängt wurden: trotz verzweifelter Gegenwehr, die einem Mann auf jeder Seite das Leben kostete, mußten sie aufgeben. Leonardus und dem übriggebliebenen Knecht – es war der, dem ich das Ruder in den Magen gerammt hatte – wurden die Waffen abgenommen und Fesseln angelegt. Sie lagen auf dem Boden.

Ich selbst hockte auf dem Erdaushub neben Raphaelus' Grab und zitterte am ganzen Leibe. Meine Wunde brannte, und die Kutte war an der Stelle naß von Blut. Ich begriff nur allmählich, daß ich in letzter Minute gerettet worden war. Und erst jetzt fiel mir auch auf, daß Vincent nicht mehr die Kutte der Laienbrüder trug, auch nicht die der Franziskaner, sondern ein kunstvoll geschmiedetes Kettenhemd über engen Beinkleidern aus dickem Hirschleder. Um den Arm hatte er ein rot-weißes Band gewunden. Auch die Männer, die mit ihm gekommen waren, waren in die Farben Rot und Weiß gekleidet, die Farben des Lübecker Bischofs.

Ich verstand das alls nicht mehr. Ich fühlte mich müde, unendlich müde und ausgebrannt. Die Vorgänge um mich herum berührten mich kaum noch. Ich sah teilnahmslos zu, wie die Gefangenen in ein größeres Boot gebracht wurden, mit dem die Männer offensichtlich gekommen waren. Der Kampfplatz lag verlassen da, übersät von tiefen Fußabdrücken, in denen sich langsam der Regen sammelte.

»Du hast das sehr brav gemacht und dich wacker geschlagen, Marten! Dein Onkel ist bereits des Lobes voll über dich, und wenn er hiervon erfährt, wird er gar bersten vor Stolz! Nun mach nicht so ein trübsinniges Gesicht, es gibt doch allen Anlaß zur Freude! Der Bischof wird der falschen Reliquie die Echtheit aberkennen, und der Betrug in Cismar hat ein Ende.«

Ich antwortete Vincent nicht, sondern blickte nur traurig auf den zerschmetterten Schädel des armen Raphaelus. Vincent deutete meine Blicke falsch.

»Und der arme Teufel hier wird in geweihtem Boden zur letzten Ruhe gebettet, mit einem schönen Grabkreuz und seinem Namen darauf! Nun komm, Marten, wir wollen diesen Ort endlich verlassen, und deine Wunde sollte auch versorgt werden.«

Schwerfällig erhob ich mich und ließ mich von Vincent zum Boot führen. Die Ruderer tauchten die Riemen ein, langsam blieb das Warder hinter einem Schleier von Regen zurück. Und was immer ich auch später tat, ich konnte nichts daran ändern, daß auch ein Teil von mir dort zurückgeblieben war, auf jener kleinen Insel im niemals endenden Regen.

Was noch zu sagen wäre

Was noch zu sagen wäre, ist dieses: Ich habe das Kloster nie wieder betreten und mich standhaft geweigert, als sie mich zur Behandlung meiner Wunde dorthin bringen wollten. So mußte mir Vincent eine Unterkunft im Dorf besorgen, und dort blieb ich, bis meine Wunde geheilt war, den Blick stets von der Klosterkirche abgewandt. Oft saß ich allein am Strand und suchte weit draußen in der Bucht die schemenhaften Umrisse des Warders.

Vincent weilte als Gesandter des Bischofs von Lübeck weiterhin im Kloster, allerdings im schön eingerichteten Besucherhaus und nicht mehr im Schlaftrakt der Laienbrüder.

Er besuchte mich oft und erzählte mir, was ich noch nicht gewußt oder erraten hatte. Er war kein Mönch, sondern nannte sich Herr von Uhlentorp: ein alter Freund und Vertrauter meines Onkels. Aus Freundschaft hatte er die Rüstung mit der Kutte vertauscht, um ihm in dieser Tarnung behilflich zu sein, denn der Oheim wollte keinen seiner Kirchenleute ins Vertrauen ziehen.

Vincent war nach unserem letzten Treffen an der Tür des Klosterkerkers sofort nach Lübeck aufgebrochen, angeblich im Auftrag des Cellerars, so daß der unbedeutende Laienbruder von niemandem vermißt worden war. Onkel Albert hatte sich hocherfreut über die Aufdeckung des alten Betruges gezeigt und wäre am liebsten selbst gleich nach Cismar mitgekommen.

Aber zwischen Ostern und Pfingsten war er in Lübeck unentbehrlich, und so hatte er Vincent mit einer Vollmacht und einigen Männern zurückgeschickt, um mich aus dem Kerker zu befreien. Er verlangte, sofort den Abt zu sprechen. Dieser weigerte sich jedoch und schob einige Ausreden vor, so daß der von dem langen Ritt Ermüdete die Angelegenheit auf den nächsten Morgen verschob und sich zur Ruhe niederlegte.

Am Morgen, in aller Frühe, wollte er aber als erster zu

mir ins Klostergefängnis, um mir Mut zuzusprechen und mich auf die baldige Befreiung vorzubereiten. Wie staunte Vincent aber, als die Tür zum Kerker weit offenstand und er im Gewölbe zwar ein Loch in der Wand, aber keinen Gefangenen fand! Er blickte kurz in die dunkle Höhle der Hypokaustenheizung, dachte sich seinen Teil und ging zum Backofen, von wo aus tatsächlich einige rußige Spuren zu den Vorratsräumen und der Außentür führten.

Aber nachdem die Kerkertür offenstand, mußte man meine Flucht also schon entdeckt haben. Vincent suchte schnurstracks den Abt auf und ließ sich diesmal nicht abweisen: er sagte ihm vielmehr die Anschuldigungen auf den Kopf zu und verlangte energisch zu wissen, wo ich mich befand und wer mich verfolgte. Bernwardus stellte sich zunächst ahnungslos und erklärte, mein Fall sei eine Angelegenheit des Visitators, und er wisse nichts, aber Vincent drohte ihm schließlich mit Gewalt, und nach und nach kam die Wahrheit ans Licht: Nachdem Vincent als Gesandter des Bischofs in der Nacht so energisch nach dem Abt verlangt hatte, hatten Bewardus und Leonardus sich noch einmal beraten und beschlossen, mich vorsichtshalber an einen Ort zu bringen, der sicherer war. Mit den zwei Knechten gingen sie zum Klosterkerker – und fanden ihn leer. Ähnlich wie Vincent hatten auch sie sofort den richtigen Schluß gezogen: daß ich durch das Loch in der Wand meinen Weg in die Freiheit gewonnen hatte. Die Frage war nur, wohin – und ob man meiner noch habhaft werden konnte. Es war Leonardus, dem der Gedanke kam, ich hätte bei meiner Flucht durch die Hypokauste vielleicht ihr Gespräch vom vorangegangenen Abend im Gemach des Abtes mit angehört, und wenn ich ein Spitzel des Bischofs sei, würde ich die Gelegenheit sicher nicht ungenutzt lassen, alle mit der falschen Reliquie verbundenen Geschehnisse aufzuklären. Folglich gab es einen Ort, an dem man mich vielleicht doch noch aufgreifen konnte: das Warder.

Dem Abt wurde aufgetragen, im Kloster zu bleiben und

den Gesandten des Bischofs hinzuhalten. Leonardus und die beiden Knechte machten sich unterdessen auf die Suche nach mir. Schon im Hafen erhielten sie den entscheidenden Hinweis: ein wütender Fischer deutete auf einen Stapel Netzwerke, das wüst durcheinander am Strand lag, und schimpfte, man habe in der Nacht seinen Kahn gestohlen. Ein anderer kam wenig später und suchte vergeblich nach seinen Riemen.

Da stand für Leonardus fest, daß ich tatsächlich zum Warder gerudert war. Er versprach den Fischern, Riemen und Kahn zurückzubringen, und sie liehen dem würdigen Pater und seiner stämmigen Begleitung gern eines der anderen Boote. Leonardus schickte noch einen Boten zum Abt, um diesen über die Entwicklung der Dinge zu unterrichten, und ließ sich dann in den regnerischen Morgen hinausrudern.

Kaum hatte Vincent dies alles erfahren, holte er seine Männer von ihrer Morgengrütze weg, stürmte zum Hafen und ließ sich von den verblüfften Fischern ebenfalls ein Boot geben, das unter den gleichmäßigen Schlägen von sechs Ruderern schnell an Geschwindigkeit gewann und sich wie ein Pfeil schnurgerade auf die kleine Insel zubewegte. Und so kamen sie dort gerade rechtzeitig an, um zu verhindern, daß das Leben eines weiteren Unglücklichen der falschen Reliquie geopfert wurde …

Meinen Körper hatten sie zwar gerettet, meine Seele indessen nicht; von all dem Abscheulichen, das ich gesehen und erlebt hatte, war sie schon vergiftet.

Kurz bevor ich nach Tweebargen zurückkehren konnte, kam mein Oheim nach Cismar. In einer aufsehenerregenden Versammlung, vor dem ganzen Konvent, öffnete er die Reliquie und ließ den Streifen Purpurseide von Hand zu Hand gehen. Das Kloster hatte bereits einen neuen Abt (ich bedauere, es zu sagen: es war Theophilus, der Bibliothekar), und Bernwardus und der Visitator waren längst der irdischen Gerechtigkeit überantwortet. Die Mönche schüttelten die Köpfe über den Inhalt der Phiole, und niemand protestierte, als der Bischof ihre Echtheit aberkannte. So verschwand die heilige Blutreliquie aus der Welt ... Was wurde aus Cismar? Es ist schon lange kein Wallfahrtsort mehr, sondern ein namenloser, ärmlicher Konvent, wo die Möwen von den geflickten Dächern Besitz ergriffen haben und nach Fischen im Wiek ausspähen. Die wenigen Mönche, die es dort noch gibt, gehen schweigend ihrer harten Arbeit auf den kargen Feldern nach. Jetzt, da es mit dem Betrug in der Klosterkirche ein Ende hat, ruht der Segen des Herrn nicht mehr auf dieser Stätte.

Was wurde aus mir? Ich bin nie wieder der arglose und unbeschwerte Bursche geworden, der einst mit dem Domhut seines Onkels durch die Straßen Lübecks spazierte und die Blicke nicht deuten konnte, die er auffing. Als ich nach Tweebargen zurückkehrte, war ich ein ernster und verbitterter junger Mann, und das bin ich heute noch – jetzt freilich bin ich alt und einsam.

Mein Leben lang habe ich mit Gott gehadert, der dies alles zugelassen hat, und jetzt kann mir noch nicht einmal der Tod ein Freund sein, denn mit dem Glauben an Gott schwand auch der Glaube an Erlösung und an ein ewiges Leben. Was bleibt, ist das Wissen – das Wissen, daß meine Füße eine Zeitlang über diese Erde gewandert sind und bald ruhen werden für alle Zeiten.